Polvos de fuego

Roberto Casín

.

ISBN 10: 0692607684

ISBN-13: 978-0-692-60768-8

A mi mujer, Ana, por haberme acompañado en la solitaria aventura de escritor.

A mis hijos, Astrid, Robert y Alejandro, por el tesón que me inspiraron sin proponérselo.

I

A quella mañana se despertó sobresaltado. Una insondable percepción interna que ya de niño lo había turbado reapareció otra vez al final de sus sueños. Don Anselmo Montero no recordaba la primera vez que había interiorizado esas imágenes. Escuchó la descarga cerrada de fusilería y el silbido de las balas. Vio de nuevo doblarse aquel cuello como una espiga y caer la cabeza irreconocible, desplomada de golpe sobre el pecho ensangrentado. Por un tiempo más oyó el eco de los disparos retumbando sobre las piedras de los muros, y un fragor de caballería y de carruajes avivando a su paso las llamas del incendio, que abrasaba los brocados, los pisos, los techos, las bestias de corral, los ajuares, los títulos de propiedad, y que hacía arder hasta la cólera de los nobles, humillados en el alzamiento, convertidos en pira de una rebelión desordenada que transformaba en cenizas todo lo que tuviera a su alcance, incluyendo el honor de una joven ultrajada, golpeada y poseída por la turba, con el ropaje reducido a sucios jirones, y las lenguas de fuego reflejadas de dolor en su semblante.

Un fuerte aldabonazo en la puerta deshizo de pronto todas sus visiones. Dos enfermeros que decían haber sido enviados por el director del manicomio de Salvatierra venían a buscar a Beatriz. El anuncio no lo sorprendió. Sabía que la hospitalización de su mujer era cuestión de días o semanas, y durante meses se fue preparando para una partida que los médicos consideraban definitiva. La mayor parte de las vecinas de la cuadra también estaban al tanto de la enfermedad de Beatriz, y tan pronto se detuvo la ambulancia delante de la casa de los Montero, una de ellas salió disparada camino a la iglesia a dar la noticia al cura.

Don Anselmo nunca tuvo hijos con Beatriz. Su matrimonio había sido insípido y falto de emociones, por el contrario al día que se casaron, una mañana de temporal en la que los padres de la novia se opusieron a posponer las nupcias, a pesar de los copiosos aguaceros que caían sobre la finca de la familia Fonseca. La suegra de don Anselmo estimaba que cancelarlas podía ser un mal presagio, y para no contradecirla, el suegro, don Anastasio, uno de los hacendados más prósperos y adinerados de la región, dio instrucciones precisas a sus mozos de cuadra, gañanes y cubicularios: «Vayan por el cura y por los músicos. No se olviden de los paraguas. Cómprenlos por docenas. Quiero que este sea un día memorable». Y sus deseos se cumplieron casi al pie de la letra: a pesar de los truenos y las inundaciones, la finca se colmó de invitados, parientes y amigos. En la fiesta se sirvieron pasteles descomunales y licores exóticos de prolongado añejamiento, embotellados en frascos de porcelana. Cada quien comió y bebió todo lo que quiso, y donde quiso, porque para eso estaban los paraguas que Anastasio había mandado comprar. Y así se consagró la unión de don Anselmo Montero y Beatriz Fonseca, en circunstancias que muy pocos olvidaron.

Después, todo fue escalofriantemente monótono: las noches de insomnio, los desayunos, las veladas ocasionales, las confidencias, los males de estómago, la fornicación y hasta las desavenencias, cuando a la primera blasfemia de su marido, Beatriz se atrincheraba en su pragmática frialdad, y con toda la indiferencia de un adversario aburrido le decía pausadamente, ajustándose frente al espejo las peinetas que le ceñían el moño: «No sé para qué te enfureces». Así terminaban todas las discusiones. Nunca lo celó ni lo sedujo. Jamás se le vio dar un beso a su marido, ni siquiera mirarlo con calenturas de amor. Más de una vez don Anselmo se le aproximó en la penumbra con remordido romanticismo. «Quizás un hijo nos haga más felices», le decía con voz de niño suplicante. Pero la respuesta de Beatriz, esmeradamente fría, le mataba durante meses toda ilusión: «Deja que las cosas vengan por sí solas. Y si no, que no vengan». Por falta de oportunidades no fue, porque a fuerza de excitables y duraderas erecciones, le hizo el amor a su esposa a todas horas del día, en todas las camas de la casa, y en todas las posiciones recomendadas por el *Kama Sutra* y el *Ananga Ranga*; le colocó almohadas al sudoroso cuerpo inerte de Beatriz dondequiera que la imaginación y su estrepitosa lujuria le sugirieron mayor placer y fertilidad; no conforme con eso, vociferaba, le batía las caderas haciéndolas oscilar frenéticamente, le besaba todos los puntos erógenos y buscaba curarle la frigidez hasta con violencia, aferrado a la eclosión de un éxtasis que nunca parecía llegar, hasta que, ya agotado, la pregunta era siempre la misma:

—¿Eres feliz?

—Sí.

—¿Mucho?

—Mucho.

La desapasionada convicción con que respondía Beatriz era tan gélida que durante años don Anselmo la puso en duda. En cuanto al fruto, nada pudieron hacer las invocaciones divinas ni los potentes brebajes de hierbas purificadoras; tampoco las recetas de afamados especialistas en esterilidad, por lo que la conclusión fue que todos los males de su mujer radicaban en la extrema pulcritud con que encaraba la vida, y en su calculada resignación de concebir el sexo como una obligación matrimonial, un acto de extrema y desagradable natura.

Borracho hasta el desvanecimiento una noche de farras, sostenido en brazos por los amigos en la calle, bajo la luz de un farol que proyectaba su sombra alargada, don Anselmo redefinió a su mujer de forma desgarradora y puntual: «Beatriz es como un cigarrillo mal hecho. El que se la fuma pierde el vicio».

Todas las esperanzas fueron desvaneciéndosele con igual celeridad con que la demencia de su mujer no iba dejando el menor espacio a la cordura. Él le había hecho jurar que dejaría de llorar por los rincones, que no leería más novelitas rosa, que no se lavaría más las manos cada vez que él se las tocara, y que se entregaría a los placeres de la vida marital con la lascivia de una Mesalina. Pero nada había conseguido con eso. «Sabes que Beatriz anda muy mal», vinieron a confesarle al oído una noche los amigos, como si por falta de consejos él no hubiese tratado ya de poner fin a aquellos desvaríos. Y hubo hasta quien se atrevió a insinuar que tal vez la rudeza y la sequedad de su trato habían llegado a alterar el sano equilibrio mental de su mujer. Pero él estaba a bien con su conciencia, y había sacado sus propias conclusiones sobre los desatinos que tenían mal a Beatriz: buscar la dicha en la perfección es de locos, porque la perfección no existe.

Beatriz había experimentado el último instante de lucidez, o el primero de su locura, apenas unos meses atrás durante las celebraciones de Semana Santa. Usualmente introvertida y cáustica, se le vio entonces con un ímpetu desacostumbrado; de parca e inexpresiva se transformó en locuaz y energética. Con insospechadas habilidades de mando, asumió la elaboración de pasteles y disfraces, la organización del recorrido e indumentaria de las procesiones, la disposición y cantidad de los inciensos empleados en los sahumerios, y la fiscalización de los donativos de caridad. Día y noche, de su rostro no se desdibujó un gesto de ternura y afabilidad inusuales; hasta se le escuchó silbar melodías desconocidas, y entonar la letra y música de cantos gregorianos ya archivados en el olvido. Pero el cambio duró justamente una semana, hasta que se paró frente a un espejo y vio una mujer que no era ella. Durante cuatro horas seguidas no paró de gritar. Para callarla hubo que rociarle agua a presión con una manguera. Luego se encerró en sí misma como una ostra, y jamás volvió a hablar con nadie.

Muy preocupadas por su estado, algunas amistades de Beatriz fueron por esos días al cementerio a implorar por su recuperación ante la tumba de La Milagrosa, una mujer fallecida en los albores del siglo a la que se atribuían poderes sobrenaturales. Su nombre en vida había sido Amelia, y la muerte le había llegado en la temprana juventud, cuando tenía ocho meses de embarazo. Según la leyenda, cuando la sepultura fue abierta años después para exhumar los restos, el cuerpo de Amelia estaba intacto, y su criatura, que siguiendo la usanza de la época había sido extraída y colocada sobre las piernas de la madre, la tenía en los brazos. Desde entonces la creencia popular le confirió facultades divinas, y frente al misterioso sepulcro fue erigida la escultura en mármol blanco y tamaño natural de una mujer con un niño en brazos apoyada en una cruz, ante la que desfilaban creyentes para hacer sonar las aldabas de la cripta, y pedir a La Milagrosa cuanto deseo estuviera relacionado con el alumbramiento o la curación de mujeres casadas llamadas a ser madres, y que por una razón u otra no hubiesen podido serlo.

Sin embargo, todos los esfuerzos y plegarias de meses fueron inútiles. Y cuando el cura llegó a la casa para bendecir el viaje sin retorno de Beatriz al manicomio de Salvatierra, los dos enfermeros correteaban, persiguiéndola para ponerle un camisón de fuerza. Con los pechos averrugados y sueltos al aire, solo arropada con una enagua de seda, en su desenfrenada carrera por pasillos y aposentos Beatriz se golpeaba los puños y brazos contra las paredes, profiriendo ayes que nunca se pudo saber si eran de odio o de desconsuelo, porque en aquel frenesí fue imposible discernir si la emprendía a empellones contra ella misma o agredía a un enemigo intangible oculto en su conciencia. Sumándose a la confusión creada por los alaridos, casi a punto de largar las plumas, la cotorra de don Anselmo empezó a chillar con dramatismo apocalíptico el estribillo que su amo le había enseñado, en previsión de situaciones de emergencia: «Ahí viene el diablo... Ahí viene». La bulla era tal que ignorando por un momento a su mujer, don Anselmo se abalanzó sobre el pájaro, que no dejaba de batir enloquecidamente las alas, y de un manotazo abolló uno de los barrotes de la jaula.

—¡Te vas a callar de una vez? —vociferó.

Pero la cotorra no se intimidó y siguió repitiendo su aterradora premonición, como un disco rayado, hasta que lograron encamisar a Beatriz y meterla a viva fuerza en la ambulancia. Se la llevaron abriéndose paso entre la muchedumbre de vecinos y curiosos apiñados en la calle. Don Anselmo y el cura se quedaron plantados frente a la puerta viendo partir la camioneta blanca rotulada con cruces rojas, hasta que desapareció en medio de una estela de polvo achicándose en la distancia. Ese día la gente regresó a sus casas más impresionada por la prematura vejez de Beatriz que por la batahola de la cotorra, comentando en susurros los años que en solo días había envejecido la loca.

Cuando don Anselmo y el padre Aristeo se sentaron a desayunar, ninguno de los dos habló más del asunto.

Matías les sirvió café con leche, trajo pan, colocó la mantequillera en el centro de la mesa, y aprovechó para ponerlos al corriente de otros acontecimientos:

—Se rumora que van a ampliar el camino vecinal a Mayajagua —dijo.

—¿Dónde lo escuchaste? —el cura ya sabía del comentario.

—En todo el pueblo se dice que la Flecha del Norte tiene los días contados.

No era la primera vez que corría el rumor de que el tren iba a desaparecer.

—Bah... son habladurías.

Pero para don Anselmo no lo eran; apartó el pan con una mano y casi ni probó el café con leche. No tenía apetito. Presentía que en cualquier momento la vida daría un giro en redondo, y que después nada volvería a ser como antes, ni las siestas ni los velorios, porque cada carta, cada visitante, cada revista o periódico llegado a Paraíso corroboraban que el mundo latía a un ritmo muy acelerado y se movía en un espacio muy diferente al de ellos.

—Te veo alicaído —le dijo el cura.

Reflexionó, misterioso.

—Tal vez.

—Lo último que se pierde es la fe —el padre Aristeo engoló la voz e hizo una larga pausa, como todas las que preludiaban sus sermones—. La voluntad de Dios es muy grande.

—Muy grande —repitió él, incrédulo.

—Ya verás —añadió—. La providencia dispersará las carcomas del mal.

A don Anselmo la frase le sonó ridícula, demasiado elaborada. Sus relaciones con la iglesia eran irreverentes, pero en su interior temía que sin la súplica encarecida de los hombres a los santos —o a alguien— el futuro fuese para todos más despiadado. No era suficiente querer, había que obrar, y si alguna fuerza humana o divina servía de socorro, mucho mejor.

En sus años de roce con el cura, los dos habían aprendido a dosificar sus desavenencias y simpatías mutuas. Cuando sus puntos de vista tomaban direcciones divergentes, como ocurría la mayor parte de las veces, ambos trataban de poner distancias de por medio. Si por el contrario estaban en armonía, prevalecía una callada y recíproca complacencia. Don Anselmo lo prefería de amigo y no de cura. Aristeo, en cambio, soñaba verlo arrodillado y entregado en alma frente al altar.

—Nunca me ha gustado la calma que viene detrás de la tormenta —repuso finalmente.

El caso suyo era atípico. Pasado el apuro, el común de la gente solía reconfortarse, recuperar fuerzas, pero a él le sucedía lo contrario, el ánimo se le desplomaba.

—Debes tener paciencia, hijo —el cura se mostró condescendiente, encantado de continuar la conversación—. Siempre has sido un hombre muy sobresaltado. Saber esperar es de sabios. Ya verás que se hace la luz.

—¿Por qué no hacemos un pacto? —la pregunta, abrupta, tomó por sorpresa al padre, que se quedó mirándolo fijamente.

—¿Un pacto?

—Sí, un pacto —repuso don Anselmo, hosco—. De ahora en adelante ocúpese usted solo de los sermones y de santiguar a la gente; déjeme a mí la tarea de prepararlos para lo peor.

Aristeo apretó los dientes y bajó la vista para no reprenderlo. Estaba más que probado que con él tales métodos eran infructuosos. No era el tipo de persona a quien se le podía torcer el brazo con docilidad. Desde niño la vida se le había prefigurado a don Anselmo como una perenne sucesión de batallas, que se ganaban o se perdían, y aunque sus destrezas para la acción no habían sido probadas nunca en apremios de guerra, se sabía de sus muchas lecturas sobre contiendas bélicas, y de cómo su impetuosidad lo hacía verse cabalgando en corceles imaginarios, blandiendo armas de alto poder aniquilador, y de cómo llegó a creerse versado en la materia estudiando las páginas escritas por el general prusiano Carl von Clausewitz, dedicándose al estudio minucioso de combates y escaramuzas napoleónicas. Como sus impulsos no habían hallado hasta entonces una causa apropiada ni una coyuntura propicia, todo ese vapor justiciero y de conquista lo había desfogado en ocupaciones menos violentas y riesgosas.

El cura sabía muy bien del volcán que le ardía por dentro a don Anselmo, quien a pesar de sus cortos cincuenta años era considerado todo un patriarca en Paraíso, por ser el único descendiente en el pueblo de los Montero, fundadores de la villa.

—Hay que asumir los cambios en la vida con resignación —dijo Aristeo, descompuesto.

—Estando en su lugar probablemente yo diría lo mismo —repuso él con sequedad—; pero en el mío, lamento no darle la razón.

—Yo lo lamento más, porque la razón siempre está del lado de los que actúan razonablemente. Sé perfectamente lo que está pensando —el cura comenzó a impacientarse.

—Se nace y se vive con decoro... —don Anselmo intentó terminar la frase pero Aristeo lo interrumpió con mordacidad:

—O se muere sin él. No es la primera vez que se lo oigo decir. Pero déjeme advertirle algo. Es absurdo que siendo usted un hombre de luces vea la vida como una guerra. La violencia es madre de la violencia.

El retintín del cura no lo alteró, más bien lo hizo hundirse en cavilaciones. Desde que tenía uso de razón, había decidido lidiar con el destino viniese como viniese, pero a su manera, sin medias tintas ni claudicaciones, no como dispusiesen los demás. Su naturaleza emprendedora le había llevado a incursionar en los más disímiles pasatiempos. Llegó a ser el primer entendido en canaricultura que tuvo Paraíso, y sus destrezas para aparear variedades y obtener insólitos plumajes le valieron numerosos trofeos en campeonatos genéticos. Después, las mariposas fueron su mayor seducción, en especial las trashumantes y majestuosas Monarcas, los coleópteros de Nueva Guinea, y las Parnassius del Turquestán. Y mientras Doña Beatriz se alisaba los cabellos entrecanos delante del espejo de su coqueta, con la mirada presa en algún recuerdo de su inconciencia, don Anselmo se entretenía en recortar de revistas y folletos las estampas de las mariposas que no podía cazar en los matorrales de Paraíso. También coleccionó reptiles disecados, y mandó construir estanques en el patio junto a la fuente de musas de jaspe, para alimentar con migajas de pan y nueces confitadas nutridos cardúmenes de peces tropicales, a los que engordó con celo hasta que los diluvios de un mes de mayo desbordaron y enlodaron las albercas, y una arribazón de guajacones acabó con los encantos del acuario. Entonces dejó a un lado las botas de caucho y el jamo de pescador, y le nació el amor por los asnos. «Tan maltratados, tan burros y sin embargo tan nobles», pensaba cada vez que los veía soportar las cargas más bestiales. Sus reflexiones le habían hecho concluir que a diferencia del caballo, privilegiado por su figura altanera y cubierto de elogios por sus mañas para entenderse con los hombres, los asnos tenían un mérito superior, el de seguir siendo leales a los humanos a pesar de siglos de palizas y desprecios. Luego dejó en el olvido los burros y se documentó en artes marciales. Leyó profusamente sobre karate, yudo y *jiu-jitsu*, pero un golpe mal ejecutado estuvo al borde de fracturarle la diestra, y entonces incursionó a fondo en el taichi, extasiado por su eficacia como ejercicio de relajación y herramienta para las meditaciones.

El día que el cura se lo encontró inmóvil en el patio, con el torso ligeramente hacia un lado, el pie izquierdo medio paso adelante, y los brazos en una postura de equilibrio para él indescifrable, le advirtió que todas aquellas aficiones nacidas del capricho podían ser tomadas por un síntoma de senilidad. «¿Qué hace?», le había preguntado. Y la respuesta, con otra pregunta, fue desafiante: «¿Qué sabe usted del yin y del yang?»

Don Anselmo caviló en todo eso y en sus ansias de vivir, mientras veía ahora al cura gesticular y decirle palabras que él no estaba escuchando, pero cuyo significado ya sabía de antemano. Aristeo estaba concluyendo una de sus monsergas cuando él, todavía prisionero de sí, sintió que se le nublaba la mente. Y haciendo un gesto torpe, se apartó de la mesa y se puso de pie.

—Tiene usted razón —dijo—. Pero yo tengo las mías. Ahora me disculpa que tengo un día muy ocupado—. Y con la misma se levantó y se fue al jardín.

II

L a voz corrió con premura instantánea. El primero en avisar fue uno de los muchachos del pueblo, que ahogado por la carrera cayó a las puertas de la taberna, casi sin fuerzas y con la vista nublada por una tolvanera.

—Allá en la playa —dijo, resollando entre una multitud de curiosos que dejaron sus vasos a medio vaciar sobre las mesas de la cantina. En la distancia, se dejaba escuchar el desgarrado timbre de un locutor de radio leyendo las noticias del día. Pero nadie lo oyó.

El anuncio de que una avioneta se había estrellado en la playa fue el primer relámpago de una larga tormenta, que se desató a plenitud cuando todos echaron a correr en estampida hacia la costa. Don Anselmo paró de regar las begonias, y cuando salió al portal de la casa, ya el pueblo entero apuraba el paso por el terraplén que conducía hacia la playa La Cangreja. A la cabeza de la muchedumbre alcanzó a ver a Aristeo. También formaba parte de la comitiva Venancio, el enterrador, que no vaciló en dejar a medio tapiar la sepultura de un desdichado sin nombre ni apoderados aparecido la noche anterior en las afueras de la comarca, tieso como una penca de bacalao.

Las muchachas de Mariangélica interrumpieron el sueño recién iniciado luego de una larga madrugada de licores y orgasmos fingidos, y se lanzaron escaleras abajo todavía envueltas en las estrujadas sábanas del pecado, gritando sin moderación: «¡En la playa... Es en la playa!», porque no había secreto en Paraíso, por grande que fuese, que ellas no supieran primero que nadie. Los comercios cerraron; el boticario dejó a medias la fórmula destinada a restituir los vigores perdidos de un paciente con abulia metabólica; la escuela se quedó con los pupitres vacíos, y el mismo don Anselmo, a quien nadie pudo darle detalles del suceso en medio de la barahúnda, terminó sumándose a la multitud. A paso forzado, pudo llegar junto al cura y lo asió de un brazo.

—¿Qué pasa, padre?

—Un accidente, parece que ha habido un accidente —balbuceó Aristeo, que no se detuvo.

Jamás, que se supiera, una avioneta había posado a capricho sus alas sobre las solitarias y salitrosas arenas de La Cangreja. Inexplicablemente, el aparato había descendido y sorteado las ramas de los uveros, deslizando la panza del fuselaje sobre la costa. Desprendida por el impacto, la hélice fue a encajarse certeramente en el tronco de un flamboyán, a pocas decenas de metros de la playa. Las dos alas estaban quebradas; todo lo demás, casi intacto.

La primera reacción de la muchedumbre fue mantenerse con reprimida curiosidad, a una distancia prudencial de la avioneta. Aristeo y don Anselmo fueron los
primeros en acercarse. No había rastros de sangre. Una
sola frase del cura: «Está abandonada», fue suficiente
para que la gente perdiera el recelo y se abalanzara sobre los restos del fuselaje a tomar todo lo que podía: un
manómetro, herramientas, latas de jugo, de soda y cer-
veza, un extinguidor, municiones de revólver y de fusil, y
unos costales grandes, repletos de bolsas de papel de
aluminio que contenían un polvo blanco. El padre, yendo de un lado a otro, trataba de contener el saqueo gritando a voz en cuello: «¡No os dejéis tentar por Satanás.
Nada de eso les pertenece!». Pero todos sus ruegos fueron inútiles. Ni el mismo don Anselmo, a pesar del respeto que le profesaban en el pueblo, consideraba opor-
tuna la ocasión para hacer un llamado al recato.

—Tiene pinta de talco... —dijo una mujer, que con
ayuda de su hijo echó manos a uno de los costales—. Y
parece de calidad.

—Oh, sí. Este la tiene —acotó una de las putas, sonriendo, ladina.

Cada cual cargó desenfrenadamente con lo que pudo;
algunos, ignorantes de las implicaciones del evento, como era de esperarse en un pueblo tan disociado de los
episodios mundanos; otros, la minoría, a sabiendas de
lo que hacían. El hecho es que cientos de libras fueron
extraídas en sus envoltorios y repartidas en pequeñas
porciones como botín. Los perros de la comarca, eufóri-
cos, saltaban y esparcían al aire los residuos de aquel
insospechado polvo, parte del cual fue quedando al pa-

so, como una estela de cal, sobre el camino de regreso a Paraíso.

Don Anselmo interrumpió las meditaciones del cura, que se había quedado inmóvil junto a una de las alas.

—Apuesto a que no tiene ni idea de lo que está pasando —dijo, sopesando con la diestra una de las bolsas.

Aristeo lo miró inquisitivamente.

—¿Qué me quiere decir?

—Que si no logramos que la gente se deshaga de estos polvos, las desgracias van a ser muchas.

Hasta ese instante, abatido por la velocidad con que había acontecido todo, el cura no había reparado en el contenido de los costales. Por un momento pensó que podría tratarse de harina. Dio unos pasos adelante, se agachó, tomó en sus manos lo que quedaba de uno de los envoltorios hecho jirones, y lo observó detenidamente. Un sudor frío le cubrió el cuerpo.

—¡Dios santo! —exclamó.

—Aún no hay nada perdido —le dijo Don Anselmo, en tono confidente—. Esta misma noche yo hago que la gente lo devuelva todo.

—¿Y?... ¿Cómo sabremos si algún pecador se pasa de listo y nos miente?

—Bueno—ironizó—. Pídale a Dios.

—Dejemos al Todopoderoso fuera de esto —los ojos del cura enfilaron con enojo a don Anselmo—. ¿No le parece?

—¡Oiga! —puntualizó, impaciente—. Yo hago a la gente entrar en razones. Luego, con varios hombres de confianza, voy a un lugar apartado en el monte, lo entierro todo, borro los rastros y sanseacabó.

—¿Está usted en sus cabales? —el cura estaba exaltado, dando pasos nerviosos sobre un círculo imaginario en la arena—. Lo lógico es que lo sepan las autoridades.

—A otro con esa.

—Es lo correcto, ¿no? —el padre enarcó las cejas.

—Bendita inocencia —matizó—. Si esto se revuelve y se propala a los cuatro vientos, a usted no lo salva ni Cristo. Menos a nosotros. La represalia se nos vendría a todos encima, con nombre y apellidos.

Aristeo vaciló un momento hasta que finalmente accedió, temiendo provocar las desgracias que don Anselmo intuía.

—¡Que Dios nos ampare!—zanjó, persignándose.

En el camino de regreso, le pormenorizó al cura todo el plan. No dejarían el menor rastro. Él lo ayudaría a convencer a la gente para que nadie dijese nada. Ningún forastero podía enterarse. Y todos jurarían guardar el secreto ante la cruz.

—Usted verá que nadie habla —le dijo, confiado.

Antes de la medianoche, ya él había visitado todas las casas del pueblo, incluyendo la del único policía que integraba el destacamento de orden público de Paraíso, el cabo Perfecto, con quien acordó, honra de amigos de por medio, que no se daría parte a las autoridades municipales. Gracias a la colaboración de un grupo de voluntarios, recuperaron cuanto se pudo; lo recogieron todo; nada potencialmente delator fue dejado al descuido, incluidas por supuesto numerosas bolsas con los polvos. Todo el alijo recopilado halló escondite a unos cuatro pies de profundidad, en una remota y bien apartada maleza. Las labores de ocultamiento duraron casi hasta el amanecer. La advertencia fue muy clara: «¡Ay del que diga algo!». Después, el cura consagró en misa, ante el altar, la promesa de poner punto en boca al pueblo entero.

Pero no todo marchó según lo previsto, porque algunos confiados en su buena estrella, y a escondidas de don Anselmo, se quedaron con parte de los polvos. Florindo Restrepo, el jardinero, los había hallado tan amargos que las intuiciones de su paladar le sugirieron que se trataba de un fabuloso fertilizante, por lo que vació todas sus provisiones al pie de los naranjos en flor, que ya de noche presagiaban abundantes pariciones con un seductor aroma de azahares, que invadía el patio de la casa y se propagaba después a toda brisa hasta los linderos del pueblo. También los echó a las espigadas matas de papaya, que el cura iba a agraciar un lunes de cada mes a casa de los Montero, leyéndoles los ensalmos de San Luis Beltrán para prevenirlas de plagas malignas, y protegerlas de los maleficios de vecinos ingratos y mirones inoportunos, un empeño que a la larga resultó infructuoso, porque pocas horas después de que Florindo las empolvó, todas estaban secas.

El médico del pueblo acaparó algunas bolsas en sus alacenas de fármacos, vivamente convencido de que podrían servirle para alguno de sus tratamientos, ya famosos porque prometían curar los males del siglo, incluyendo el sida. Y a la mañana siguiente, tres nuevos carteles aparecieron rotulados a la puerta del consultorio de El Doc, apodo profesional con el que se conocía al doctor Isidoro Sarmiento varias leguas a la redonda: *El Doc, científico de la naturaleza y de la humanidad;*

Venga a conocer el poder curativo de los nuevos polvos celestiales; La sabiduría del Doc lo puede todo.

Hasta el equipo local de béisbol de Paraíso, El Relámpago, se benefició con el incidente. Los fanáticos no habían conseguido suficiente dinero para encalar el campo de juego, con vista a un importante partido previsto para la tarde siguiente del accidente de la avioneta, y el sepulturero, organizador del campeonato, utilizó los polvos para pintar las rayas reglamentarias del diamante de pelota. Fue una verdadera salvación. El terreno quedó como de grandes ligas. Pero las mayores emociones vendrían después, ya iniciado el juego frente al equipo retador, Los Magníficos de Las Calabazas, cuando el partido tuvo que ser suspendido a la altura de la sexta entrada porque el árbitro principal se desplomó en el terreno, con los ojos fuera de órbita y hablando sandeces. Se lo llevaron en camilla a la enfermería, y alguien dijo entonces que antes del juego se le había visto empinar el codo en la taberna. A pesar de que la esposa del referí juró por Dios que su marido nunca bebía, la hipótesis de la borrachera fue aceptada. Y todo quedó así, con la moral de los deportistas y la sobriedad del árbitro en entredicho, hasta que los sucesos en el vergel de los Montero, y el fulminante deceso de varios animales de la comarca, trajeron mayor claridad a los acontecimientos. Además de las papayas, los naranjos de los Montero también se habían marchitado, y la tierra del patio se tornó reseca y de un gris mortecino. La cólera que fue acumulando don Anselmo fue tan grande, que Florindo optó por hacer maletas y escapar del vendaval que se le avecinaba. Sin darle largas al asunto, el jardinero anunció que, por imperativos imprevistos, había tomado la decisión de ir a visitar a sus familiares a Matahombres, un lejano pueblo de mineros aburridos y socavones ya estériles.

—No se vaya usted a molestar, pero lo de los papayos y los naranjos tiene que ver con los polvos. Quién iba a saberlo —le dijo el jardinero, sin levantar la vista del suelo.

Don Anselmo respiró hondo, muy hondo, para contener la furia. No por la infecundidad del jardín, sino por la estupidez de Florindo y sus imprevisibles consecuencias.

—Sí, es mejor que te vayas. Ahora mismo —repuso, dándole la espalda y dejándolo plantado bajo un sol sin respiro ni misericordias.

El jardinero se marchó con su sombrero alón calado hasta las cejas, la cabeza hundida entre los hombros y las manos metidas de puro espanto en los bolsillos. Hasta muchos días después, no dejaron de aparecer animales muertos en las calles del pueblo. Solo algunos perros golfos, acostumbrados a las inclemencias más rigurosas, sobrevivieron a los embates de una peste tan inesperada como implacable. La aridez en los surcos de los Montero, la rara embriaguez del árbitro, las distintas versiones que empezaron a tejerse sobre la torcida conducta de los que habían manipulado los polvos, incluyendo algunos pacientes de El Doc, se hermanaron con el infortunio. Las evidencias pusieron en claro que las líneas blancas del campo de béisbol donde los jugadores de El Relámpago disputaron el partido más infausto, pero también el más caro de toda su vida, habían sido trazadas con parte de un cargamento de cocaína pura, valorado en cualquier cantidad de dinero. Y todos tuvieron de qué lamentarse, excepto las muchachas de Mariangélica, porque cuando don Anselmo llegó a la taberna para reclamarles que devolvieran cuanto se llevaron de La Cangreja, ya ellas se habían desapoderado de los polvos, echándolos todos a un depósito de basura por considerar que las exponía a riesgos innecesarios en sus lascivos menesteres. «Esta mierda no nos hará ni más putas ni más castas», había sido la conclusión. Los demás, en cambio, no se sentían tan tranquilos, y empezaron a orar en la iglesia y a cuanto santo tenían en sus hogares, con la esperanza de conjurar los contratiempos que parecían avecinarse. Y en efecto, el temor de que unos desconocidos viniesen al rescate de lo suyo se cumplió. Esa misma tarde llegaron a La Posada del Rey, la única hostería decente de Paraíso, varios forasteros en camionetas con vidrios ahumados e interiores inciertos. Se detuvieron en las esquinas y establecimientos públicos, bien vestidos y haciendo un montón de preguntas: «¿Cuánta gente vive aquí? ¿Hay muchos policías? ¿Cuándo fue la última vez que vieron una avioneta?».

Junto al nerviosismo provocado por la llegada de los intrusos, una sensación de desamparo hasta entonces desconocida en Paraíso se adueñó del pueblo, que había sufrido calamidades naturales y fallecimientos infaustos, desgracias familiares, epidemias y hasta el embate de cuatreros, pero nunca había estado bajo el azote de la venganza. Esta vez la desdicha había venido de manera inusual, una intromisión enviada del cielo aunque no precisamente de manos de Dios. La primera víctima fue

El Doc, quien desapareció sin que nadie pudiera saber a ciencia cierta su paradero. Tres de los sujetos llegados al pueblo arrancaron los carteles que tenía en la puerta de su consultorio con anuncios y recomendaciones alusivos al poder curativo de los polvos celestiales, entraron al despacho y se lo llevaron con rumbo desconocido. Igual le sucedió al buhonero de melodías, que había sido el único testigo del secuestro del médico. Al parecer los mismos tres individuos lo fueron a buscar más tarde al parque donde durante años, a la sombra de un emparrado de jazmines, la música de su organillo de manubrio había animado la vida de los caminantes, al precio de algunas pocas monedas o de un simple saludo de gratitud. Lo cierto es que se evaporó. Don Anselmo fue alertado con celeridad de la mala nueva por Matías, que llegó empapado en sudor al portal donde el último patriarca de los Montero se balanceaba en su mecedora de mimbre y maderas preciosas, con el pensamiento puesto en su esposa Beatriz, que a esa hora del día solía sentarse frente al espejo de la coqueta, ajena a todo y a todos, hablando a solas como de costumbre con su locura.

—El Doc y el organillero de la plaza han desaparecido —dijo Matías.

Don Anselmo lo miró fijamente, sin hacer la más mínima mueca. Así estuvo un rato, hasta que se incorporó de la mecedora, dio media vuelta y a paso lento atravesó la saleta, luego la sala y salió al largo corredor exterior de la casa. Pasó por delante de cada una de las habitaciones de paredes de cantería y sólidas puertas de caoba, hasta llegar al último de los aposentos, donde su larga genealogía de antepasados había dejado como legado familiar una biblioteca multilingüe de más de cinco mil volúmenes, un compendio de las más disímiles disciplinas y creaciones humanas, desde el Antiguo Testamento hasta ediciones facsimilares de los Códices Mayas, el Cantar del Mío Cid, las profecías de Nostradamus, Don Quijote, los anales de la conquista del Everest y los secretos de la Astrología y la Nigromancia.

Allí estuvo largo rato revisando papeles y cartas, mientras al otro extremo del pueblo Matías tocaba a la puerta del fotógrafo para alertarlo de los últimos sucesos. Pero Dago ya estaba enterado, porque él era un hombre anticipado al futuro desde que sus padres, previniendo que el niño sería un iniciado de la imagen, le bautizaron con el nombre de Dago Jacobo Pérez y Pérez, en honor a Jacques Daguerre, el insigne inventor de la fotografía.

Tal y como rezaba uno de sus lemas de promoción, Dago era un profesional que todo lo solucionaba en cinco minutos: encuadre, disparo del obturador, extracción de la placa de vidrio, y baño de colodión en el cuarto oscuro para el revelado. Ese era todo el tiempo que necesitaba para dejar constancia en blanco y negro del buen o mal humor de sus clientes. Y ese fue también el tiempo que empleó para quemar la bolsa con polvos, que se había llevado de La Cangreja pensando equívocamente que por su consistencia y color podría tratarse de algún compuesto adecuado para la daguerrotipia. Por eso, cuando Matías llegó para informarle del desventurado desenlace sufrido por El Doc y el organillero, dijo con cierto alivio:

—Conmigo no hay problemas. Vete tranquilo.

Sus mayores preocupaciones eran otras, porque a falta de recursos para comprarse una fuente de luz apropiada, los días brumosos Dago apenas podía ejercer su oficio. Ni qué decir de noche. Por eso en Paraíso todos los bautizos, bodas y cumpleaños se celebraban al mediodía, en plena calle, bajo los generosos rayos del sol. Y cuando llovía y había que guarecer los festejos con hules y manteles para proteger a los invitados, o cuando simplemente las nubes decían aquí estamos, y la falta de claridad lo obligaba a hacer exposiciones muy prolongadas, Dago pegaba sobre la visera de su gorra, escrita en cartón blanco y con gruesas letras negras, de modo que todos pudieran leerla, la siguiente advertencia: *El que pestañee, no sale.*

Cuando Matías regresó de casa del fotógrafo también lo hizo casi sin pestañear, pero con un semblante muy diferente al de las fiestas y celebraciones. Don Anselmo seguía acomodando cartas y papeles en las gavetas del recio escritorio de nogal de la biblioteca de la familia, absorto en sus meditaciones, con movimientos muy pausados, pero interiormente inquieto, muy inquieto. Se preguntaba quién sería la próxima víctima, y por más que trató de buscar respuesta, sus pensamientos se perdieron en un laberinto de suposiciones infundadas. No quería admitir la posibilidad de una delación. Sin embargo, existía esa probabilidad. Y también la de una estúpida indiscreción. «Quizás de parte de las díscolas muchachas de la taberna», pensó. Lejos estaba don Anselmo de imaginar que por dones de la profesión, Mariangélica y sus pupilas habían prescindido a tiempo de los polvos cuando vieron que ni siquiera les servían de afeites. Él solía visitar pocas veces la taberna, donde las chicas de Mariangélica dormían, vivían y padecían todos los placeres y tormentos de su agitada soledad. El Ensueño era un sitio de reunión emblemático en el pueblo. Pero hasta eso amenazaba cambiar. Precisamente su mayor temor era que las costumbres y tradiciones, incluidas las más triviales, sucumbieran frente a los grandes y alucinantes vuelcos de la contemporaneidad. Hasta ese momento, sus miedos habían sido infundados, porque la modernidad había hecho poca mella en Paraíso. Ni siquiera el burdel escapaba de reglas consuetudinarias, encargadas de poner límite a lo desmedido, y de llamar a capítulo a quienquiera que imbuido por aires de cambio intentara excederse en ocurrencias impropias o alterara de alguna manera, con su conducta, el código de buenas costumbres vigente en el pueblo desde tiempos inmemoriales. Los que no estuvieran familiarizados con estas normas solo tenían que leer el lema inscrito en el dintel a la entrada de la taberna, en la que escaleras arriba ebrios se transformaban en pecadores: *Aquí la moralidad tiene sus límites. Y la inmoralidad también.* El Ensueño era una vieja mansión en plena Calle de los Remedios, con sala, comedor y un baño en la parte baja, convertidos en bar con una barra y seis mesas. En los cuatro cuartos y otro baño de la planta superior operaba el lupanar.

Arrellanado en su butaca de piel de la biblioteca, recuerdo a recuerdo, don Anselmo repasó cada uno de los acontecimientos que decían que todo el que en Paraíso se vio alguna vez envuelto en un trance azaroso, al final le favoreció la suerte. El más reciente había sido el de Teira, el zapatero remendón, sobreviviente de manera inexplicable de una fiebre tetánica que lo mantuvo seis meses sobre una cama, sin signos vitales y en estado de alarmante rigidez, hasta el día en que de un tirón se incorporó del lecho con una agilidad fenomenal, sanado para siempre no solo del tétanos, sino también de una profunda sordera de diagnóstico incurable que padecía desde la cuna. Los agraciados ahora por esa suerte eran los panaderos de La Quemada, que cansados de amasar los polvos, y de intentar fermentarlos, desistieron de la faena e incineraron una voluminosa partida de bolsas, cuyo poder alucinante fue aventado a los cielos por una brisa madrugadora, que dispersó en los montes y sierras el sedimento de los humos y sus emanaciones. Tampoco el cartero, Margarito Menchaca, quedó marcado por la evidencia, porque inspirado por su patriotismo recalcitrante dividió a partes iguales, y en diminutas remesas, los polvos acarreados desde La Cangreja, los envolvió en papel de estraza, los metió en sobres de franqueo corriente, y los envió a varios amigos en el extranjero con una nota que decía: «En Paraíso tenemos la playa de arenas más blancas del mundo. Ahí te va una muestra». El gesto lo salvó de represalias. Y no porque el cartero sintiese especial idolatría por su tierra —tampoco porque los panaderos disfrutasen de algún embrujo protector—, sino porque inexorablemente se cumplía una vez más el refrán acuñado por don Anselmo el día que le regalaron un par de codiciados sementales para su finca, y ya por la tarde no quedaba ni tripa de ellos, ahogados a la deriva por una crecida extemporánea, que anegó potreros y torció el cauce de los ríos: «Nada viene solo, la desgracia y la dicha siempre andan emparentadas».

Desde que los Montero habían pasado a ser gente ilustre, los destinos de Paraíso se mantenían atados a las buenas y las malas de la familia. Carismáticos o iluminados, ellos fueron protagonistas inmanentes de las venturas y desventuras del pueblo. Cuando les iba mal, sobraban los contratiempos para todos; si les iba bien, el primero en saberlo era el cura, porque los fieles, agraciados por una fortuna que no deseaban perder, iban repetidamente a orar a la capilla mayor de la iglesia con una asiduidad que era desacostumbrada en los tiempos difíciles, cuando decepcionada de los santos la gente perdía la fe. En tiempos de desventuras, allá iba el padre Aristeo a casa de don Anselmo, a cenar noche tras noche, para con su presencia, su palabra y sus oficios, tratar de salvar de males a los Montero, y por consiguiente llenar de nuevo la parroquia de feligreses. Después de la comida, el diálogo podía durar lo mismo horas que minutos, en dependencia de cómo estuvieran los ánimos. Polemizaban sobre el hombre y el universo, las ciencias exactas y las inexactas, las revelaciones comprobables y la verdades intangibles, los misterios intergalácticos, la transmisión de pensamientos y las incertidumbres morales destapadas por la ingeniería genética, hasta que don Anselmo ponía punto final a las disquisiciones de sobremesa con su despedida predilecta: «Vaya bien. Si logra salir el sol, mañana será otro día».

A las pocas semanas de nacido, fue la madre la primera en notarle sus preferencias por las iluminaciones radiantes. «Está claro. Es un ser de luz», fue el dictamen de Doña Rosa después del convite de su bautizo, del que hubo que llevárselo bajo una sombrilla, porque él no dejaba de mirar al sol. Luego, desde que fue adolescente, cada amanecer abría de par en par las ventanas para dejar entrar la luz.

A un par de leguas de Paraíso, la vista se perdía en los azules del infinito mar. A espaldas del pueblo, empezaba en ascenso la frontera entre la costa y la sierra, sobre laderas donde ya escaseaban las palmeras y los guayabos, y se empinaban los caobos, cedros y eucaliptos. Allí batían los salitrosos vientos del norte y los alisios del noreste, se entrecruzaban en vuelo halcones y buitres, y el trino del sinsonte se alternaba con el zumbido del colibrí. Los infrecuentes vientos del sur eran invariablemente interpretados como una señal premonitoria de buena suerte para los Montero, que por los siglos de los siglos habían vivido pendientes de la dirección de las veletas. Las casas, blancas y ventiladas, eran en su mayoría de paredes de madera o de adobe para evitar excesivas insolaciones, y preservarlas frescas de los ardores del día. Los calores llegaban acompañados por un torrente de lluvias cuyo estrépito, en los meses de más precipitaciones, apenas era atenuado por los techos de tejas y de hojas de palma. Por suerte, la seca no era tan extremosa. Pero aun así, en esa época, los abanicos de yagua o de cartón, y los ventiladores de aspas, tenían tanta demanda como las limonadas y las *coca-colas*. Los vendedores de granizados y durofríos hacían su agosto, y a la hora del crepúsculo en los asientos con respaldo de hierro fundido del único parque, la plaza central, no cabían los buscadores de brisas extraviadas. El casco urbano era similar al de otros pueblos pequeños: una vía central, la Calle de los Remedios, una iglesia frente a la plaza, una taberna, una escuelita, una ferretería, una panadería, un café, una posada y una retahíla de soportales cementados y de columnas de madera, donde los vecinos ventilaban todos sus negocios y secretos. Lo que cambiaba eran los rostros, no la gente. De generación en generación, las familias se renovaban, repitiéndose con asombrosa fidelidad genética. Muy pocos se iban a las grandes ciudades, huyéndole al inmovilismo rural y al tedio. Se quedaban los arraigados y satisfechos, una mayoría que aprendió a vivir y a morir sin la brillantez de lo superfluo e ignorando las angustias geográficas de los emigrantes. Los más jóvenes solían excusarse diciendo que preferían vivir en el sitio donde nacieron; los más viejos decían que ese era el lugar donde querían morir. El único calendario de importancia en el pueblo colgaba de una de las paredes de la escuela, y era actualizado convenientemente solo para que los padres supieran cuándo había clases y cuándo no. Los almanaques habían perdido todo su atractivo y se les consideraba inservibles en Paraíso, desde el día que en una asamblea de vecinos alguien preguntó para qué servían si en definitiva, dijo, nadie sabía cuándo se iba a morir.

Las fechas memorables, acontecimientos patrios, natalicios y conmemoraciones luctuosas se recordaban sin falta por obra y gracia de la memoria familiar, y del puntual repique de las campanas de la iglesia. La única celebración esperada con ansiedad era la del aniversario de la llegada al pueblo del primer aparato de televisión. Durante cuatro años se almacenaban pitos, matracas, globos, confetis, voladores y fuegos de artificio para la gran parranda del 29 de febrero en honor al «milagro bisiesto». Así le decían. Por lo demás, el que más y el que menos era reacio a vivir atado a otros adelantos y al futuro. Gracias a la terquedad, más que a la rutina, Paraíso era lo que siempre había sido, y aún no había motivos para pensar que el porvenir pudiera ser más porfiado que la tradición.

III

La taberna El Ensueño estaba completamente vacía. La cita con don Anselmo había sido convenida tarde en la noche, a una hora no frecuentada por los clientes para evitar mirones. Allí estaba el cantinero Restituto, esperándolo. Casi pisándole los talones fueron llegando los demás contertulios: Margarito, Teira, Dago, Venancio, el cabo Perfecto y Televito. Dos nuevos asesinatos cometidos en menos de veinticuatro horas, los del amolanchín y el boticario, habían sumido al pueblo en un marasmo.

—¿Qué ha sabido? —preguntó don Anselmo al tabernero, y los demás guardaron silencio.

—Nada. La gente no habla del asunto. Está aterrada. Entre trago y trago yo trato de sacar información, pero nadie suelta prenda.

Los ocho se miraron inquisitivamente.

—¿Qué vamos a hacer? —demandó Margarito, desorientado.

Hubo un largo silencio. Don Anselmo paseó la mirada alrededor. Venancio se limpiaba las uñas con la punta de una navaja de bolsillo, y a Televito un tic nervioso le hacía brincar una de las mejillas. Terminó fijando sus ojos castaños en los del cabo Perfecto, que siempre le habían parecido muy redondos y chicos para un hombre de tal corpulencia, casi jurásica. Y ahora que los caló bien, no tuvo dudas de que eran como los de un simio.

—¿Qué se te ocurre a ti, que eres hombre de cartucheras? —preguntó.

El cabo se echó la gorra hacia atrás, y se rascó la frente con los cinco dedos de la diestra.

—Yo dispongo de unos cuantos revólveres y rifles.

—Muy bien. Ya nos vamos entendiendo —dijo don Anselmo, que al fin había escuchado lo que quería oír. Así que se sintió libre de soltar lo que tenía en mente—. Estos fulanos parecen empeñados en amedrentarnos. De modo que si quieren guerra, tendrán guerra. ¿Alguien tiene alguna objeción?

Televito movió la cabeza. Solo él tenía una.

—Yo no sé nada de armas —dijo, tembloroso.

—Pues ya sabrá —repuso don Anselmo, con una sonrisa indulgente—. Por lo pronto apréndase esto: cuando el enemigo esté unido divídalo; y si ya lo está, desúnalo más.

—Von Clausewitz —el cartero dio por seguro al autor de la cita. Siempre había estado muy al tanto de las lecturas de su amigo sobre tratados militares.

—No —le corrigió Do Anselmo—: Sun Tzu.

El plan que estructuraron esa mañana en la taberna fue concebido para funcionar como un mecanismo de relojería. A cada cual se le asignó una misión de cuyo éxito dependía el buen resultado de las otras. Como en un pequeño ejército, los ocho hombres integraron su estado mayor: Restituto y Margarito organizarían una eficaz red de inteligencia, valiéndose de las muchachas de Mariangélica para recopilar información acerca de la identidad de los adversarios, y de cuáles eran sus intenciones. Don Anselmo y Televito trazarían con meticulosidad de generales el plan de acción, el lugar y la hora de cada estratagema. Teira correría con toda la logística, o sea, garantizaría el suministro de recursos materiales y, en caso necesario, llevaría a cabo una movilización popular. Dago sería el encargado de confundir al enemigo, haciéndole llegar pistas falsas a cada momento para diezmarle las filas con incertidumbres. Perfecto, militar al fin, asumiría el comando táctico de las operaciones, y sería el primero en apretar el gatillo cuando llegara el momento de pasar a la acción. Venancio se ocuparía de sellar bajo alguna lápida anónima del cementerio la suerte corrida por todo el que terminara pagando con su vida la osadía de enfrentárseles.

La idea, según convinieron, era no dejarse arrebatar la iniciativa, y responder a cada golpe con otro más contundente para levantar la moral en la comarca, porque a decir verdad los sucesos desencadenados por los polvos de La Cangreja habían terminado por desplomar el aliento ciudadano y la confianza de los vecinos, que durante generaciones fue transmitida de abuelos a padres, y de estos a hijos. Los intrusos recién llegados a Paraíso empezaron a usar capuchas negras para hacerse irreconocibles, y su aspecto amenazador mantenía muy circunspecta a la gente. Con todo, nadie decidió poner horarios a la vida pública. Simplemente optaron por salir lo menos posible a la calle, amedrentados por los rumores de quienes ya le atribuían a Paraíso el calificativo de pueblo fantasma, donde cada habitante podía convertirse en un cadáver por encargo, y la venganza había empezado a robarle espacio a las enfermedades y a las causas de muerte natural. Una vez acordado el plan, los ocho se despidieron con un estrechón de manos, y para llamar lo menos posible la atención, fueron saliendo de uno en uno y por intervalos de la taberna.

A la mañana siguiente, levantisco de ánimo, afeitado a ras con espumas jabonosas, de pantalón almidonado al vapor y guayabera de domingo, don Anselmo se paseó de esquina a esquina de la plaza, esperando impaciente ver venir a Felicia. Hacía meses que la seguía, con los ojos y el pensamiento, desde que la demencia de Beatriz le dio motivos más que suficientes para cortar las amarras sentimentales de todas sus desdichas.

Vestida de blanco, con falda ancha y blusa de escote redondo, calzando sandalias de esparto y con un pañuelo anudado a la cabeza, la mulata solía ir temprano al mercado los miércoles y domingos, en busca de los mejores frijoles y especias para sus salsas. Allí estaba don Anselmo esperándola, con un manojo de azucenas y siemprevivas para dejarle caer a los pies una flor, lanzar un suspiro de pecho entero y susurrarle despacio: «¿Quién tuviera la dicha?». La diferencia de edades, unos veinte años, primero causó risa a la mulata. Pero a medida que pasaron los días, sin que don Anselmo faltara a la cita cubriéndole el camino con flores cada vez más numerosas, la burla se transformó en vanidad femenina, y el titubeo terminó desvaneciéndose en miradas tímidas y coquetas.

Partera de oficio y practicante de la santería, Felicia se había ganado la enemistad del cura. «La bendita virtud de procurar los alumbramientos debe prohibirse a quienes profesan el oscurantismo de creencias profanas», había dicho el padre en una de sus homilías. Y los feligreses tomaron la advertencia como una desautorización expresa a la mulata, cuyas aptitudes de comadrona fueron desde entonces aprovechadas solo en el más absoluto secreto por una mayoría de católicos, que seguía creyendo que las diestras manos de la santera no tenían nada que ver con los inflamados discursos del sacerdote.

Las aprensiones de Aristeo hicieron que, en uno de sus viajes a la capital, él se tomara el trabajo de revisar minuciosamente durante días una copia condensada de los mil tomos del Santo Oficio, donde aparecían infinidad de procesos por herejía levantados en época de la colonia contra esclavos y *babalaos*. Pero sus esfuerzos fueron en vano, porque no halló ningún auto de fe que sirviese de precedente, ni jamás pudo probarse que Felicia utilizara sus poderes y jerarquía como consagrada santera para renegar de Dios o hacer daño a nadie; ni la gente quiso que la mulata se convirtiera en chivo expiatorio, sobre todo las familias que no podían irse a las grandes ciudades a costear clínicas de sábanas asépticas para el nacimiento de sus hijos. Los de mejor posición económica reconocían también los méritos de Felicia, y maldecían a la antigua comadrona, que bajo el estigma de tener estancada la natalidad tuvo que irse del pueblo cuando el apodo de espanta-cigüeñas corrió de boca en boca, y comenzaron a cerrársele no solo las puertas de las amistades sino también las de los comercios e instituciones públicas.

Las mujeres más lenguaraces sostenían que la espanta-cigüeñas había sido la responsable del cambio experimentado en las costumbres de algunos hombres de Paraíso, que dejaron de retozar con sus esposas para frecuentar los lechos de El Ensueño, escuchar música de tragamonedas, beber más copas de la cuenta y divertirse con las putas.

Después, cuando Felicia reemplazó a la vieja partera, por razones que nadie pudo explicar, las diversiones nocturnas retornaron a las alcobas hogareñas, y las señoras del pueblo se vieron más ojerosas y trasnochadas, pero de muy buen humor. Entonces todas empezaron a dar por auténtico que, desde que Felicia había llegado, los hombres eran más hombres. Y por mucho que hubiese querido impedirlo, el cura no hizo nada por contradecir aquella opinión, porque provenía de las familias que precisamente más donativos daban a la parroquia. Ponerse a mal con ellas, pensaba Aristeo, hubiese sido como renegar de las bondades de Dios.

De modo que, antes de que los peligros de la modernidad, las amenazas de un futuro cada vez más incierto y los polvos de La Cangreja acapararan la atención y los desvelos de Paraíso, Felicia había sido por un buen rato centro de dimes y diretes. Puertas y ventanas se entreabrían a su paso. Las damas más damas mantenían oculta su envidia a la mulata, entre frases y cumplidos de admiración. Otras hacían cruces con ceniza en las paredes para alejar a sus maridos de aquella seductora atracción, y los hombres se contentaban con mirarla, tratando de descubrir en cada uno de sus gestos y movimientos un nuevo encanto carnal. Así que al cura le sobraban razones para cada mañana esperarla frente al pórtico lateral de la iglesia, con el rosario inquieto entre los dedos, y cuando la mulata pasaba camino al mercado articularle sus estudiadas palabras.

—Ya vienes tan de día otra vez, Felicia.

—Sí, padre, otra vez.

—Debes tener prisa, y motivos para no detenerte.

—Muchos, padre —solía contestarle ella, apurando el paso e insinuando una sonrisa, mientras el cura apenas podía contener su cólera por la irreverencia de miércoles tras miércoles, domingo tras domingo.

—Hija de todos los demonios —decía él para sus adentros, viéndola alejarse sobre los adoquines, erguida e imperturbable.

Tan hermética era Felicia cuando quería serlo, que a don Anselmo le tomó cuatro meses conseguir que le devolviera una mirada. Pero cuando al fin lo logró, pudo descubrir de pupila a pupila la profundidad y el calor de aquellos ojos verdes.

—No sabe cuánto necesito hablarle, se atrevió a decirle.

El tono de la súplica la desarmó.

—¿De veras?

Conversaron durante más de dos horas en uno de los bancos del parque, a la sombra de un algarrobo. Alisándose a ratos con la mano el cabello entrecano, don Anselmo le confesó sus soledades y sus esperanzas, sus certezas y sus dudas, y le confió sus proyectos más íntimos y la urgencia que sentía de vivirlos con ella. Hablaron con franqueza y deseos, movidos por una atracción que ya en él era irrefrenable, y que a partir de ese instante ella misma consideró innecesariamente reprimida.

—No tienes que jurarme nada. Te creo —dijo ella, con la seguridad y convicción que para entonces le había infundido su ángel de la guarda, haciéndole saber, mediante los augurios de las cartas y por boca de sus espíritus protectores, que aquel hombre le brindaría la compañía y el amor que ningún otro mortal podía darle.

Se despidieron solo porque no podían permanecer allí juntos una eternidad al pie del algarrobo. Y cuando don Anselmo le dio un beso y se marchó, sus incipientes arrugas y el vacío estéril de sus tormentosos años junto a Beatriz quedaron atrás. Su cuerpo grande y nervudo volvió a ser ágil y fogoso; y su rostro recobró vitalidad. Las horas que siguieron le parecieron interminables. Se emparejó el bigote. Hizo lo mismo con sus copiosas cejas. Se cortó las uñas, que por descuido y apatía ya tenía demasiado largas. Roció con agua de colonia cuanto pañuelo de hilo y calzoncillo halló en el guardarropa. Revisó con aire de cuartelero cara rincón de la casa. Sacudió suciedades, y echó a la basura tarecos y papeles viejos. Así estuvo parte de la mañana y toda la tarde, de un lado a otro de la casa y de ilusión en ilusión, hasta que el reloj dio las diez, hora pactada para la cita de amores al abrigo de la noche y a salvo de miradas indiscretas. Ese día durmieron por primera vez juntos, extasiados de caricias y tomados de la mano.

—Nunca me gustaron las noches —dijo él, cuando solo se escuchaba afuera el acompasado canto de los grillos.

—Ahora son hermosas —respondió ella, con voz por fin curada de añoranzas y pegándole más su cuerpo tibio.

Fue una noche de placeres inigualables, pero también de confesiones compartidas. En los tres años que llevaba viviendo en Paraíso, Felicia había oído hablar de los Montero y de su larga historia, pero en verdad desconocía muchas de las cosas que don Anselmo le contó. Los anales de la familia se remontaban a fines del siglo XV, cuando don Rodrigo Montero y Jiménez, un andaluz natural de Huelva, de ignorados antecedentes, se enroló en una de las tres carabelas que zarparon de Palos de la Frontera a la conquista de una nueva ruta a las Indias, bajo el mando del Gran Almirante. En circunstancias que nunca pudieron ser esclarecidas, después que la expedición tocó tierra en las Antillas, el nombre de don Rodrigo se esfumó como por arte de magia de todas las crónicas de la conquista, hasta reaparecer veinte años más tarde entre los colonos fundadores de la villa primada. Don Anselmo le enseñó a Felicia una carta escrita de puño y letra en los albores del XVIII por uno de los bichoznos de don Rodrigo, que daba cuenta de las proezas del navegante y colonizador como adelantado del descubrimiento, y también del derrotero de sus descendientes en América. Le mostró además el testamento dejado por el mayor de los nietos de ese bichozno, don Diego, en el que se precisaban los bienes de la herencia y se pormenorizaba su origen, en un detallado inventario de nombres y patrimonios dejados por testadores a legatarios a lo largo de muchas generaciones. Sacó de un baúl varios pergaminos, acomodados dentro de un estuche metálico de confituras holandesas, con relieves de bergantines y galeones grabados en planchas calcográficas, donde atesoraba parte del epistolario familiar, amarrado cuidadosamente con cintas.

—Una reliquia —dijo, antes de explicarle que sin esos documentos jamás hubiera podido armar las piezas del rompecabezas genealógico de su familia.

Años de averiguaciones, contrastando fechas y referencias, le permitieron constatar que sus antepasados se habían destacado en las más disímiles ocupaciones: navegantes, soldados, hacendados, médicos, comerciantes, abogados, talabarteros, escritores, alquimistas y hasta carceleros. También hubo mujeres de temple y de ejemplar trayectoria. En cada siglo, los Montero habían dejado su impronta, desde el mismo momento del descubrimiento de América hasta el de mayor opulencia en estas tierras de la corona española; y desde la gesta de independencia hasta el advenimiento de la república: más de cuatrocientos años de historia que ahora él condensaba en un puñado de acontecimientos y relatos, ajustándose a la verdad aquí, añadiendo de su fantasía allá, con la enjundia de quien relee las páginas de su novela predilecta.

Felicia lo escuchó alelada, siguiendo el inagotable hilo de la narración, que se ajustaba a un anecdotario genético tan propenso a la aventura como al lustre social. Entre todos los personajes descritos por él con mayor apego, resaltaba la figura de su bisabuelo don Calixto

Montero, un criollo terrateniente con dotes de humanista que al inicio de la gran rebelión contra la metrópoli española, en el siglo diecinueve, se levantó en armas con su numerosa dotación de esclavos para lanzarse a la manigua, donde en batallas célebres se ganó un sinfín de medallas por su arrojo personal y sus envidiables habilidades para la guerra. Muerto en combate con el grado de brigadier, don Calixto era recordado en el panteón de la familia como un paradigma, y por eso su nieto, a pesar del ruego de reconocidos museos y de fundaciones históricas, se había negado a donar el machete con empuñadura de plata que el prócer blandió por última vez durante una carga de caballería, cuando una andanada enemiga se le encajó en medio del pecho y puso punto final a sus páginas de gloria. Un hermano de este, también general, había tenido en cambio un final menos envidiable, y ni siquiera se le mencionaba por el nombre para no dar realce a sus fatalidades de posguerra. Los desvelos adquiridos en una década de campañas militares lo mantuvieron despierto después en la paz, y la guerra que ya había terminado en los campos no hizo más que recomenzar en casa para su mujer y sus hijos, que cabecearon otros diez años junto a la cama del soldado insomne, sin llegar a saberlo nunca dormido o en vela, en medio de un silencio de muerte turbado solo por el tictac del reloj de péndulo en la cabecera del lecho, columpiándose como el inflado testículo de un toro chiclán.

Hasta ahí, el relato de don Anselmo fue a viva expresión. Después, su voz se fue apagando lentamente mientras repasaba los días y las horas de su padre, don Augusto, un tenedor de libros de conducta intachable que pasó gran parte de su vida hundido en un pandemonio de números y pagarés, sudando deudas ajenas, y tan alérgico a la vida pública y a los protagonismos de salón, que jamás se le vio en un mitin de barrio ni en un baile. Tan parecidos eran los dos en el físico, que ya él de hombre su madre había ordenado dibujar sobre una fotografía familiar dos flechas, con sendos rótulos distintivos: una, la que apuntaba a don Anselmo, decía: «el hijo», y la otra, la que señalaba a don Augusto, aclaraba: «el padre». Cuando ambos caían enfermos a la vez, la familia atravesaba por una acentuada crisis de identidad, porque la fiebre los convertía por igual en sonámbulos. De modo que tan pronto como algún estornudo o la más leve diarrea dejaba entrever el primer asomo de destemplanza, Doña Rosa sacaba del ropero los camisones de monogramas con sus respectivos nombres bordados, y los metía a los dos en la cama debidamente identificados.

Su hermano, en cambio, no se parecía a nadie, ni a él, ni al padre ni a la madre. Ni siquiera a los abuelos, a los tíos o a los primos.

—Desde niño era él —dijo don Anselmo a Felicia, con expresión fatídica.

Aún conservaba fresca la impresión de los últimos días de Ricardo. Había llegado en la penumbra, perseguido por un viento del norte, caminando junto a las paredes como un presidiario fugitivo y transfigurado en su sombra. «Se acabó todo. Me persiguen», le dijo, con voz minúscula. Sus entorchados de Presidente y el uniforme de comandante supremo habían quedado abandonados por la prisa, en algún rincón de sus escenarios de mando. Don Anselmo lo miró de la misma manera que lo había hecho durante años, con compasión y lástima. Más de una vez llegó a advertirle que sus excesos de autoridad le cerrarían todos los caminos de retorno: «El poder deteriora, pero lo peor es que cuando es demasiado, ciega». De tanto decírselo, un día optó por guardar silencio, pensando que su hermano se veía tan elevado que ya era muy difícil bajarle de aquel pedestal. La arrogancia le había copado todas las entrañas, sin dejar lugar para penas ni remordimientos. En público solo hablaba él y siempre de él, acallando las voces de su auditorio con discursos que en verdad eran monólogos. Así fue hasta el momento final, cuando la imagen del fugitivo se le antojó a don Anselmo tan absurdamente ridícula, que aquella noche no le dijo nada más: «Cállate y entra. Lo único que te pido es que no te portes como un pendejo».

De jóvenes, ambos trataron de acortar los cinco años y las diferencias de carácter que los separaban, obedeciendo solo a un mandato de buena hermandad dispuesto por doña Rosa, una mujer de alegre semblante pero con faldas de acero. «Tu hermano tiene ángel, sabe hablar y convencer a la gente, pero es incontrolablemente impulsivo y egoísta, y eso le traerá muchas desgracias. Espero que sepas ayudarlo». Esa fue la encomienda que don Anselmo, en su mayoría de edad, trató de cumplir con absoluta dedicación.

Pero si la tarea comenzó a hacérsele difícil ya en tiempos en que Ricardo estudiaba derecho, todavía lo fue más cuando este hizo carrera como magistrado acusador en virtud de sus brillantes facultades para llevar a la gente a prisión más que para sacarla de ellas. Los periódicos de la época recogían a toda tinta sus sonados juicios en los tribunales: *Don Ricardo a la carga; Implacable y justiciero; No hay delitos impunes.* Así reseñaban los diarios la interminable cadena de infracciones castigadas por él con mano dura, sin distingos ni atenuantes, en una cantidad y sucesión que empezó a preocupar a don Anselmo.

—Pondera la justicia, Ricardo —le decía—. Pondérala.

Pero todas las advertencias de don Anselmo fueron inútiles. De flamante abogado, Ricardo entró a la política por la puerta de las influencias. Su reputación de toga y birrete le lanzó a los brazos de hacendados y autoridades locales, quienes solventaron y acicatearon su campaña electoral para alcalde. Ganó sin discusiones ni trampas, y lo festejó a las puertas del Palacio Municipal, a los acordes de una banda y ensalzado por los aplausos de sus admiradores. Ese fue el principio. Luego Paraíso se desbordó de pasiones políticas. Ricardo encauzó las batallas más nobles y olvidadas. Agitó a las muchedumbres. Les confirió el poder de la protesta. Las indujo a la defensa propia de sus derechos. Y su verbo incendiario las llenó de arrojo y resolución. En poco tiempo llegó a convertirse en gladiador de tribunas, y en espada de los desposeídos. Quienes le auparon a la alcaldía terminaron odiándole, y sus adversarios de siempre, pensando aislarle, lo tildaron de revolucionario endemoniado. Hasta que el entorno le resultó estrecho, y un buen día reunió a los concejales y les comunicó: «Me voy. Ya hice más de lo que quería».

La decisión fue recibida con alegría por unos y con lágrimas por otros. El gran caudillo se iba en busca de empeños mayores. Su hermano fue quien mejor lo comprendió. «Quiero otros aires y otra gente. Me mata un pueblo tan chico y tan poco conocido». Y don Anselmo hasta celebró que ese fuera el desenlace. «Si quiere sentir la tierra temblar bajo sus pies, que se vaya a otra parte a fomentar revueltas», se dijo. En más de una ocasión había sacado en claro que las revoluciones son tan inevitables como absurdas. Hay que hacerlas, pensaba, pero después nadie podía impedir que se las robaran los caudillos. Así quedó demostrado años más tarde, cuando ya consagrada su carrera en los corredores políticos de la capital, Ricardo instauró la justicia y la equidad por medio de las armas, y terminó perpetuándose en el poder en nombre de esa misma justicia y equidad, violando la ley para hacerla respetar mejor. Endiosado con el propósito de hacer universales sus ideas, Ricardo ascendió al pináculo del poder rodeado de una aureola de enorme pureza, y con una facultad histriónica tal que logró convertir en adictos a cautos e incrédulos. Con una destreza sin fin para hacer ver aciertos en los fracasos, removió altares y leyendas, reduciéndolo todo a un cero tan absoluto y descarnado que no dejó piedra sobre piedra, ni vieja sobre nueva moralidad. Barrió malos y buenos hábitos con la escoba de su oratoria. «Hagamos un mundo nuevo y mejor», decía. Pero el mundo que invocaba era hecho a su medida y semejanza. Ya su madre lo había advertido: «Ricardo tiene ángel. Pero es muy egoísta». Así que logró encumbrarse como un jinete del Apocalipsis, sentado a horcajadas sobre un país de probetas y conejillos de Indias. Inventó demonios infiltrados desde el extranjero para que sus acólitos no pudieran reparar en los que él mismo había creado. Habló de una patria nueva, su patria privada, que dejó sin himno, sin escudo ni bandera cierta. Combatió la impureza de los vicios políticos y sociales con el fervor de un Cristo sin apóstoles, y aunque algunos lo vieron sucumbir pronto ante las mismas vilezas que antes había condenado, otros, amigos de la fama, políticos de banquete, hombres tristemente ilustres, en un diverso diapasón donde no faltaron tampoco chupatintas y adulones, lo identificaron con un Mesías venido a salvar a los grandes marginados de la historia, un vengador de libertades pisoteadas durante siglos. Tanta grandeza en un solo cuerpo llegó a transformarlo en el apoderado divino, en el fin *per se*. De profeta de la verdad pasó a ser la verdad misma. Y esa fue su perdición.

Por eso, cuando destronado y perseguido por las multitudes que lo habían vitoreado Ricardo retornó a la casa paterna, protegido solo por las sombras y huyendo de la venganza popular, don Anselmo prefirió callar durante toda la noche, convencido de que el regreso de su hermano sería el definitivo adiós. Los días siguientes, tensos e interminables, lo corroboraron. Todos querían estar lejos de Ricardo y nadie deseaba hablarle. Los más misericordiosos pasaron por casa de los Montero a dar el pésame a don Anselmo. Le hacían muerto ya, con la prontitud con que expiran los tiranos vencidos. Lo demás fue solo una espera de plazos contra los segundos y las horas, con Ricardo encerrado en el cuarto, la barba de indigente y encanecida. No quiso bañarse ni comer. Y no se supo nunca si el hedor que emanaba de su alcoba provenía de la mugre o de su incipiente descomposición orgánica. Transcurrieron exactamente tres semanas durante las cuales pasaron por el pueblo embajadores plenipotenciarios y portadores de pedidos de extradición. Pero la negativa de los más ancianos fue contundente: «Ricardo nació en Paraíso, y si alguna pena debe purgar no hay mejor lugar para hacerlo que aquí». El fallo fue adoptado por un consejo de vecinos seleccionados al azar, quienes deliberaron si Ricardo debía ser ejecutado para salvar el honor del pueblo o si por el contrario debía reivindicar la dignidad de los hijos de Paraíso, y el nombre de su familia, siendo despreciado e ignorado en su propia tierra. Y ese fue el veredicto: desterrarlo en vida dentro del pueblo, privado de interlocutores y condenado al olvido. Pero la sentencia no pudo aplicarse, porque antes de que fuera ratificada por un tribunal de urgencias, Ricardo murió atacado de soledades y tristezas sobre la cama, con las botas puestas como él lo había soñado, pero rodeado de podredumbres y remordimientos, cadavéricamente encogido, en medio de un desdén tan contrastante con los días de fama, que sus restos fueron llevados hasta el cementerio en un ataúd de mala muerte, sin flores ni lutos, acompañado solo por el hermano, el sepulturero, y un ventarrón de furias lejanas, a los acordes apenas audibles de la cotorra, que desde la casa chillaba frenéticamente su estribillo de siempre: «Ahí viene el diablo... Ahí viene».

Habían pasado varios años y don Anselmo seguía rumiando el mal sabor de aquel entierro. La familia se reducía solo a su nombre, y como él todavía no tenía hijo, no existía heredero. Fallecido su único hermano, que tampoco había dejado descendientes, y con el resto de la parentela en otros confines y sin rumbo cierto, por primera vez en cinco siglos el legado de los Montero en Paraíso parecía abocado al cataclismo de la extinción.

Felicia lo vio tan ausente, tan atrapado en una dimensión de tiempos ya agotados, que se le acercó y dándole un beso en la mejilla le dijo:

—Es hora de dormir. Casi amanece.

—Sí, es hora —dijo él.

Y sobre la misma almohada, abismados en un abrazado letargo, ella lo escuchó pronunciar la última frase de la noche.

—Mierda de revoluciones. Siempre hay un cabrón que se las roba.

IV

E l suceso de los polvos fue herméticamente encubierto por todo el pueblo, que lo ocultó de manera sepulcral. Cuando algún extraño preguntaba si era cierto que una avioneta había caído en la playa, la respuesta era la misma: «¿Aquí, en este pueblo? ¡Pamplinas!». Pero en las charlas familiares, puertas adentro, y en las conversaciones de amigos en las esquinas, dos incógnitas seguían siendo causa de intranquilidad y hesitación: ¿Quiénes eran los que venían en la avioneta? y ¿dónde estaban?

El padre Aristeo no se cansó de implorar en sus plegarias la intervención divina para poner al descubierto la identidad de los misteriosos tripulantes. Revisó varias veces, itinerario por itinerario, las páginas de la bitácora de vuelo de la avioneta en busca de alguna conjetura reveladora, creyendo haber pasado por alto alguna anotación importante. Uno de los feligreses le había llevado el cuaderno a la iglesia al día siguiente de los sucesos en La

Cangreja. Él no dijo nada temiendo que, en uno de sus arranques característicos, don Anselmo ordenase destruirlo. Pero una noche abrió el armario y no lo encontró. Pensó haberlo puesto en otro lugar, y estuvo horas registrando, bajo el diván, entre los muebles, en el pequeño librero de caoba de su habitación y en el sagrario. Repasó mentalmente cualquier posible descuido, hasta que convencido de que alguien había entrado a la iglesia y lo había robado, fue a notificárselo a don Anselmo. La pregunta que se hacía el cura era cómo habían logrado saber que él tenía la bitácora.

—No tenían por qué saberlo —acotó él, sin dar ninguna muestra de enojo, lo que no dejó de sorprender al cura—. Obviamente fueron a buscar en el sitio más fácil, donde las puertas nunca se cierran.

El suceso no trascendió. Pero el cabo Perfecto no tuvo respiro, y se multiplicó haciendo turnos de vigilancia las veinticuatro horas del día, con tal de hallar alguna pista que los curara de espantos. Todo fue inútil. Ni rastros, ni confidencias, ni sospechas. Al cabo de dos semanas el enigma seguía vivo. Los vecinos se turnaban para escuchar sin pausa los noticiarios del día, en busca de algún indicio, alguna señal venida de afuera. En esos menesteres se hallaba don Anselmo, cuando el jardinero Florindo regresó de su viaje a las minas de Matahombres, y con el sombrero estrujado entre las manos se le paró delante.

—Me han dicho que las cosas siguen mal —dijo, con voz desvaída.

—Así es —don Anselmo respiró profundo y apagó la radio.

El jardinero le contó que había estado hablando largo y tendido con Margarito, por quien se enteró del plan fraguado en su ausencia. La visita era para comunicarle personalmente a don Anselmo su deseo y voluntad de subordinarse a la causa común. Y para que no dudara de su sinceridad, antes de marcharse le dio una pequeña piedra que traía envuelta en un trapo.

—Es un cuarzo. Dicen que da buena suerte —dijo.

Don Anselmo estuvo acariciando la piedra largo rato, sentado en su mecedora de mimbre y tratando de poner orden a sus meditaciones. Los amores con Felicia le tenían demasiado absorto. Se sentía muy a gusto así. Pero se reprochaba haber descuidado un poco la atención a su fiel Matías, el más entusiasta y desinteresado de sus servidores, y a quien a falta de hijos había empezado a considerar como futuro depositario de sus pertenencias, y heredero al menos de sus consejos. Por un lance del destino, había encontrado al muchacho en el recodo de uno de los caminos que bajaban de la sierra, a la sombra de una enorme ceiba, aún con los olores de la placenta, envuelto en apuradas mantas y con todas las señas de que su madre, una negra solitaria y moribunda, le había dejado allí convencida de que era mejor un milagro por venir que una muerte por orfandad repentina. Don Anselmo fue con el niño hasta la plaza, pegó dos aldabonazos a la puerta de la parroquia, y lo puso en brazos del cura. «Aquí le traigo un huérfano de Dios. Lo mejor que puede pasarle es que halle abrigo en esta iglesia». Así quedó sellada la suerte de Matías, quien desde entonces creció, se alimentó, y cursó entre paredes consagradas a Dios sus primeras enseñanzas. Pero aun cuando su des-

tino se forjó bajo las sotanas de un sacerdote, y su corazón debía estar más cerca del púlpito que de las consideraciones terrenales, Matías le profesaba una devoción
especial a don Anselmo, quien mensualmente donaba
una cantidad a la parroquia para la manutención del
huérfano. La afinidad era mutua, y cuando pasaban más
de dos o tres días sin verse, se buscaban uno al otro con
nostalgia, porque a medida que el muchacho fue cre-
ciendo necesitó más de su compañía, y don Anselmo se
hizo el más firme propósito de preservar el encanto de
aquella paternidad adoptiva, nunca oficializada.

Fue gracias a él que Matías tuvo a los 13 años de edad
la primera noción de su procedencia, aunque el diálogo
fue entonces trunco y cargado de simbolismos y evasio-
nes, porque don Anselmo no se atrevió a confesarle detalles que prefería mantener en secreto.

—Por tus venas corre sangre de *lucumíes* —le dijo.

—¿Eso qué quiere decir?

—Que cuando seas grande tu mano y tu voz serán
respetadas.

—¿Cómo lo sabe usted?

—Lo he soñado. Y a mí los sueños no me engañan.

Don Anselmo no quiso responder más preguntas del
muchacho, ni extenderse en explicaciones sobre los comentarios que se hacían en el pueblo acerca del nacimiento de Matías y la suerte corrida por su madre.

—Hay muchas habladurías —le dijo—. Y nunca se sabe por boca de lenguas descosidas dónde comienza la
fantasía y dónde termina la realidad.

No había término exacto para definir el gran afecto
que sentía por Matías, aunque era duro a la hora de re-

gañarlo. Por naturaleza, don Anselmo no estaba dotado de facultades para la persuasión, y en su carácter prevalecía la intolerancia. Solo después de que sus relaciones con Felicia se arraigaron, empezó a percibir la vida un tanto diferente. Ella fue la que le enseñó a aceptar muchas cosas tal y como se presentaran, a admitir que cada quien tenía derecho a creer a su libre antojo, y también a disfrutar a plenitud como mejor creyese del vahaje de maderos resinosos que en época de lluvias llegaba desde las montañas, y de las fragancias agridulces que dejaban a su paso las frutas transportadas en andas o encima de arrias por terraplenes y veredas nacidas en la intimidad de los bosques. Por ella supo de secretos de la santería, de la sabiduría y atributos de los *orishas*, y que existían claves religiosas diferentes a las que él conocía: las Reglas de Ochá y de Palo Monte. Las dotes de Felicia, adquiridas en el seno de una familia de *babalaos* e *iyalochas*, le habían permitido concluir que Matías era un hijo de *Eleguá*, dueño de los destinos del hombre y señor de los caminos, porque de otra forma, le dijo ella, no hubiera sobrevivido a su aparente desamparo cuando fue dejado por la madre en uno de los senderos de la sierra. A sabiendas del cariño que él sentía por el muchacho, Felicia puso detrás de la puerta un plato con caramelos y dulces.

—Es para *Eleguá* —dijo. Y él se lo permitió, con la única condición de que ella no revelara a nadie que él había admitido aquella ofrenda.

Sus progresos amorosos con don Anselmo habían sido tan acelerados que, sin darle largas al tiempo, esa misma noche lo llevó a un *bembé*.

—Mira y calla. Lo que no entiendas me lo peguntas después —esa fue su única advertencia, que él respetó con disciplina de invitado.

Era un toque de santo para Changó, dios del trueno y de la guerra, señor de la pólvora y la belleza masculina, según la Regla de Ochá. El ritmo de los tambores dominaba el escenario. Al pie de una palma, iluminada por el resplandor de las velas, despuntaba la figura de Changó, Santa Bárbara en el santoral cristiano, abogada de los guerreros y patrona de las tempestades. Hacia un lado, junto a un pequeño monte de cafetales, habían sido dispuestos en semicírculo una docena de taburetes. Varias mesas cubiertas por manteles rojos estaban llenas de ofrendas: carneros, gallos, codornices, plátanos, manzanas, calabazas, mameyes, y jicoteas con el caparazón pintado de rojo y blanco. Se bebía copiosamente aguardiente de caña servido en jícaras, y se comía harina de maíz con chivo.

Justamente en el medio, en un claro de monte desbrozado y cubierto con pétalos de geranios y hojas de yagruma, los danzantes, ataviados con collares de cuentas blancas y carmesí, bailaban con delirio, a veces imitando con rápidos gestos el combate frente a un enemigo imaginario, y otras sugiriendo exageradas facultades fálicas, en una suerte de movimientos similares a los del orgasmo y la copulación.

El clímax del *bembé* llegó cuando el *orisha* se posesionó de uno de los creyentes. Don Anselmo se quedó como clavado al taburete, boquiabierto y absorto por la transfiguración del rostro y los ademanes de aquel negro corpulento, sin querer dar crédito al inusitado timbre de voz que brotaba de sus labios ni a sus frases entrecortadas: *Kabiyesi Changó.... Kabiosile Changó*, pronunciadas con una inflexión tan sarcástica y un aplomo tan profético, que le recordaron de una manera insuperablemente fiel la forma de hablar que, en sus suposiciones, él atribuía a los dioses.

Más tarde, ya en casa, Felicia corroboró y amplió sus percepciones, y le explicó el significado de aquel canto que él no pudo entender, y que se repitió como estribillo incansable a lo largo de toda la ceremonia: *Aladdó moti awá, EaAladdó moti awá, Ea / Obbá oso Aladdó, Shango moti awá...*

—Entonces es cierto —dijo él.

—Cierto, ¿qué? —ella no entendió.

—Que la vida no acaba con la muerte.

Felicia no se atrevió a confirmarlo ni a desmentirlo. Hubiera sido abrumador, creyó, que lo supiese todo en una sola noche. Tampoco le dijo que más que mostrarle el mundo y las creencias que regían su espíritu, su intención había sido acercarlo a Changó, buscando para él toda la potencia varonil que solo era capaz de conferir, según su credo, el dios supremo de la virilidad.

Aquella noche don Anselmo la pasó en vela, martirizado por los mosquitos, a la luz de una luna amarillenta y cubierta de brumas, molesto con las picaduras y también consigo mismo. A lo largo de años se había reído a sus anchas de todo lo que rindiera culto a cualquier divinidad y a poderes sobrenaturales. Visceralmente incrédulo, juró y perjuró que solo la vista hacía fe, aunque por dentro se lo comiera la duda. «Qué ironía. Ya no soy yo» —dijo para sí, con la cabeza sobre la almohada.

ROBERTO CASIN

En las estribaciones de la cercana sierra, en sus bohíos y con absoluta reserva, los *babalaos* ejercían el poder de los auxilios divinos y la facultad de interpretar el deseo de los *orishas*. Los senderos que llevaban hasta ellos eran conocidos solo por los devotos de la santería, que confiaban en el oráculo y la adivinación de los caracoles, por cuyo conducto hablaban los dioses y también los espíritus, ofreciendo consejos y dando pautas pera evitar desgracias y enderezar tragedias. Algunos en Paraíso sabían de esos ritos, y por ello se les tachaba de cómplices de quienes, según malos rumores, conferían propiedades inexistentes a los muertos. Entre los señalados se hallaba Felicia, fustigada con vehemencia por el padre Aristeo en razón a sus presuntos vínculos con la hechicería.

Pero ahora todo eso era parte del pasado. Desde que la mulata ocupó el lugar dejado por Beatriz, el cura se abstuvo de sus vituperios y no volvió a mencionar el asunto, ni en público ni en privado. Por lo que previendo chismes y malos entendidos, Felicia no esperó más para premiarlo, y al día siguiente del *bembé* lo invitó a un generoso almuerzo en casa de don Anselmo, que ahora era también la suya. Ninguno de los que lo vieron conducirse esa tarde con tanta naturalidad, y hasta con gusto, hubiera creído que era el mismo cura que solo semanas antes profería ofensas contra ella. Fue extremadamente afable, y no tuvo reparos en celebrar la pulcritud y el aire de renovación que se respiraba.

—Esta casa huele a limpio —dijo, en cuanto entró.

También se excedió en elogios a la mano culinaria de Felicia. Y si le quedaba algún reconcomio, se le desvaneció en la mesa, ya servido el asado de cerdo, el congrí, los tostones y luego el postre: mermelada de mango, que era una especialidad de ella.

—Me haces un honor que no merezco —dijo a la mulata, a modo de desagravio por todas sus ofensas.

—No diga eso, padre —Felicia sonrío, socarronamente—. Más que un almuerzo, usted merece un banquete.

El ambiente de cordialidad le compuso el ánimo a don Anselmo, que rió y jaraneó por los codos, hasta que un mal presentimiento le viró el estómago al revés. Aristeo y Felicia temieron que le hubiera dado una parálisis. Pero no. Fue una corazonada. Poco después, les llegó la noticia de que el billetero del pueblo había sido hallado muerto.

El crimen lo consumaron los encapuchados a la sombra de un recio almendro, a un costado de la plaza, donde el vendedor de loterías solía recuperar los alientos de su pregón de fortunas y atenuar el cansancio de las caminatas. Un artero balazo le había atravesado el cuello y perforado la yugular. Su cuerpo yacía en medio de un charco de sangre. El anuncio de su muerte desencadenó en Paraíso una febril actividad de puertas y ventanas, que se cerraron a cal y canto para impedir el acceso a nuevas desgracias, y de paso protegerse de una negra nube venida de lejos, que se detuvo sobre el pueblo y se desplomó en un diluvio desenfrenado.

—¡Es el quinto! —exclamó don Anselmo al pie del almendro, sin poder contener la ira, calado hasta los tuétanos por la lluvia.

Para no darles gusto a los asesinos ordenó que el cadáver fuese colocado sobre una carretilla, cubierto de pies a cabeza con un impermeable, y que lo llevaran sin exhibicionismos a toda prisa al cementerio. No quería que la menor expresión de debilidad o desfallecimiento diera más brío a los victimarios.

—Que lo entierren de noche —dispuso—. No habrá velorio.

Cuando entró con su séquito al muladar donde tenían maniatado al presunto asesino, todo lo que sus ojos vieron se reducía a un ovillo de hombre que ocultaba el rostro entre las piernas. El cabo Perfecto y Margarito le habían quitado la capucha que llevaba puesta y estaban interrogándolo.

—¡Enseña la cara, gargajo! —increpó don Anselmo, al tiempo que le daba un puntapié.

El desconocido no hizo nada para defenderse, y volvió a repetir la única confesión que Perfecto y Margarito habían logrado arrancarle.

—Ellos me pagaron —dijo con voz temblorosa, y un chorro de orina acabó de empaparle los pantalones.

Aquella tarde no pudieron sacarle más, por lo que don Anselmo decidió dejarlo allí mismo, pero encerrado dentro de la jaula de fieras que por olvido un tarugo del último circo itinerante había dejado en el pueblo, abandonada y sin tigre.

—Ve al matorral que está al fondo de la panadería y busca quien te ayude a traerla —ordenó a Matías. Y dirigiéndose al cabo, también le dio instrucciones—: Tú te haces cargo de la custodia. En cuanto suelte la lengua o sepamos más, quiero saberlo. No importa la hora.

Cuando regresó a la casa, Felicia estaba a merced de sus nerviosismos.

—Agarramos al primero —dijo don Anselmo, quitándose las botas y el sombrero.

Ya más sosegada, ella pareció recobrar el espíritu.

—Y no va a ser el último —añadió él, sentado en la cama, metido en una bata de felpas y con los pies ensopados por el diluvio. Felicia se los vio tan pálidos, arrugados e indefensos, que fue a buscarle un trago de anís para calentarle la sangre. Pero no se lo pudo dar, porque a la vuelta don Anselmo roncaba de cansancio y ella no quiso turbarle el sueño.

De madrugada, lo sintió balbucear diez o doce palabras apenas inteligibles, que no pudo hilvanar ni hallarles sentido, aunque creyó oírle murmurar algo de una revuelta y un incendio. Entonces le tomó una mano, pensando que estaba medio despierto. Pero no, estaba profundamente dormido.

Fueron a despertarlo cuando en el horizonte se abrió una banda violácea y el gallo cantó tres veces. Venancio, el enterrador, había hecho las paces con su memoria, y en un afortunado relámpago de su retentiva logró reencontrarse en la vieja galera en la que había estado preso con el asesino, que ahora yacía confinado en la jaula de tigre.

Obedeciendo sus propias órdenes: si hay algo nuevo quiero saberlo, no importa la hora, se lo fueron a comunicar cuando él se afeitaba. Venancio aseguraba que el sujeto era el hombre con quien una vez había compartido presidio. No tenía dudas. Estuvieron juntos dos meses en la misma celda. Lo reconoció por el desagradable olor de sus pies. Una cifra mágica pronunciada por Venancio, el número de presidiario, hizo que por primera vez el sospechoso se sintiera de pronto desguarnecido. Y alzando la cabeza imploró:

—¡Clemencia, por amor de Dios!

Ulteriores preguntas de don Anselmo bastaron para que el hombre admitiera su identidad oculta. Había escapado de la cárcel antes de cumplir condena. Dotado de documentos apócrifos por un maleante de caligrafías, y desfigurado el rostro por un mercenario plástico, viajó con cédula de otro, nariz nueva, labios más gruesos, cejas depiladas, y aterrado de que fuera a ponerlo al descubierto su voz, pero inadvertido de que serían los pies los que lo delatarían.

—¿Quién te sacó de prisión? —preguntó don Anselmo.

—Ellos.

—¿Quiénes son ellos?

—No los conozco. Solo sé que son extranjeros.

—¿Cuánto te pagaron para que lo mataras?

—Diez pesos.

La confesión lo tuvo de mal humor el resto del día. Solo al final de la tarde, después de jugar una larga partida de ajedrez contra sí mismo, junto al reloj de péndola de la biblioteca, las calenturas del hígado lograron aplacársele. Aún estaba inclinado sobre el tablero cuando Felicia lo interrumpió para darle el recado. Televito y Sobeida celebraban sus bodas de plata, pero como el pueblo no estaba para fiestas, a última hora habían decidido hacer una modesta velada. Los invitados eran solo dos.

—Tú y yo —dijo Felicia, con subrayado interés para que él no fuera a salirle con ninguna excusa.

Su nombre de pila era Teodoro Ambrosio Martínez del Villar, pero todos le llamaban Televito, apodo nacido del mérito de haber inaugurado la era televisiva en Paraíso, cuando el tubo de hondas hertzianas todavía era un éxito de estreno en América. Nunca hubo malicia en llamarle de ese modo, más bien fue un rendibú que de tanto repetirse llegó a dotarlo de nuevo nombre.

Don Anselmo lo notó esa noche muy demacrado.

—Te ves verde —le dijo.

—Es la dieta —contestó él—. Ahora soy vegetariano.

Televito le explicó que, siguiendo instrucciones médicas, se alimentaba solo con repollos y acelgas. El doctor le había suprimido vinos y carnes para curarle de un repentino priapismo, que no le dejaba en paz a ninguna hora, y que le tenía asida toda la vida a los caprichos del pene. «La palomilla de res —le había dicho el médico— endurece los músculos. Ya verá usted que las hierbas le sentarán». Y él siguió al pie de la letra las indicaciones.

Sin embargo, Sobeida seguía pensando que los males de su marido se debían más a su morbosa afición por las revistas de desnudos.

—El siempre ha sido verde —dijo ella, con una sonrisa divertida—. La única diferencia es que ahora también lo está.

A don Anselmo le parecían disparatadas aquellas lujurias visuales de Televito, casado con una mujer ya metida en obesidades, pero que todavía conservaba en sus voluminosos glúteos buena parte de lo que habían sido sus encantos de la pubertad. Sencillamente, no lo entendía, pero había optado por mantenerse imparcial. A fin de cuentas, pensaba, el mundo era demasiado complejo para andar terciando en una trivial disputa de familia.

Don Anselmo no había reparado en que Sobeida tenía puesto un ramo de rosas al cuadro de su difunto padre, en una pared del comedor.

—Aún me acuerdo del senador —dijo él, mirando el óleo guarnecido por un negro crespón y una calcomanía con el escudo de la república.

La lastimera imagen del cuadro le trajo a la memoria la inmerecida pose mortal del político, cuando entre sábanas salpicadas de diarreas y a pocas horas de sucumbir destripado por la disentería, un pintor sin escuela logró colorearlo sobre la tela con aquella fingida sonrisa. «Penoso adiós», pensó don Anselmo, que aún lo recordaba en sus mejores tiempos, cuando el senador se paseaba por las calles con guayabera almidonada, una gruesa cadena de oro al cuello con la medalla de la Virgen de la Caridad, y zapatos de dos tonos con tacones reforzados para agrandar una estatura que no iba acorde con su posición. Le guardaba las consideraciones del caso, porque como político excepcional y hombre chapado a la antigua, al senador jamás pudo acusársele de latrocinio ni comprobársele irregularidad alguna en el uso de su autoridad.

—Solamente le gustaban las flores blancas —dijo la hija—. No soportaba las de otro color.

La alusión de Sobeida despabiló a Felicia, que estaba a punto de bostezar.

—Es irrefutable que el blanco aleja las vibraciones negativas —apuntó ella—. Está probado que ahuyenta las desgracias.

El comentario dio un brusco giro a la conversación, que se desvió hacia el episodio de los polvos y su secuela de calamidades. Sobeida consideró excesivo el rencor de los traficantes, pero también se quejó de que no se les hubiera dado ya un susto demoledor, una lección ejemplarizante.

—Ni siquiera por amor propio —dijo—, sino por dignidad.

A don Anselmo no le gustó la frase.

—En nombre de esa misma dignidad, le digo que es muy difícil diezmar a un enemigo que muerde y huye. Lo más que se puede hacer es hacerles la vida un tormento —su tono se volvió punzante—. ¿O tiene usted una ocurrencia mejor?

Sobeida no la tenía. Pero su marido si creía tenerla.

—Por qué no vamos a pedirle ayuda a Rolando Flores, el dueño de la hacienda Los Pastizales. ¿Sabe de quién le hablo?

Don Anselmo sabía perfectamente quién era, pero guardó silencio y desvió la mirada, indiferente, hacia el cuadro en la pared.

—Es un hombre muy poderoso, de muchas influencias y dinero —prosiguió Televito—. Qué tal si le viene en ganas oírnos. ¿Qué cree?

Don Anselmo quedó en silencio, pero ahora lo miraba a él, con el ceño arrugado. Estuvo pensándolo unos segundos.

—No, no creo. Es muy afeminado. Y esto es cosa de hombres.

El reloj dio las doce cuando se despidieron. Afuera en la calle hacía un calor de hornos.

V

La voladura del acueducto mató del susto a Dago Jacobo Pérez y Pérez, que murió con su cámara lista sobre el trípode como un soldado en campaña. Su corazón no resistió la emoción de estruendos que fue a repercutirle en medio del pecho cuando se disponía a tomar una foto del asesino confinado en la jaula, y cayó fulminado a la puerta del muladar, con la confusa expresión en el rostro de los muertos que se creen aún vivos.

Esa misma semana, en un arrebato alcohólico, el tabernero le había augurado que se moriría de viejo como las lombrices, suponiendo que el cruzamiento de sangre entre parientes podría darle mayor perpetuidad a su existencia por una infalible lógica matemática. «Llevar dos Pérez en el apellido es multiplicar por dos las expectativas de vida de uno solo», le dijo. Pero solo fue una infeliz creencia, tan desafortunada como la de la esposa del fotógrafo, que sugestionada por un vaticinio del Zodíaco aguardó ansiosa el cambio radical que le anunciaban ese año a su marido, tomándolo por la llegada de abundante dinero. Los dos se equivocaron, y Dago se fue inesperadamente, ni más rico ni más pobre, con un imborrable gesto de asombro en el rostro que durante días dejó turbado al pueblo entero.

La explosión propinó una estocada mortal al pequeño ejército de don Anselmo, y lo trastocó todo. Rompió búcaros y ventanas, desenclavó cuadros, soltó bisagras, echó puertas a tierra, y muchas cañerías reventaron por el sacudión de la onda expansiva.

Los días que siguieron, Paraíso se convirtió en un pueblo de sudores penetrantes. La falta de agua obligó a racionar los aseos, y la porfiada demanda de colonias, talcos perfumados y pastillas de vetiver, agotó las provisiones olorosas de la botica. Lo que más incomodó a don Anselmo fue que la voladura los tomara desprevenidos, y que a la hora del sabotaje él hubiese estado balanceándose plácidamente en la hamaca, mientras revisaba la correspondencia.

Entre las cartas recibidas había una de Beatriz, donde le aseguraba que en el manicomio de Salvatrierra había hallado la dicha que nunca tuvo de cuerda. «De aquí no me sacan ni en camisa de fuerza. Cada cual que disfrute su locura», le había escrito, en un último arranque de lucidez. En otra carta, también del reclusorio, pero en papel oficial rotulado con el sello de la institución, le comunicaban que su esposa, bastante repuesta, había perdido el mal carácter y las arrugas, y recuperado un apetito, ahora tan voraz, que desayunaba, almorzaba, merendaba y hacía dos cenas por día. Don Anselmo no leyó más, hizo una mueca de incredulidad, tiró la carta a un lado y se incorporó de la hamaca.

—A otro con esa mierda —dijo entre dientes, ya dentro de la casa.

Felicia, que creyó que hablaba con ella, le preguntó desde la cocina:

—¿Decías?

Pero él no le respondió, porque a toda prisa entró a la alcoba para calzarse las botas y vestirse con ropa propicia para las audiencias públicas.

—Salgo para Mayajagua —dijo ya en la puerta—. Voy a ver al alcalde.

El viaje le pareció más largo de lo esperado. Habían pasado más de veinte años desde la última vez. «Hasta la geografía se olvida», pensó. Durante todo el camino fue redescubriendo el paisaje y meditando lo que iba a decir al alcalde, hasta que un subido olor a marismas le anunció que la ciudad estaba próxima. Entonces lo invadió la ansiedad. No creyó ver la misma Mayajagua de sus recuerdos. Pero ahí estaba, tan portuaria, sucia y gris como desde sus días de bachillerato, cuando su padre le envió un telegrama apremiándolo a que doblara el uniforme escolar, recogiera todas las pertenencias y alquilara una bicicleta: *Vente a estudiar acá (punto) curso por correspondencia (punto) por las notas veo que en esa ciudad subestiman tu talento (punto) no dejes los libros (punto) aquí son más caros.*

Entró al ayuntamiento con una prisa que despertó sospechas en los dos centinelas de turno, quienes le dieron el alto para verificar su identidad. Cumplidos los trámites de seguridad, le dejaron pasar. Un estirado ujier lo condujo ceremoniosamente hasta la oficina del alcalde, que tenía allí su despacho y casa obedeciendo una orden del gobierno de la provincia. Se suponía que Luis Zorrilla y Almagro fuera la máxima autoridad en Paraíso por mandato de los conservadores, pero para protegerlo de la contumaz tendencia del pueblo a no dejarse gobernar, y de las frecuentes rebeliones, piquetes y otros desórdenes comunes frente a la alcaldía, se determinó que ejerciera el poder desde Mayajagua.

Un estatuto especial otorgaba la gracia a los habitantes de Paraíso de organizarse de la manera que mejor quisieran, y de obrar a su libre albedrío. Pero eso sí, bajo la tutela nominal de un alcalde radicado en la otra ciudad. Dos motivos de peso habían sido suficientes. El primero, el sonado linchamiento en plena plaza pública de un concejal excedido en sus prerrogativas. Y el segundo, la excomunión y encarcelamiento por fuero propio del antiguo asistente del párroco de Paraíso, un sacristán nacido precisamente en Mayajagua que tuvo la osadía de cobrar la entrada a la iglesia con el pretexto de aumentar las colectas, y terminó apropiándose de las alcancías.

El alcalde lo recibió con un apretón de manos.

—Caramba, qué sorpresa verle, don Anselmo.

El ujier cerró suavemente la puerta del despacho y los dejó a solas.

—Veo que la ciudad no ha cambiado mucho —dijo él, secamente.

—Bueno —el alcalde sonrió con malicia—. Querrá usted decir que no prospera en la medida de vuestras expectativas.

Don Anselmo eludió la respuesta y fue al grano.

—Soy portador de una urgencia pública. Nos hemos quedado sin agua.

—En otras palabras —concluyó el alcalde—, el acueducto de Paraíso está averiado.

—No exactamente. Hay que hacerlo nuevo.

Luis Flogisto respiró a fondo, y lo miró por encima de sus gafas montadas al aire.

—¿Causa?

—Digamos que una explosión fortuita —dijo don Anselmo.

—¿Lo dice o lo sugiere?

—Las dos cosas.

—¿Algún accidente? —insistió el alcalde.

—Para acortarle el trabajo, señor Zorrilla —apuntó—. Escriba ahí que se trata de una avería insólita.

—¿Me habla usted en serio?

—Muy en serio. Tan en serio como que estoy aquí.

Luis Flogisto Zorrilla y Almagro se puso de pie de un tirón, y dio varios pasos alrededor del escritorio con las manos entrelazadas a la espalda. Sabía a qué atenerse si se excedía. Y esta vez inquirió con ironía.

—¿Está seguro?

Don Anselmo no había dejado de mirarlo ni un segundo. Y para poner punto final al diálogo elevó la voz.

—Seguro.

El alcalde se paró frente a un mapamundi esférico al costado de su enorme buró, y lo hizo girar bruscamente. Contó hasta tres para sosegarse, y detuvo el globo terráqueo de golpe, frenándolo con un dedo. Don Anselmo seguía observándolo.

—Muy bien. Tomo nota de su petición —dijo, y por prudencia desistió de toda curiosidad.

El regreso a Paraíso le pareció a don Anselmo más largo aún que la ida. Felicia lo esperaba junto a la fuente de las musas, sentada en un banco al pie de las arboledas, dando puntadas con agujas de hacer croché. Mientras él corría con sus diligencias fuera del pueblo, un desconocido había estado haciendo preguntas en la taberna. Según la versión de Mariangélica, el hombre era uno de los dinamiteros del acueducto. Una de sus putas, la Luisa, lo entretuvo todo lo que pudo, dando tiempo a que don Anselmo llegara y tomara cartas en el asunto, pero viendo que las horas pasaban, y como el hombre ya había bebido mucho, decidió llevárselo a la cama para sacarle además de la paga toda la información que pudiese.

Las revelaciones que hizo ya subido de alcohol, y con una abstinencia que a juzgar por ella era de varios meses, resultaron convincentes para la Luisa, que era una firme creyente de que no había verdades que pudieran resistirse mucho rato a los interrogatorios de la libido.

—Todo lo que habló me lo dijo entre el primero y el segundo orgasmos. Puede darlo por cierto —aseguró ella sin temor a equivocarse.

El individuo se declaró parte de una banda de cuatro elegidos que cumplían la encomienda de hostigar hasta las últimas consecuencias a los habitantes de Paraíso. Le dijo que ellos eran los autores de las muertes del médico, el organillero, el vendedor de billetes, el amolanchín y el boticario, que también habían hecho rodar amenazas y avisos intimidatorios, y que no se iban a ir hasta que rescataran para su jefe los costales perdidos en La Cangreja.

La Luisa describió al forastero como un hombre de unos treinta y cinco años, de poca estatura, tez morena, pelo lacio y negro, muy poblado, ojos saltones, también oscuros, cabalmente fornido y con una excrecencia redonda en medio del pecho que más que verruga, pensaba ella, parecía ser una tercera tetilla. Mariángelica, que lo vigiló hasta que bajó la escalera, escuchó cuando ya en la puerta el hombre le dijo a un borracho de mirada extraviada que si la gente del pueblo se negaba a colaborar, lo peor estaba por venir.

La advertencia parecía auténtica, porque instantes después, junto al cartel que ponía límites a la moralidad e inmoralidad en la taberna, apareció clavado otro que, parafraseándolo, decía: *Pobre del que no tenga miedo. Y del que lo tenga, también.*

—Dígame una cosa—le preguntó Mariangélica a don Anselmo, con aire circunspecto—. ¿No le da susto pensar que se adueñen del pueblo?

—¿Quién dijo que podrán? —refutó él, con tanta certeza que ella suspiró aliviada.

De todas maneras, el letrero clavado por los fulanos en la taberna añadió más leña a la hoguera de incertidumbres que ardía en las mentes de Paraíso. Al día siguiente, las calles y aceras parecían territorio de nadie. La gente andaba deprisa y sobresaltada, como si la venganza fuera pisándoles los talones. Muy pronto se empezó a rumorar que a media mañana, cuando el sol aún no reverberaba y los reflejos de luz no eran todavía engañosos, alguien había visto en La Cangreja un inconfundible resplandor de metales. Todos sabían que la avioneta ya no estaba allí; que habían hecho desaparecer hasta el más mínimo vestigio. Pero el pánico pudo más que la evidencia. Y la perturbación originada por el maldito espejismo llegó a oídos de don Anselmo.

—Dicen que se ven cosas en la playa —le comentó una mañana su mujer.

—A mi no me consta.

—Al menos debería importarte —replicó ella, fingiendo un mal humor que no tenía.

Pero para él no había nada más absurdo que las fábulas sobre aparecidos.

—Me importe o no, da igual. Los fantasmas no existen —dijo, contrariado, y se fue a dar mendrugos a las gallinas.

Más tarde recapacitó de su aspereza con Felicia, y cuando quiso subsanarla, no supo cómo hacerlo sin enredarse en excusas atropelladas. Mientras ella recalentaba el café, le ciñó los brazos por la cintura y le dio un beso en la nuca. No hubo una palabra más. Fue una tarde de encandilados juegos de alcoba, en la que le hizo el amor con artilugios de demonio orgiástico y vitalidad de atleta, hasta dejarla extenuada de placeres sobre la cama. En cierta medida también fue una tarde sin fin, porque durante horas estuvo lloviendo ininterrumpidamente, con obstinación, y aunque las aguas lo empantanaron todo, el calor nunca se fue.

A pesar del mal tiempo, la cuadrilla de albañiles y plomeros venidos a reparar el acueducto fue recibida por la algarabía de una multitud de curiosos, guarecidos bajo una constelación de paraguas. Don Anselmo había advertido que no quería demostraciones de júbilo, porque las consideraba inoportunas, pero el pueblo lo desoyó y se lanzó a festejar al son de guarachas y rumbas, que a la larga resultaron deslucidas, porque la lluvia no había cesado desde la tarde anterior. Consumada la desobediencia, a él no le quedó otra salida que pasearse entre el gentío como si el agasajo le perteneciera, repartiendo saludos y palmaditas en el hombro. No habló en público, porque el momento no era propicio. Además, estaba afónico de tanta humedad. En cambio, hizo bailar a todo vapor a Felicia, con igual soltura que en sus años mozos, cuando le dio por ser un as de la danza. Su primera novia había sido una joven tan apática a la música y a los compases, que él se entregó al baile de forma desmedida para molestarla. De entonces le quedaba la costumbre de silbar, los días que estaba alegre, melodías románticas mientras se bañaba en la ducha. Solo eso, porque de sus amoríos con aquella señoritinga, fruto de un infructuoso empujón de familias, no quedó huella perdurable. Mucho tiempo después, supo que ella seguía presumiendo de solterona; y que los bromistas del pueblo, inspirados en el avinagrado carácter de la mujer, le habían escrito, aún en vida, un epitafio de coña. Los versos llegaron un buen un día a sus manos, y le gustaron tanto que se los aprendió de memoria. De manera que, cuando en un receso del baile escuchó a su espalda que alguien le decía: «Qué bien se le ve, don Anselmo», inmediatamente reconoció el timbre de voz de la señoritinga. Los dos se volvieron.

—Bonina Sánchez, para servirle —dijo la mujer, enfilando el ojo a la mulata.

Pero la música echó a sonar otra vez, y don Anselmo no desaprovechó la oportunidad.

—Con su permiso —dijo. Y cogiendo a Felicia del brazo se la llevó.

Después, al cabo de unos minutos ella preguntó, sin mirarle a la cara para no delatar su interés:

—¿Quién es ésa?

—¿No lo oíste? Una pobre vieja con nombre de vaca, solterona y amargada.

Mientras duró la fiesta, bebieron, sudaron, rieron, pero no hablaron más del asunto. Por ratos Felicia lo escuchó tararear unos versos de chanza. Primero pensó que eran las rimas de algún corrido anónimo, pero luego, cuando él se los recitó íntegros en la casa, entendió a quién estaban dedicados.

> *Le asignaron por tumba una letrina*
> *a esta muerta de abstinencia vaginal,*
> *tirando a mierda su aire de oficina*
> *y su triste vida, de estampa militar.*
> *Fue sepultada sin ayes ni lamentos,*
> *inocentona de pecados, virginal,*
> *sin padecer del sexo los tormentos,*
> *infeliz y muerta, de tristeza marital.*

Las suciedades de la fiesta terminó llevándoselas la misma lluvia que las trajo, y dejó una falta de bullicios tan grande que a Felicia le dio por hablar. Con la quietud de un buda, don Anselmo la escuchó contar su pasado y su futuro, el adulterio de una prima suya con el maestro de azúcar de un ingenio cercano, y lo mucho que hacía tiempo ella deseaba tener un hijo. También mencionó los buenos augurios que para él y para ella había leído en las copas y bastos de los naipes. Habló mucho y con atropello: del poder curativo de los aromas, de la indescifrable longevidad de la langosta, de la usura sin conmiseración de los abogados modernos, del asco que le daban las cucarachas, de lo mucho que echaba de menos su viejo catre y de cuanto le vino a la mente. Él estuvo oyendo hasta que le entró hambre.

—Mejor cenamos —dijo.

Una vez en la mesa se sintió apabullado, porque ella siguió hablando con ímpetu infatigable.

—¿Sabes que me fascinan los mariscos? Es una pena que no los comamos más —lamentó, y se explayó en una longaniza de interrogantes—: ¿Por qué no te sirves más sopa? ¿Qué te pasa que no te veo con apetito? ¿Estás enfermo? ¿Por qué no comes más?

Aprovechando la pausa que Felicia hizo para traer el postre, él se levantó.

—¿Sabes qué? —dijo—.Ya estoy lleno.

Había vacilado en ir a ver al cura, pensando que tal vez la hora era inoportuna, pero el incontrolable palique de su mujer acabó poniéndolo camino a la iglesia. Le sorprendió encontrar al padre dormido, tumbado sobre el diván de terciopelo punzó de la sacristía, roncando con las altisonancias de un trombón. Aristeo de la Concepción Santos Aldunaga había pasado de la lectura al sueño en un involuntario descuido de la conciencia. Sobre su pecho aún reposaban algunas páginas sueltas de las memorias del último consistorio cardenalicio. Un repentino acceso de tos le abrió los ojos.

—El amor libre es una hecatombe —dijo, aún en sueños, retomando en algún sitio de la inconsciencia el hilo de sus cavilaciones.

Pensando que deliraba, se acercó al diván y le preguntó por qué.

—Porque la píldora y los abortistas están acabando con la humanidad —contestó él, con mirada ausente.

Don Anselmo, para quien los anticonceptivos eran solo un estorbo al natural ejercicio de la fornicación, calló y se limitó a contemplarlo, hasta que un ronquido le cerró al cura los párpados, sumiéndolo nuevamente en un letargo. Había ido a hablarle de sus pesadillas, de aquella alucinación con un fusilamiento y corceles encabritados que desde niño no le dejaban dormir en paz.

 En el fondo temía que todo aquello fuese la revelación de un mal agüero, o la clave de uno de esos secretos que terminan siendo fantasmas familiares, recónditos en la memoria. Pero después pensó que tal vez fuera solo el resultado de malas digestiones. «Por lo que se ve, el padre también tiene las suyas», se dijo.

Esa noche no soñó con incendios ni revueltas, sino con el hombre que había estado en la taberna. Lo vio como le dijeron que no era, con las cuencas de los ojos vacías, una palidez de ultratumba y calvicie de calavera. Entre sueños, alcanzó a hablarle:

—Vivo o muerto, ¿qué quieres?

Y la sombra le contestó:

—Vengo a buscar mi certificado de defunción.

—No sé de qué hablas.

—Sí sabes, porque tú mandaste que las putas me engatusaran. Eso no se hace. A los hombres se les mata sin intermediarios —la sombra le dijo que el escarmiento iba a ser grande—: Esa mulata la vas a perder, cabrón. Te la vamos a robar.

Aquella voz lo hizo sentarse en la cama como un muelle que se comprime y súbitamente se suelta, con las sienes bañadas en sudor, el paladar arenoso y tirando puñetazos al aire.

—¡Qué te pasa? —el grito de Felicia terminó despertándolo.

Don Anselmo le palpó los muslos y los senos para saberla allí, y para saberse vivo.

—Nada. Que he visto el futuro —sostuvo, y virándose siguió durmiendo.

Las primeras claridades del alba lo levantaron de la cama con más prisa que de costumbre. No se puso sus pantuflas de cuero de becerro ni se rasuró oyendo los noticieros. Estaba tan seguro de haber visto aquel hombre, que aún en paños menores registró los rincones en busca de algún indicio que se lo desmintiera. Hurgó en la antesala, los cuartos, los baños, dentro de los armarios, bajo el escritorio, en las despensas de la cocina, en el desván y después salió al patio para cerciorarse de que no había nadie alrededor de la casa. Por último se vistió, y sin tomar siquiera café se fue a la taberna a darle la cara a sus sueños.

Mariangélica había amanecido hundida hasta el cuello en la bañera de peltre, extinguiendo los fuegos de su memoria. Y así estaba cuando don Anselmo llegó a la taberna y subió a trancos hasta su alcoba. La noche había sido larga y sin sosiegos. El dinamitero había vuelto al burdel, y esperando que pagara por su delito, a una de las putas se le ocurrió prepararle un brebaje con flores de burundanga. Le doblaron la dosis y se lo mezclaron con aguardiente para que el efecto fuese fulminante, pero el fulano tenía una salud blindada. Alguien había dicho que si en el trago le maceraban además polvos de uña, en pocos minutos acabaría por derrumbarse, pero desestimaron que la víctima era un adicto profesional a las drogas. Y mientras los confabulados esperaban verle caer de bruces, ya intoxicado por la pócima alucinante y hablando hasta por los codos, el hombre seguía pegado a la silla, intentando hacer trío de ases, agrupando las cartas al revés y confundiendo los reyes con las monjas, las jotas con los comodines, dando codazos, vociferando, y tratando de agarrar cuanto trasero pasara cerca, cada vez más excitado e impertinente. Las putas se esmeraron en halagarlo con abierta lascivia para ocultarle la mortaja que estaban preparándole. Pero el error fue quererlo doblegar con su propio veneno. Y les costó horas de espera.

—Pensamos darle un vergajazo en la cabeza —dijo Mariangélica, enjabonándose una teta—. Pero ya era demasiado tarde para improvisaciones.

La narración le enfrió a don Anselmo todos los huesos. Las cinco, incluyéndola a ella, habían estado de acuerdo en que la venganza por lo de los polvos debía ser severa. De modo que las putas no tuvieron reparos en ir aumentándole la dosis de burundanga al fulano, confiadas en poder hacerlo hablar y luego despacharlo. Susana, la más nueva y por ende la única que conservaba rasgos de inocencia, sintió pena. La Patricia, ya casi al final de su exitosa carrera, propuso degollarlo con el cuchillo de tajar jamones, el de la hoja más ancha. La Paloma, la más menudita del burdel, reía de nerviosismo, mostrando a destiempo sus encantos, iluminados débilmente por las macilentas bombillas de la taberna, mientras que la Luisa, la única que había trabado contacto físico con el hombre en una noche de obscenidades, aconsejó dejarlo dormir cuando le viniera en ganas. La idea era sacarlo de allí herido de muerte, y abandonarlo sin homicidas ciertos, mar afuera, en un bote a la deriva. Pero el cabezazo de cerebro hueco que el hombre fue a pegar contra el piso demostró que los excesos conducen siempre a finales imprevistos.

—Cuando nos lo llevamos en hombros de la taberna, estaba más tieso que un maniquí —dijo Mariangélica, chapoteando en el agua de la bañera.

Don Anselmo no quería creerlo.

—¡Coño! ¡Entonces fue él!

Como ella no entendió por qué él decía aquello ni se inmutó, y enjabonándose ahora una pierna siguió haciendo el cuento.

Durante todo el trayecto hasta el cementerio, al muerto fueron crujiéndole las mandíbulas, que no se acallaron hasta que Venancio echó la última paletada sobre el cadáver. Lo enterraron con sus pistolas en un páramo del camposanto, para que la fetidez y los vestigios de su desaparición quedaran bien ocultos en tierra de nadie.

Después, ella misma se había tomado el trabajo, dijo a don Anselmo, de borrar todo indicio comprometedor: los cigarrillos despachurrados y tirados al piso por el difunto, un pañuelo de hilo bordado con iniciales góticas que dejó a medio secar sobre el espaldar de la silla, y un diente de oro que había soltado en el batacazo.

—Todo se lo debemos a la Luisa —dijo Mariangélica, henchida de orgullo por su pupila—. Si no es por ella, ese hombre no hubiera vuelto a la taberna

VI

Rolando Flores estaba vestido a la inglesa y en una de sus poses habituales cuando don Anselmo llegó a Los Pastizales. El hacendado reposaba sobre una espaciosa hamaca granadina, amarilla y blanca, en el portal de su quinta, impasible, arrancándole bocanadas de humo a una portentosa breva. Sus botas colgaban de la tela como dos péndulos de plomo, y un peón de la finca, que él despidió al punto con apurada displicencia, le echaba fresco con un enorme abanico de yaguas.

—Vaya, vaya. ¡Qué estrella se va a caer? —dijo Rolando, al tiempo que lo invitaba a tomar asiento.

Los ojos que lo miraron a través de aquellas gafas de lentes telescópicos le parecieron a don Anselmo dos remolinos de vidrio. Habían conversado pocas veces, casi siempre por cortesía, durante encuentros casuales. La última vez, que él recordara, hacía ya cinco años. Y ahora lo hacía contra su voluntad.

—Presumo que está usted al día de lo sucedido —dijo.

—Pues sí y no. He oído algo —admitió Rolando, echando humo por la nariz.

—Cuénteme entonces —el tono de don Anselmo fue insolente.

—En verdad, no tengo mucho que contar —se excusó con una ironía—. Se supone que sea usted quien lo haga.

—Me han pedido que interceda.

—¿A favor de quién?

—De Paraíso.

—Y ha venido a pedirme ayuda —el acento de Rolando era de vanidad.

—Yo no —aclaró don Anselmo—. Hablo en nombre de los demás.

—Ya veo —señaló, con desdén—. Me habían dicho que usted es hombre de muchas salidas.

—Lo soy —la voz se le quebró de ira mal contenida—. Pero solo las uso oportunamente.

Su interlocutor lo miró de reojo y no pudo evitar una contracción involuntaria en el cuello, un tic que solía asaltarlo en momentos de tensión.

—¿Dio usted parte a las autoridades? —inquirió, con una mueca de malicia.

—¿Algo le hace pensar que no?

Rolando se llevó una mano al pecho, en señal de fingida benevolencia.

—Para serle franco. No lo engaño. Algo me hace pensar que no.

Don Anselmo sonrió, con manifiesto sarcasmo.

—Lo que quiere decir que usted en nuestro lugar lo habría hecho —la modulación de sus palabras fue ahora de abierto desafío—. Al fin y al cabo, hombre de probada honradez.

Rolando se levantó bruscamente de la hamaca, molesto, y se sacudió las cenizas de tabaco de la cazadora.

—No exactamente.

—¿Entonces? —preguntó él, enarcando las cejas.

—El caso es que sea como sea —hizo una pausa para colocarse bien los anteojos—. Me da mucha pena, don Anselmo, pero yo no puedo ayudarlos.

Tratándose de lo que se trataba, no iba a hacerlo. Además, Rolando sentía tanta inquina por los Montero y despreciaba tanto a Paraíso que, si toda la antipatía que llevaba por dentro se hubiera extinguido, él habría mordido las piedras en busca de más. Era una animosidad cogotuda, soberbia, un mal de cuna que le brotó desde el primer día que puso un pie en el pueblo, aproximadamente una década atrás, en pos de unas tierras. Su obsesión era comprar la hacienda Bueyvaca de los Montero, cinco caballerías de tierra que don Anselmo usaba como potrero y pasto para ganado vacuno.

—¿Cuánto quiere por ellas? —le preguntó Rolando con acento imperioso, el primer día que se vieron.

—Lo que usted no puede dar, porque no se venden —fue toda la respuesta de don Anselmo.

Las tierras que Rolando consiguió luego fueron resultado de su obstinación, y de la presteza con que un guajiro de la comarca le vendió las suyas.

—Pero ¿por qué aquí? —le había dicho suplicante Rebeca, su mujer, a lo que él replicó de manera tajante y malhumorada, con una expresión de malquerencia en el rostro que ella no pudo entender.

—Porque es mi destino —zanjó con un brusco ademán, congestionado por la ira—. Y no preguntes más.

Dos semanas más tarde, donde antes solo había hierba de Guinea y boñigos de vaca, ya estaba construida la nueva residencia Los Pastizales, una formidable quinta ubicada a cuatro leguas de Paraíso y unida a este por un terraplén, allanado con gravilla. Se trabajó de día, de noche y de madrugada para tener listos a tiempo los seis cuartos (dos para él y su mujer, y cuatro para los invitados), la caballeriza, la sala, la saleta, la cocina, la alberca, el comedor, y los seis baños, porque los Flores eran extremadamente escrupulosos y no compartían con nadie los inodoros.

Luego, en cuestión de una semana, una caravana de camiones trajo a la casa porcelanas de Sèvres, vajillas importadas de Japón, tapices persas, pájaros y animales exóticos, cuadros dudosamente célebres, la dotación de cristalería óptica para la miopía de Rolando, y otros enseres notables que el pueblo vio desfilar y desembalar con precauciones de museo.

La mudada no le asentó para nada a Rolando, que a los pocos días incubó una urticaria tan rebelde que su mujer la confundió con escarlatina.

—Debes ir al médico —le aconsejó—. Pareces un camarón hervido.

El dermatólogo le dio otro diagnóstico.

—El sol le hace mucho daño a las personas tan blancas como usted. No puede negar que su alcurnia es más europea que criolla.

En lo adelante, Rolando usó solo camisas de mangas largas y cazadoras de dril, y una escuadra de lazarillos con sombrillas oscuras le guarecía invariablemente el paso, con el doble propósito de protegerlo del sol y despejarle el camino de los guijarros que sus ojos no alcanzaban a ver.

Con el tiempo, muchas de las tierras del pueblo habían llegado a ser suyas. Tenía tantas, que ni paseando la vista en redondo con catalejos podían ser vistas todas de una vez. Su gran fortuna se convirtió pronto en comidilla de las damas ya retiradas de los trajines fálicos y de las encomiendas del corazón. La presidenta del club de viudas de Paraíso, una americana admiradora de don Anselmo, había asegurado que la riqueza de Rolando provenía de un lejano pariente, quien llegó a hacerse millonario en la Cochinchina, en tiempos de la corneta, contrabandeando colmillos de elefantes y bisuterías de marfil. Pero la historia no convenció a nadie. Tenía mucho aire de novela para ser cierta.

Un día, pasado de tragos, Margarito empezó a decir que Rolando era un potentado de botas y calzones prestados, hijo de una familia desheredada, y que todas sus posesiones le habían llegado sin trabajarlas, como dote de bodas.

El cartero se encargó de ir murmurando de puerta en puerta que Rolando era un don nadie con chequeras en los bolsillos: «No tiene amigos, solo dinero, que tampoco es suyo». Ese mismo día, don Anselmo le preguntó:

—¿Y usted cómo lo sabe?

Sobreponiéndose a su vértigo etílico, Margarito se cruzó el índice sobre los labios para hablar quedo, y le dijo:

—Para algo traigo y llevo la correspondencia.

De nada valieron las reprimendas y las advertencias de los amigos de que tales profanaciones eran castigadas por la Constitución. Al cartero le importaba poco violentar la ley, con tal de darse el gusto que le proporcionaban aquellas lecturas prohibidas del correo ajeno. Y su coartada fue hacer cómplices a los demás, con una risita de inocencia:

—Nadie más tiene por qué enterarse. Solamente usted y yo.

Gracias a él, don Anselmo supo que Rolando era un materialista atarantado. Dos cartas interceptadas casi al mismo tiempo así lo dejaban entrever. La primera, remitida por un desconocido, un tal J.J., y con matasellos de México, decía en uno de sus párrafos: *Me extraña que habiendo sido líder sindical y agitador de revueltas, te puedas adaptar a tu nuevo papel de burgués adinerado y explotador de jornaleros rurales.* El final de la otra, enviada desde Nueva York y firmada por un tal Raúl Flores, que se identificaba como su hermano, decía: *La Providencia te amparó y hallaste una buena mujer, pero al parecer te has propuesto hacer otra vez el ridículo con tu socialismo trasnochado. No sé como puedes hablarme en tu carta de igualdad social, y andar metido en los negocios que se comentan. Por favor, déjate de sandeces y si respetas en algo la justicia, empieza por aplicarla en tu casa y págales mejor a tus desdichados empleados.*

Delante de sus criados Rolando comentaba con su mujer que dormía muy deprimido y asaltado de pesares por la pobreza del mundo, pero amanecía sobre sábanas de hilo y almohadas de plumas de ganso, en su aposento de aires aclimatados y claridades dosificadas por cortinas de seda. Las cenas que organizaba para sus íntimos se hicieron famosas por la categoría de los manjares: quesos comprados en Rotterdam, caviares del Caspio, langostas de Maine, agujas de Cojímar, raviolis de la Toscana, ciervos de los Jardines de la Reina, jabalíes del Canadá, y champanes y tintos girondinos que su servidumbre, de planchada librea, escanciaba generosamente cuando la visita lo exigía.

Cada vez que había una de aquellas fastuosas comilonas, la voz popular las ligaba a la dudosa génesis de su fortuna, y con mofa implacable corría de boca en boca la frase: «Zambullo, zambullo, suelta lo que no es tuyo». Uno de sus soplones a sueldo informó a Rolando de las murmuraciones, una tarde que la manicura le acicalaba las uñas.

—¿Sabe usted, patrón, que las lenguas viperinas lo despellejan sin piedad?

Pero Rolando no levantó la vista de su impecable pulgar; ni siquiera preguntó qué decían de él aquellas lenguas.

—No hay hombre grande sin perfidias ni detractores —se limitó a responder con indiferencia.

Toda esa grandeza de la que presumía Rolando fue chica, comparada con la humillación que le produjo a don Anselmo su visita a Los Pastizales. Esa tarde entró al pueblo con el sombrero calado a la altura de las orejas, desencajado de hombros y llevado a rumbo por el caballo, que venía con el trote ruinoso de las tropas en desbandada. Matías fue el único que lo vio llegar con todas las corvaduras del quebranto dibujadas en la espalda, y le causó tanta pena, que salió corriendo a poner sobre aviso a Felicia.

—Viene fuñido —le dijo.

Después, entre los dos lo ayudaron a desmontarse de la cabalgadura. Él no dijo media palabra, y Matías se llevó la bestia para desensillarla. Ya dentro de la casa Felicia le preguntó:

—¿Alguna nueva?

—No. Todas son viejas. Y feas —dijo él, sin mirarle la cara.

Antes de ir a la finca, don Anselmo le había comentado a Felicia que, contra su voluntad y entendimiento, había aceptado entrevistarse con Rolando porque Televito, el cura y los otros le rogaron hacerlo. «Son mayoría», fue su conclusión. Los únicos opuestos a la idea habían sido él y el cartero. Y eso precisamente era lo que más bochorno le daba: tener que admitir que se había quitado la razón a sí mismo para ir a ver a «un mariquita socarrón». Se lo estuvo reprochando hasta mucho después de que Felicia, para aligerarlo de estropeos morales, le hizo meter los pies en una tina de agua hirviendo con hierbas descongestionantes, y le forró la cabeza de compresas frías para bajarle la calentura. Pero la fiebre no cedió hasta que ella le dio de beber un cocimiento de borrajas, y a escondidas suyas él salió al patio con un trapo amarrado a la frente, y envuelto en una sábana hasta los tobillos, a sudar a la luz de la luna el bochorno que le quedaba.

—¡Qué haces? —reconvino ella—. No puedes salir así. Se te van a enfriar los pulmones.

—Mientras no sean los huevos.

Su mordacidad fue la catarsis de toda la indignación que lo abatía. Le martillaba el barrunto de que la evasiva del dueño de Los Pastizales fuese a provocar desconciertos inconvenientes, y quebrantara el ánimo de aquel estado de guerra que por necesidad, y también por convicción, no debía desfallecer. Durmió toda la noche de cara al cielo junto a las musas de jaspe, ensabanado como un arconte griego y solo bañado por el tenue resplandor de las estrellas, porque la luna desapareció temprano. Felicia pasó la madrugada en vela, atenta a todos sus movimientos desde una persiana, yendo a hurtadillas a cada rato a tomarle el pulso, con imperceptible tacto para que no la descubriera, temerosa de que fuese a darle una de aquellas crisis de insomnio que solían trastornarlo durante recurrentes estados de pirexia, y que le daban por encender todas las luces de la casa. Sin embargo, don Anselmo no abrió un ojo en toda la noche, y durmió con la inercia de un lirón. Ya en la mañana, retomando el hilo de lo que le había dicho a Felicia la víspera, desahogó las aprensiones que de noche no había podido liberar.

—Ojalá que nadie se apendeje —estaba tan predispuesto que no podía creer ni en sus propios deseos—. Tú, ¿qué piensas?

—Lo mismo que tú.

La respuesta de Felicia surtió el efecto de un cañonazo; se desenrolló la sábana, se quitó el gorro de enfermo que ella le había puesto de madrugada y, limpiándose apurado las legañas con una servilleta, le dijo:

—Ve por ellos y tráelos. No quiero que el miedo les tome la delantera.

Mientras Felicia iba en busca de Margarito, Teira y los demás, él se afeitó de dos pasadas, se aliñó las greñas de la mala noche con gomina, se empolvó los sobacos, acabó de vestirse, hizo gárgaras de sal y limón para entonarse el aliento, y cubrió con una sobrecama la jaula de la cotorra, porque no quería que las alocadas impertinencias del pájaro perturbaran la conversación. A falta de una mesa redonda, acomodó las sillas del comedor en círculo, equidistantes unas de otras. Cuando los invitados llegaron, él ya los esperaba sentado en el mismo asiento donde había tenido la clarividencia de convocarlos.

La sorpresa la dio Mariangélica, que se apareció de súbito sin que nadie le hubiese dicho que fuera. Estaba allí, según dijo, porque le había asaltado el presentimiento de que don Anselmo la necesitaba. Llegó en un holgado vestido a cuadros blancos y azules, con el pelo anudado en dos trenzas, zapatos negros de colegiala, sin gota de afeites y con un pañuelito blanco de penetrante perfume en la mano. Felicia repartió café. Margarito, que nunca había secundado la idea de pedir ayuda a Rolando, fue el primero en hablar.

—Bien señores. Por lo visto, don Anselmo y yo estábamos en lo cierto.

Televito, promotor de la idea, se apuró en justificaciones.

—Bueno las cosas no siempre salen como uno desea —no lograba acomodarse bien en la silla—. Siempre hay que prever un margen de error.

—¡Más bien de estupidez! —replicó, irritado, Margarito.

Dotado de su proverbial habilidad para mediar en las reyertas, el tabernero intervino.

—Por favor, señores, no pierdan la mesura. Pensemos que se trata solo de un revés, y dejemos a un lado los reproches.

El jardinero fue todavía más lejos.

—Yo no diría un revés. Fue un mal paso —dijo.

—Eso, un traspié del destino —acotó el enterrador, que se las daba de literato.

—¡Un traspié? ¡Dijo usted un traspié? —exclamó don Anselmo, y quedó a la espera de respuesta.

El enterrador apoyó la espalda en el respaldo y asintió tímidamente con la cabeza.

—Pues equivoca usted la anatomía, querido Venancio —remarcó cada palabra don Anselmo, que se agarró firmemente de los brazos de la butaca para no irle arriba—. ¡El destino se arruina con la cabeza, no con los pies!

El cabo Perfecto, que había permanecido sentado en pose marcial con la gorra sobre las piernas, se ladeó en dirección suya.

—No se me altere, don Anselmo. Aquí se hará lo que usted disponga.

Teira miró de reojo a Televito, que dijo con voz queda y un dejo pesimista:

—Mire usted, don Anselmo. El problema es que estamos en desventaja.

—¡La desventaja se va a la pulla! —gritó él de un brinco, y Felicia temió que le fuera a dar un soponcio.

El silencio que siguió fue sepulcral. Solamente después de que don Anselmo se repuso de su acceso de cólera y volvió a sentarse, Televito se atrevió a continuar.

—Perdone, don Anselmo —dijo, haciendo una leve pausa—. Usted tenía razón.

—¡Tenía no, tengo! —replicó él, aún descompuesto—. ¡Le dije que esto era cosa de hombres, no de maricas!

Luego de otro largo silencio, Mariangélica se puso de pie, y con su anacrónica apariencia de colegiala hizo una pirueta de buenos auspicios.

—Sin desdorar a los presentes —dijo—. Yo tengo el hombre que hace falta.

Todos volvieron la vista hacia el pañuelito blanco y perfumado con el que la puta se cubrió los labios, tratando en vano de ocultar una sonrisa de picardía.

—Se llama Indalecio. Y modestia aparte... hace lo que yo le pida.

Para ella, que lo veía desde su perspectiva, Indalecio era el macho más macho de los alrededores. Para las autoridades, más circunspectas en sus juicios, era el cuatrero más escurridizo que se hubiese conocido en los andurriales y lomas de Mayajagua. Involucrado en el trasiego y contrabando de reses solo por mera diversión, a juzgar por su desapego al dinero, Indalecio le revolvía la bilis y la fortuna a los ricos ganaderos, y había llegado a convertirse en enemigo jurado de los dueños de más reses en toda la zona.

Don Anselmo accedió en principio. Pero aún le quedaban por saber algunas particularidades que solo Mariangélica conocía. Durante más de seis meses, Indalecio había estado librando una guerra chiquita de lazadas y escopetazos contra los alguaciles, y no eran pocos los ofrecimientos por su captura. Hechas circular como edictos, en volantes, las promesas de recompensa, que

en verdad eran arengas a la delación, habían sido colocadas en cada rincón de la sierra, impresas en gruesa y
negra tipografía luctuosa, clavadas sobre estacas a la vera de caminos, en puertas de viviendas, urinarios y fa-
chadas de establecimientos privados e instituciones públicas.

—¿Está usted segura —preguntó don Anselmo— de
que no lo han capturado?

—Tan segura como que sí —dijo ella, haciendo una
cruz con los dos índices sobre los labios—. Los pocos
letreros que quedan pidiendo su cabeza están llenos de
escupidas.

Ella misma le había aconsejado que dejara de mero-
dear los montes de más peligro y se acogiera a un armis-
ticio, porque era raro el día que su destacamento no era
hostigado por los fogonazos de baquianos o francotira-
dores del ejército. Sin embargo, con una suerte a la que
muchos no dejaban de atribuirle facultades sobrenaturales, Indalecio pudo escapar siempre de todos los cer-
cos, lo que le había valido el mote del Cuatrero de las mil
caras, porque se decía que igual número de veces había
salvado la vida gracias a su admirable destreza para es-
quivar las trampas, esfumarse prácticamente en las
mismas narices de los rastreadores, y luego reaparecer
en público sin trazas de malhechor, atildado, atusándose
su bigote prusiano y bien lejos de los perseguidores, rodeado de guardaespaldas y saludando a sus admiradores, con gesto de hombre cabal.

Así fue como lo conoció Mariangélica un sábado al
mediodía en Mayajagua, cuando los telegramas de la
justicia lo daban ya por cadáver. Desde que lo vio, se sin-

tió hechizada. Y como nadie se atrevió a darle fe de quién era, ella no vaciló en atravesarse en su camino.

—¿Es usted ese que dicen?

Él la miró con ojo de catador.

—Más o menos —la respuesta la dio uno de los guardaespaldas, que le cerró el paso.

Pero Indalecio apartó al hombre con la mano, mientras la desnudaba con la vista.

—Si quieres saber si soy o no soy —le dijo—, te espero esta noche en el bar.

A las nueve en punto, el mismo Indalecio le narró la historia de su muerte avisada. Durante seis días, estuvo pisándole los talones una de las mayores batidas organizada por los hacendados de la región. En la partida iban monteros de espuelas célebres y matones profesionales, encabezados por el tristemente famoso Romárico, un viejo sabueso experto en pistas perdidas. Se presentía por todos —es más, se daba por cierto—, que Indalecio no podría salirse esta vez con la suya. Al tercer día de persecución, se dijo que los cuatreros habían puesto pies en polvorosa. Dos días más tarde, alguien aseguró haber visto en fuga por entre los matorrales la copa de un sombrero de panza de burro, similar al que usaba el más espigado y joven de los lugartenientes de Indalecio. «Los tenemos ahí mismo», dio por cierto Romárico, luego de vadear un riachuelo y toparse un claro donde la tropa decidió acampar. «Agotados y sin provisiones no podrán ir muy lejos», fue el cálculo que hizo el jefe de la batida.

Durante la noche, metida en agua y sin luna, el centinela de turno tuvo dos razones para pensar que hacía una guardia tranquila: la presunción de que los perseguidos estaban a la desbandada, y la inesperada compañía de quien dijo ser uno de los hombres de confianza venidos con Romárico en el grupo, también experto baquiano, pero incapaz de conciliar el sueño por la lluvia. La gran locuacidad y sentido del humor del sujeto mantuvieron sentado y entretenido al centinela toda la madrugada, hasta poco antes del amanecer. Cuando a la primera escampada el guardián salió de su duermevela y se fue a levantar para desentumecer las piernas, se dio cuenta de que tenía la cintura amarrada con una cuerda al árbol que le servía de respaldo, y que el rifle que había visto sobre las piernas a su acompañante nocturno no era otro que el suyo. Los gritos del centinela despertaron a toda la tropa antes de las primeras luces. Romárico en persona lo desamarró del tronco, le dio un empellón, e impartió a voz en cuello la orden de levantar campamento para tender apresuradamente un cerco a los cuatreros. Pero ya era tarde: los jinetes no encontraron sus caballos, y las armas habían sido inutilizadas con cartuchos sin pólvora. Para encubrir el chasco, los miembros de la montonera acordaron propalar el rumor de que uno de los bandoleros, abatido al galope, y cuyo cuerpo exánime habían logrado rescatar sus compinches, tenía todas las trazas de ser el jefe de la pandilla. Y así echaron a rodar el runrún de que Indalecio era cadáver.

De modo que esa noche, Mariangélica le hizo el amor a un muerto de cuerpo entero, en un cuarto que alquilaban por horas en un hotelucho de Mayajagua. En consecuencia, el rumor de que al Cuatrero de las mil caras ya no le quedaba ni un pelo en el bigote duró solamente el tiempo que ella demoró en hacer su trabajo, y en regresar a Paraíso para desmentirlo.

—Nos faltaba alguien —dijo don Anselmo, con renovado optimismo—. Y ahora todo parece indicar que nos sobra.

Mariangélica hinchó el pecho oronda. Sin embargo, a él le quedaba una duda.

—¿Cree usted que acepte hacer el trabajo?

—Eso solo puede decirlo él —respondió ella—. Ni los guardaespaldas que lo acompañan noche y día son capaces de predecir sus decisiones.

—¿Y si usted se lo ruega?

—Le puedo asegurar que entonces es cuestión de una sola noche.

Todo quedó arreglado para que Mariangélica aprovechara la próxima visita del cuatrero al burdel, y le abordara el asunto. Hasta ese momento, sus encuentros con Indalecio eran mantenidos en la más absoluta discreción. Cualquiera hubiese creído que eran fortuitos, pero resultaba ser un azar muy bien estudiado por el cuatrero para encubrir en las tinieblas de la noche el peligro de una celada. Nadie sabía de aquellas citas, ni la Susana, ni la Luisa, ni la Paloma ni la Patricia. Indalecio era de los pocos que podían usar la escalera de caracol que servía de acceso secundario a las habitaciones del fondo, entre las cuales Mariangélica había escogido la alcoba más grande, mandado entapizar los pisos con alegorías de faunos y las paredes con espejos verticales empalmados en ángulo, según entendió, para multiplicar la imagen de las sensaciones y de paso enmascarar, surgida una emergencia, la silueta verídica del cuatrero.

—Hay que esperar tres o cuatro días —advirtió ella a don Anselmo—, hasta que se vaya la luna.

Pero no fueron tres ni cuatro, fueron siete. La ansiedad de la espera la hizo devorarse las uñas casi de raíz, y además le destapó una insaciable apetencia por los pellejos de puerco que estuvo al borde de estropearse las muelas. Mariangélica pasó horas mordiéndose las manos con vehemencia, y masticando chicharrones de viento hasta que al filo de la medianoche del séptimo día llegó El Caimán, el más fiel de los lugartenientes de Indalecio, y le dio la contraseña convenida:

—Líbrate de tus amigos, que de tus enemigos te libro yo.

Ella le guiñó un ojo y subió volando al cuarto. Cuando abrió la puerta, tuvo que sortear la pregunta entre todos los espejos de la habitación.

—A ver, a ver... ¿dónde está mi tesoro?

La voz de él se escuchó desdoblada en múltiples imágenes.

—Aquí, entre todos mis demás.

Pero Mariangélica no pudo identificar de dónde venía la voz, porque Indalecio apagó la luz, y cargándola como una muñeca de trapo se la llevó a la cama.

VII

Al segundo día de la visita de Indalecio a El Ensueño, don Anselmo se hallaba camino a las lomas para concretar con el cuatrero en persona los detalles de la encomienda. Soplaba un viento del sur que era señal de buen presagio. La cita tendría lugar al clarear el alba, bajo la inconfundible ceiba que se alzaba a la entrada de la finca Bueyvaca. Don Anselmo llevaba al cuello un pañuelo escarlata, y la funda del machete vacía, los dos únicos requisitos exigidos por Indalecio para la entrevista.

—¡Quién vive? —gritó El Caimán, cuando don Anselmo aún se hallaba a un centenar de pasos de la ceiba.

—Anselmo Montero, con bandera roja —dijo él, levantando el trapo encarnado, que ahora tenía en la mano—. ¿No la ve?

De la sonrisa del lugarteniente asomaron dos enormes y solitarios colmillos.

Cuando Indalecio salió de los matorrales, don Anselmo lo reconoció en el acto por los bigotes prusianos, y sin perder un segundo entabló diálogo.

—Ya sabe a lo que vengo. Así que usted dirá.

Indalecio miró al levante. El sol ya trepaba en el horizonte. Luego se viró y lo observó sin prisa, como estudiándolo.

—Mire usted, enemigos más, o enemigos menos no cuentan —dijo, masticando las palabras—. Lo que vale son las razones para tenerlos.

Don Anselmo interpretó mal al cuatrero.

—¿Y cuánto valen esas razones? —dijo, alzando la barbilla.

—Vaya usted a saber...

Indalecio le dio una vuelta en redondo a la ceiba, le miró a los ojos, y con las manos entrecruzadas al frente colocó los codos sobre los revólveres que llevaba a ambos lados de la cintura.

—Yo no mato por dinero, sino por ética —dijo.

—¿Se puede saber qué precio tiene esa ética? —insistió él, aún sin entender.

Indalecio partió en dos una brizna de hierba con los dientes.

—Mucho más que todo el oro que es capaz de ofrecer la justicia —masculló.

—¡Acabemos por ponerle número a esto! —don Anselmo perdía la paciencia.

El cuatrero desenfundó uno de sus Colt 45, dio al arma un par de rápidas volteretas con el dedo en el guardamonte, y de forma impecable lo volvió a enfundar y se le acercó.

—Déjeme darle un consejo, don. Nunca trate de sacarle las cuentas a los amigos.

Finalmente, don Anselmo entendió lo que Indalecio había querido decir en su jerga de cuatreros, y entonces ni su diminuta figura de piel canela curtida por infinidad de noches a la intemperie, ni sus modales, le parecieron tan tremebundos como los pintaban los bandos que clamaban su captura. Es más, hasta creyó verle una aureola alrededor del sombrero cuando Indalecio dijo estar dispuesto a limpiar de venganzas a Paraíso, solo por amor a la ética, y dar batalla sin cuartel a quienes habían profanado la paz y el sosiego del pueblo. Dos de los hombres del cuatrero serían apostados en sitios estratégicos. Su función era servir de espiones para vigilar todo movimiento que delatara la preparación de alguna trastada por parte del enemigo.

—Son expertos en intuir el peligro —explicó Indalecio—, y en predecir lugar y hora.

Uno de ellos haría de mozo en la taberna, y el otro, vestido de sacristán, se subiría a la torre del campanario, desde donde podría divisar todo lo que ocurría en la plaza central, en varias manzanas a la redonda, y a tiro de águila otear además los alrededores del pueblo.

Dada la primera señal de alarma, uno de los espiones se ocuparía de alertar a don Anselmo y de indicarle qué hacer, mientras el otro iría en busca de refuerzos. Solamente faltaba el consentimiento del cura. De no haber obstáculos, esa misma noche los dos hombres ocuparían sus puestos.

—Conste que estoy en desventaja —le advirtió, juguetón, el cuatrero—. Mi fuerte no es el ataque, sino la fuga.

Don Anselmo volvió a pensar en Indalecio horas después, parado junto a la pila bautismal donde el padre Aristeo se disponía a administrar el primero de los sacramentos a la hija de Margarito Menchaca. Los ojos de la niña, negros e inescrutables, le recordaron los del cuatrero. Aquel fue un bautizo descolorido y falto de exuberancias, al que asistieron solo los padres, el cura, la niña en brazos del padrino, don Anselmo, y la madrina, Felicia. No hubo fotógrafo que dejara constancia impresa de la ceremonia, porque por respeto a la memoria de Dago, Margarito y su mujer se negaron a traer uno de fuera. Ni hubo música frente a la iglesia, porque el organillero era digno de igual consideración. En otras circunstancias, el bautizo hubiera arrastrado a medio pueblo, pero la inesperada llegada del circo y el ensordecedor anuncio por los altoparlantes de que en la *tournée* venía el hombre lobo, y que la matiné inaugural era gratuita, se robaron toda la concurrencia. El cura apresuró con toda intención el sacramento. Quería poner fin cuanto antes a un bautismo cuya prolongación no hacía más que acentuar las triviales preferencias de los fieles.

Aristeo alzó el hisopo para bendecir a la pequeña Isabelica, y de paso le lanzó al cartero una andanada de agua bendita al pecho.

—Para que Dios te salve a ti también —dijo.

Cuando se acabó el bautizo, el cura hizo una discreta seña a Margarito desde el atrio para que se acercara.

—No quiero que se repita lo de la última vez —le dijo al oído. Y bajó las escalinatas con él, tomado del brazo.

Lo de la última vez era lo de sus escándalos disolutos con la negra Iluminada, una voraz traga espadas del circo que había terminado por engullirle también los sesos al cartero. Sus amoríos profanos con la negra estuvieron a punto de costarle la vida, porque su mujer, despechada, llegó a amenazarlo con hacerle tragar todos los cuchillos de la cocina. «Para que te sepan mejor las espaditas», le dijo. Solo gracias a la intervención del cura, que le aseguró a Lucila que la de su marido era una aventurilla pasajera y sin mayores consecuencias, ella había logrado aplacarse las iras. Sin embargo, Margarito siguió viéndose a ocultas con la negra. El cura lo supo porque en un remezón de arrepentimiento el mismo cartero se lo dijo, arrodillado tras la celosía del confesionario.

—Esa negra es un pulpo, padre. Me tiene chupado.

—Debes dejarla. ¡Te ordeno que la dejes!

La huella que dejaron en el cura aquellas confesiones fue honda, porque persuadido de que la absolución sería más rápida mientras más sincero fuese, Margarito le había narrado con pelos y señales sus juegos de amor con la traga espadas.

El cura descubrió cuán profunda era esa huella el día que se cruzó con ella en la calle, y la percepción del pecado le estremeció las entretelas del sacerdocio. Fue una tentación recelosa ante la que no llegó a flaquear, porque los confusos deseos que había experimentado escuchando al cartero, y los fuegos que sintió ese día mientras observaba a la negra, se le extinguieron, afortunadamente, a fuerza de estoica voluntad, como un hierro candente cuando se tira al agua.

Las liviandades de Margarito se apagaron apenas la *tournée* terminó y con ella se fueron los payasos, el domador, los trapecistas y la traga espadas.

Pero ahora el circo Tilingo y Talango estaba de vuelta, y con él la negra, que abrió el desfile de presentación a la cabeza de los saltimbanquis, llevando su mejor espada por batuta, un siguemepollo de flecos enlazado a los crespos, y emperifollada en un tonelete de tul rubicán que cortamente cubría sus dos nalgas de ébano.

Pisándoles los talones a los acróbatas, venían tres payasos disfrazados de elefantes; les seguían el domador y, en jaula de estreno, el tigre, obsequiando bostezos en vez de rugidos; a continuación desfilaron el hombre forzudo, con una caja de caudales amarrada a la espalda; los malabaristas, haciendo dar volteretas a varias antorchas humeantes con un fuerte olor a queroseno; la mujer fenómeno, con nueva barba postiza y en triciclo; el mago, con su levita a rayas, su varita de apariciones, y dando sombrerazos con la chistera; los perros amaestrados, más flacos e indisciplinados que de costumbre, y por último los tarugos, portando una enorme litografía de la atracción estelar, el hombre lobo, cuya salida al ruedo se produciría solo al final de la función para enardecer aún más las emociones, y también dar tiempo a que se llenaran las gradas.

La parada se acabó como había empezado, bajo el albur de que al primer desmesurado estornudo la carpa se viniera al piso, y en medio de una desentonada estridencia de cornetas, platillos, tambores y rechiflas del público, inquieto porque comenzara el primer número del espectáculo.

Llegaron justo a tiempo, cuando el mago embutía el sombrero de copa con las páginas ya amarillas de un diario cualquiera, predestinado a convertirse en conejo.

—Y ahora, damas y caballeros... —anunció el maestro de ceremonias— Ver para creer.

Se sentaron en primera fila, a un lado don Anselmo y Felicia, y al otro Margarito y Lucila con Isabelica en brazos, teniendo de por medio al cura, que en ningún momento apartó el ojo del cartero, para no dejar a la buena o la mala de Dios la casual reincidencia de un pecado que consideraba de su plena incumbencia. Sin embargo, no hubo necesidad de apelar a los extremos, porque enterada de que Lucila se hallaba en el circo, y de que exhibía en pañales la más reciente muestra de amor de su marido, poco antes de salir a escena la traga espadas se declaró enferma, abatida por repentinos vómitos y diarreas, y un payaso ocupó su lugar. De modo que la familia Menchaca pudo disfrutar de la función de una forma llevadera. Luego de los aplausos al mago, peloteadas de cartuchos vacíos a la mujer fenómeno, a la que se le desprendió la barba, y abucheos esporádicos al domador, porque el tigre se quedó dormido, llegó el momento cumbre del espectáculo, que se frustró a la hora de los redoblantes cuando al grito de «¡carterista!» se armó tal gresca, que el cabo Perfecto sacó el revólver y los tres tiros que hizo al aire derrumbaron la carpa. Nadie pudo ver al hombre lobo. Y la inconclusa matiné del circo originó una agria disputa, porque el gerente de la *tournée*, un gallego de boina y torera, alegó que alguien tenía que indemnizar a la compañía por los agujeros hechos al toldo, mientras que don Anselmo adujo que como en Paraíso no había ladrones, los perjuicios causados por la presencia de un carterista, seguramente venido con la *tournée*, eran de la entera responsabilidad del circo. En fin, que el litigio se zanjó cuando los vecinos acordaron realizar una contribución de buena voluntad para sufragar los gastos imprevistos de tener que izar otra vez la carpa. Con el remiendo de los agujeros, en cambio, no se llegó a ningún arreglo.

El sol inclemente de las doce sumió al pueblo en una parálisis asfixiante. El calor hizo reverberar cada pulgada cuadrada de suelo, al descubierto o a la sombra, con un refinamiento exageradamente cruel. Con los pelos achicharrados, perros y gatos se lanzaron a fuentes y estanques, donde se les vio flotar como barcazas al pairo. El aire hirvió y los pájaros quedaron varados en tierra, extenuados de batir alas en medio de aquella inusitada deflagración de todas las brisas. Los ventiladores soplaron a rebato, y los amplios ventanales de rejas hasta el piso se abrieron de par en par en todos los hogares del pueblo, pero ni aun así el obstinado ardor que calcinaba los techos proporcionó un segundo de respiro. Don Anselmo se retiró a su casa con deseos de dormir la siesta, pero terminó colocando la hamaca en el portal, protegida de los resoles implacables, y se acostó a leer una de las obras inéditas de su difunto primo Anastasio, un desdichado escritor al que la inevitable secuela del talento, la envidia, le había cerrado una tras otra las puertas de la fama. El primo había escrito poemas, novelas, cuentos, tratados y artículos para periódicos que nadie leyó, pero que hubiesen alcanzado notoriedad de no haber sido por una jauría de chupatintas y, dicho sea con redundancia, de políticos inescrupulosos, que se dedicaron a tapiarle todas las excelencias de la forma más vil, relegándolo al anonimato, hasta que un día, enfebrecido por un rapto de inspiración que lo mantuvo tecleando catorce noches con catorce días seguidos, al pobre primo se le agotó la última gota de imaginación y, privado ya de fantasías, no le quedaron más que los dos pies sobre la tierra. El resultado no pudo ser más patético, porque el ingrato encontronazo con la realidad le descerrajó una fulminante apoplejía.

Don Anselmo leía casi amodorrado el borrador de la última novela histórica escrita por Anastasio, cuando una mosca aterrizó huyendo de los rigores de la tarde en una de las páginas ilustradas que relataban pasajes de la vida de Herodes el Grande, y por una casualidad que a él le pareció en grado sumo evocadora, el insecto posó sus patas con puntería de hidroavión sobre la piscina del palacio real, en la que el monarca solía entibiar los adustos calores del desierto de Judea. Hasta ahí llegó su lectura, porque el zumbido de la mosca acabó hipnotizándolo. Indistintamente, cada vez que las columnas de mercurio de los termómetros rompían la marca de los treinta y nueve grados centígrados, en el pueblo se desataba una acalorada afición por los libros. La gente bebía limonadas sin azúcar para calmar la sed, y en su desespero por olvidarse del calor, leía con fruición, transportada a otros confines y épocas. Casi todos corrieron esa tarde igual suerte que don Anselmo, y terminaron cabeceando erráticamente colgados de los sueños: Margarito, mientras husmeaba en cartas ajenas; Televito, encimado en sus folletines pornográficos; Florindo, entre los huertos policromados de un tratado de jardinería; Felicia, con un tomo a medio leer de oraciones yorubas; Perfecto, prendido al manual del buen po-

licía, que alternaba con la lectura de historietas recorta-
das de los periódicos, y Mariangélica, recostada sobre
almohadones satinados en su cama imperio, hojeando
revistas de moda. Solamente el cura había logrado so-
breponerse al sopor que le cerraba los párpados, mientras redactaba una carta al arzobispo de la diócesis de
Mayajagua: *No crea que me he dado por vencido, todavía Dios me da fuerzas para que se cumpla aquí su voluntad...*

La misiva estaba llena de referencias oscuras y de reproches a fieles descarriados, a los que el cura imputaba
que Paraíso fuese un pueblo tan propenso a las apetencias sexuales y los desórdenes de la carne. Don Anselmo
y Felicia eran punto y aparte en esa historia, porque luego de la irremediable locura de Beatriz, la gente había
aceptado aquellos amores ilegítimos en prueba de hu-
milde resignación, como el que nada puede frente a las
insospechadas lecciones que depara la vida. Sin embargo, las otras historias, pensaba el cura, eran lava de diferente volcán. Entre ellas, las lujuriosas desfachateces de
Margarito con la traga espadas, y también la mente enferma de Televito, casado, laborioso y devoto de Dios,
pero adicto a la fotografías impúdicas.

El padre Aristeo guardaba entre sus papeles, en el
armario de la sacristía, los diez tomos de un diario de
contingencias de múltiples escrituras. Los voluminosos
cuadernos recogían las fechas de nacimientos, bautis-
mos, bodas, obituarios, misas de réquiem, desastres naturales, epidemias, con intercaladas observaciones bio-
gráficas y notas descriptivas de sucesos importantes,
acotadas durante más de tres centurias por una legión

de párrocos a cuya cola figuraba él, que las guardaba con celo y sin escatimar adiciones de su puño y letra, a modo de glosas aclaratorias en los márgenes del manuscrito para mejor entendimiento de quienes vinieran en el futuro. Era la historia más completa que existía de Paraíso, escrita por más de una docena de autores, y por ende un tanto inconexa, pero recopilada con meticulosidad de monasterio. Nada trascendente se pasaba por alto, desde el primer alumbramiento ocurrido en la villa hasta el último de los funerales. El disparo letal al billetero de loterías era descrito de manera patética, y también el reventón del acueducto y su diligente reconstrucción por la cuadrilla venida de Mayajagua, a la que el diario de contingencias achacaba un tiempo de acabado récord: dos días y media jornada, una prontitud sin dudas envidiable tratándose de una obra de semejante envergadura pública. Todo lo que le interesaba destacar al cura estaba subrayado por la punta de su lápiz bicolor: el rojo para las desgracias, y el azul para los acontecimientos joviales. La mayor cantidad de anotaciones señaladas con bermellón coincidía con los problemas del sexo, porque Aristeo vivía obcecado por el miedo de que las desviaciones malsanas de la procreación, y su contagio pernicioso, llegaran al extremo de tener que declarar al pueblo en cuarentena. Lo había sopesado con urgente pesadumbre el día que le ofició la extremaunción al cuerpo casi momificado de un adolescente con anemia hemolítica, enviado a la tumba por un arrebato de masturbaciones. Después, había vuelto a sopesarlo cuando en Paraíso se destapó una blenorragia galopante que durante semanas hizo peligrar la fe en los santos. Sin embargo, la cautela le aconsejó la primera vez no hacerlo, y la segunda, fue don Anselmo quien le ayudó a salir del dilema.

—Si pone en cuarentena al pueblo —le había dicho entonces— vaya haciendo las maletas.

Aristeo terminó de escribir la carta al arzobispo y para entonces el calor se había ido, empujado por una masa de aire que bajó desde las montañas y trajo consigo innumerables nimbos plomizos, que pasaron de largo, luego retrocedieron en tropel hasta tocar otra vez las cimas, y por último regresaron lentamente y se desaguazaron sobre el pueblo, con estrépito de cascada. El cura releía el diario de contingencias cuando don Anselmo franqueó la puerta de la sacristía, con el paraguas todavía chorreando aguas, e hizo una exclamación inesperada.

—¡Tienen las horas contadas!

El padre, que no estaba al tanto de los planes de don Anselmo con Indalecio, preguntó:

—¿Son suposiciones suyas o es una prueba de fe?

—Ninguna de las dos —replicó él—. Son garantías.

Aristeo se puso lívido cuando don Anselmo le contó su entrevista con Indalecio bajo la ceiba, y poco faltó para que le diera un descenso al enterarse de que uno de los cuatreros se subiría al campanario.

—¿Está usted en sus cabales? —preguntó, atónito, el cura—.¿Va usted a fiarse de quien vive para robar?

—Yo lo diría al revés —aclaró él—. Más bien roba para vivir.

Las explicaciones que le dio don Anselmo, y la credibilidad que logró inspirarle, terminaron persuadiendo al cura de que no se trataba de vulgares ladrones, sino de románticos descarriados, insurrectos de buen corazón errados en su empeño por enmendar la ley a su manera, y no mediante procedimientos más acordes con la voluntad divina.

—Los persiguen por rebeldes, no por cuatreros —adujo, y el cura quedó sin palabras, en buena medida atormentado por la idea de verse envuelto en problemas con la justicia.

—De cualquier modo, nos exponemos —objetó.

—No más de lo que estamos.

La deducción era tan evidente que nadie se hubiese atrevido a refutarla. El cura paseó la vista por las cuatro paredes blancas de la habitación, y la detuvo en el único cuadro que colgaba, un Corazón de Jesús. Se levantó y dio unos pasos hasta la ventana, junto a la que había un librero con volúmenes encuadernados en piel. Un relámpago abrillantó la lluvia, que caía a cántaros, y cuando la tronada estremeció paredes y vidrios, se persignó.

—Que Dios disponga —dijo con voz arrinconada. El estruendo del trueno se fue acallando con resonancia sísmica, y tan pronto cesó, retomó la palabra—. ¿No cree que valdría la pena hacer un nuevo intento con Rolando Flores?

Don Anselmo no quería dar respuesta a esa pregunta. Y el cura prosiguió.

—Al fin y al cabo los hombres con poder siempre se hacen rogar.

—El poder no tiene oídos, solo voz.

—Pero sí orejas para la lisonja —replicó el cura—. Al vanidoso se le desarma con halagos.

Don Anselmo resolló.

—Dirá usted con hipocresía.

Haciendo acopio de paciencia, Aristeo le disparó un sermón para tratar de convencerlo de que la vanidad del rico no menoscaba nunca la indulgencia del pobre.

—La fortuna material es un estado transitorio —argumentó.

—Esas son vainas de la Biblia —alzó la voz don Anselmo. Y el cura empezó a perder los estribos.

—Ricos o pobres —dijo—... A todos se nos mide con la misma vara.

—Cierto. Es la misma. Pero para quien hay una medida.

El debate existencial dejó nebuloso al cura, cuya formación académica y pericia teológica no pudieron hacer mellas en el acerado sarcasmo de don Anselmo, y aunque hasta el último minuto Aristeo logró mantener la quietud, después naufragó en un mar de tribulaciones. Se hizo un cocimiento de tilo, y anduvo meditando con las manos cruzadas atrás como un sereno de ronda por los corredores y el presbiterio. Encendió pabilos en todos los candeleros de la iglesia, imploró el perdón del Señor por pecados que aún no había cometido, pero en los que debía incurrir, y rezó por todos los mortales conocidos, los no conocidos, y también por los difuntos en pena. Luego, para no variar, se entregó a un viejo hábito adquirido en sus tiempos de seminarista. Cuando la soledad le agotaba todos los pasatiempos, hacía bolitas con migajas de pan en el regazo de la sotana, y se ponía a contar palomas imaginarias que venían a comer de su mano. El repiqueteo de la lluvia contra las ventanas no lo dejó conciliar el sueño en toda la noche, y en vista del cero efecto que le había hecho el cocimiento de tilo, a las tres de mañana no pudo resistir la tentación de comerse un par de guayabas verdes con sal, un sedativo de maravillas para los jugos gástricos y la comezón de espíritu, según los remedios caseros de su difunta abuela materna. De niño solían dárselas para sosegarlo, cuando dos o tres correazos al vuelo eran insuficientes para aplacar las erupciones ocasionales de su carácter, muy dado a la calma y a la contemplación, pero susceptible de igniciones imprevistas. Dos gachupines espléndidos habían sido los troncos de esa cepa ambivalente; por la paterna, el marqués de Santos, un noble de modales afables, intelecto cortés, perfumes suntuosos y cuellos alechugados; y por la materna, el alférez Aldunaga, un trotamundos del almirantazgo peninsular, irascible y violento, que persiguió a corsarios y filibusteros en las aguas del Caribe, y terminó anclado en la mayor de las Antillas, convertido en todo un experto en troqueles, dedicado a la acuñación de monedas falsas y a otros negocios de menor cuantía en la trata de mujeres. Los dos habían dejado una numerosa prole de cuarterones, de irrepetible perfil aguileño, cuellos de mastodonte y cabellera crespa, de la que descendía el padre Aristeo, que luchaba denodadamente contra todos los demonios a fuerza de voluntad mística y también de guayabas verdes, para que los genes de su abolengo más ilustre lograran refrenar los impulsos de su otra herencia, irritable y plebeya.

A las cinco de la mañana, sin tener noción de la hora que era, pero viendo que sus tribulaciones no cedían, se levantó de la cama para ir por dos guayabas más que no alcanzó a comer, porque en ese momento Matías entraba en la cocina trayéndole la tinaja de leche del amanezco, y también un par de gafas con los cristales hechos añicos.

—No encuentran al maestro por ningún lado —dijo.

VIII

L a mala memoria de sus despedidas traicionó otra vez al circo, que dejó olvidado a uno de los perros amaestrados. Margarito y Lucila se lo encontraron en el patio de la casa, guarecido a la sombra de una mata de plátanos, lleno de mataduras y con una mirada tan lastimera que no vacilaron en adoptarlo. Absolutamente decepcionado de la farándula y de sus hambrunas trashumantes, el perro no hizo el menor intento por aferrarse a su vieja dieta de churros y algodones de azúcar, y se aficionó con tanta rapidez al bistec que el mal hábito de robárselos furtivamente de la cocina le dio nuevo nombre, y de Rasputín, que era su seudónimo de carteleras, empezaron a llamarlo Rafles, igual que el famoso ladrón de los guantes de seda. La llegada de la mascota funámbula fue una bendición para la familia Menchaca, porque si la pequeña Isabelica se pasaba horas sin chistar mordiendo marugas y comiéndose las hormigas, los otros seis hijos del matrimonio se habían quedado sin distracción luego del cierre de la escuela, y para rematar, la ida del circo.

Los inconvenientes ocasionados por la desaparición del maestro repercutieron con mayor rigor en los hogares donde había niños, pero a nadie afectó más que a don Anselmo, para quien la pérdida del preceptor era la más sensible e irreparable de todas. «Un pueblo sin maestro —decía— está sentenciado a ser cantera de brutos». Y como el progreso y la vida moderna habían hecho del magisterio una profesión anticuada, sin las retribuciones y méritos sociales de antes, hallar a otro buen pedagogo en un mundo mejor organizado para los mediocres que para los inteligentes, pensaba él, sería más difícil que sacarse el gordo de la lotería, por no exagerar y decir que podría costar más trabajo que encontrar a un político con vergüenza.

La infausta noticia lo llevó a refugiarse en la biblioteca, pero ni el aislamiento a puerta cerrada entre paredes cubiertas de cuadros, diplomas inservibles y recuerdos familiares, ni las fricciones de alcohol con perejil para aliviar los ramalazos de su reumatismo incipiente, lograron devolverle la paz.

Felicia lo vio pasar de la consternación al derrumbe, puso agua nueva en los vasos de los espíritus y nubló la casa de sahumerios tonificantes. Azotó ramas de albahaca, emprendiéndola contra espectros y cargas retrógradas, pero él no se enteró de nada, puesto que para entonces era víctima de un trance depresivo. Quedó petrificado como una estalagmita, y más sordo y mudo que una ostra. Estuvo así durante horas, y hubieran pasado muchas más para que los sahumerios consiguieran reponerle todas sus fuerzas, de no haber sido por la fabulosa novedad de que los espiones de Indalecio acababan de llegar, y pedían verlo antes de ocupar sus puestos como centinelas.

Todavía se respiraban los penetrantes efluvios de los inciensos de Felicia cuando don Anselmo ordenó poner la mesa para darles la bienvenida a los dos hombres. Él en persona se ocupó de dejar fuera del menú algunos platos, que le parecieron contraindicados para el buen desempeño de los dos guardianes. De manera que suprimió los garbanzos y los aguacates para no hacerles la digestión muy pesada y evitarles flatulencias, por miedo a que a la postre resultaran delatoras. Por supuesto, tampoco hubo licores. Durante la comida su humor fue otro, jacarandoso y acústico, como hacía mucho tiempo no se le veía. Y por no dejar de reír, lo hizo hasta de los invitados.

—Un pedo y te vas —dijo al más flaco.

Pero los dos hombres traían un hambre tan colosal que, zampándose la comida, no pudieron escucharlo bien.

—¿Dijo usted? —preguntó el menos espigado.

—¡Qué traen un hambre del carajo! —recalcó don Anselmo.

El más alto de los cuatreros, Luisillo, medía seis pies justos, y difícilmente pesaba ciento veinte libras, aunque en su expediente criminal las autoridades lo describían con tres pulgadas de menos y dos arrobas de más, y tampoco lo hacían con barba, que se había dejado crecer con desidia de anacoreta. Tales disparidades, le explicó él, eran parte de los ardides empleados por los fugitivos para mantener a la justicia en un puro desconcierto. Debido a sus facultades auditivas, tan agudas como las de cualquier tísico, Luisillo había sido asignado para quedarse de camarero en la taberna. El otro, apodado El Búho, tenía tres onzas más de huesos, pero por ser recortado las escondía mejor. Su mote y la fatal expresión de su mirada se avenían a la perfección con sus orejas luciferinas, carnosas y rojas como carúnculas. Don Anselmo dio por sentado que este también tendría sus discrepancias cedulares en los archivos de la ley, pero no se interesó por ellas. Lo que más le preocupaba era que el vigía del campanario estuviera dotado de los medios apropiados para llevar a cabo su tarea. De modo que el alma le vino al cuerpo cuando El Búho le aseguró tener una vista kilométrica, de penetración radiológica. Sobre todo de noche, cuando más necesario era.

Concertados los reglamentos de vigilancia y las señales de aviso, los centinelas quisieron ir a interrogar al bandido que tenían prisionero en la jaula de tigre.

—A lo mejor con nuestros métodos habla más —dijo Luisillo.

Pero los bofetones y las amenazas de los cuatreros no sirvieron de nada. Una vez cerciorados de que el tipo no sabía ni jota, y de que cualquier cosa que dijera estaría movida más por el afán de clemencia que por el deseo de confesión, lo metieron de nuevo entre barrotes y aconsejaron a don Anselmo llevarse la jaula del muladar. Los dos fueron partidarios de trasladarlo a un sitio más seguro.

—Su lengua no vale nada —apuntó El Búho—. Pero nos puede servir de rehén.

Esa misma noche, el confinado fue trasladado secretamente en su celda rodante hasta la escuela, donde por lógica, ya eliminado el maestro, los encapuchados no tenían nada que buscar. El único que puso reparos fue el cura.

—Es el lugar menos apropiado para tener a un bandido —dijo.

Don Anselmo le salió al paso con una de las suyas.

—Sí, pero es el más adecuado para darle otra lección.

Con Luisillo ya camuflado de tabernero, y El Búho subido en sotana al campanario, don Anselmo se retiró a descansar tarde, pero tranquilo.

Entusiasmada por el buen estado de ánimo de su marido, Felicia le calentó el baño y le potenció al agua con hojas de pitanguero, un enérgico y oloroso abre caminos de los *babalaos*. Él dijo que no quería mojarse el pelo en la ducha, y ella aprovechó para incitarlo a meterse en la tina, lo que él hizo sin poner reparo. Lo enjabonó lenta y concienzudamente, haciéndose la que tenía los ojos cerrados, pero con la sonsacadora intención de excitarlo. Así estuvo, dándole masajes con la esponja de espumas, todo el tiempo que pudo contenerse ella y mantenerlo quieto a él. Después, lo dejó enjuagarse, apremiándolo con una insinuante sonrisa. Y no esperó a verlo seco. Se desnudó con arte, se puso un salto de cama de transpirable ligereza, y dándole un beso lo tomó de la mano y lo llevó al patio, que ya radiaba de desafíos bajo el fulgor de la luna.

—Solo para conversar —dijo ella, quedamente.

Pero hablaron muy poco. Fue una noche de travesuras de amor.

La mañana siguiente abrió de un azul despejado y cuajada de moscas, que se fueron multiplicando hasta adueñarse de pórticos, canteros, pasillos y habitaciones. Había tantas, que ya a las diez no se podía caminar sin el temor de chocar con ellas. Don Anselmo hizo en el patio una hoguera con hojas secas para disuadirlas, y trató de ahuyentarlas a sombrerazos. Felicia prendió el radio a todo lo que daba, pero la música solo consiguió enloquecerlas más. El pueblo creyó haber quedado a merced de otra plaga pecaminosa, porque en su errático revoloteo, las moscas lo fueron atomizando todo con una fina capa como de polvos de brillantinas. Al fin, la sombra que proyectó una nube viajera logró apaciguarlas, y llevadas por un razonamiento desconocido permanecieron inmóviles más de una hora sobre paredes, mesas, sillas y camas, hasta que por otro raciocinio muy de ellas se dispersaron atropelladamente en una fuga casi suicida. Instantes después, se escuchó el pitazo de la locomotora.

El tren pasó bufando a lo lejos con su arrastre de chirridos herrumbrosos y dejando una estela de hollín, de moscas despavoridas y de ladridos esporádicos, que no cesaron hasta que los perros vieron perderse en el horizonte la negra cola de humo, y se echaron de nuevo en sus rincones a vegetar y a gruñirle a las sombras.

Como de costumbre, la Flecha del Norte exacerbó el apetito de las gallinas de los Montero, que se embucharon un quintal de rollón y al menos una arroba de trozos de pan viejo, entre el primer y el último silbato de la locomotora. Lo bueno vino después, cuando la trepidante mole de hierro se alejó, y las pollas empezaron a poner los huevos de dos en dos, en una orgía productiva que solía repetirse cada semana, y que luego las dejaba infecundas durante seis días.

Fueron tantos los huevos esta vez, que Felicia se alarmó.

—Se nos desinflan las gallinas —dijo, llevándose las dos manos a la cabeza.

Pero don Anselmo ya estaba curado de espantos y había sacado su propia conclusión:

—Es propio de su naturaleza. El susto las hace más gallinas.

En cambio, cuando por alguna negligencia del maquinista el tren de los domingos variaba de ruta, y sus bufidos no se alcanzaban a escuchar en Paraíso, las gallinas no ponían ni una sola postura, y había que engañarlas colocando huevos de zurcir en los nidales, porque la inactividad ferroviaria, y por ende la improductividad, las volvía escandalosas y agresivas. Pero esta vez la Flecha del Norte cumplió con todas las formalidades del itinerario, y Felicia no tuvo que virar al revés sus costureros, aunque sí debió registrar las alacenas en busca de suficientes canastas donde recolectar la abundante producción del corral.

Después de duplicar la ración de semillas de girasol a la cotorra, don Anselmo se entregó a la diversión de arrancar las telarañas del techo, pero Felicia le arrebató de las manos el deshollinador. Era nocivo quitarlas, le dijo, porque atraían el dinero. Entonces fumigó los hormigueros del patio, que ya estaban infestando las naranjas. Se le vio más hacendoso que nunca. Plumero en mano, entró al gabinete de los recuerdos y desempolvó pieza por pieza su melancólica colección de antigüedades, desde el fonógrafo donde su madre gustaba escuchar los solfeos de Caruso, hasta el ábaco chino de bolas rojas y blancas en el que su padre solía contabilizar, centavo a centavo, los ahorros familiares. Sacudió anaqueles y repisas, y limpió de costras alquímicas la balanza de Roberval con la que un primo chiflado había intentado inútilmente hallar el peso molecular del carburo. Luego se esmeró sacándole brillos a un viejo sable, regalo de un ocasional amigo galiparlista, con quien jamás pudo cruzar dos francas palabras porque aquel no sabía español y él, mucho menos francés. Viendo en tan mal estado el arma, don Anselmo había estado a punto de venderla como chatarra, y si no lo hizo fue porque el correo con Europa funcionaba de perlas, y una carta del amigo, convenientemente traducida, lo puso en conocimiento de que el sable había sido usado por uno de los lugartenientes de Toussaint Louverture, durante la sangrienta sublevación de los negros haitianos: una joya de coleccionista con melladuras sesquicentenarias. A pesar de que el francés tenía reputación de mercachifle, él dio por cierto con puntos y comas todo lo que le escribió en la carta, y desde entonces conservaba el arma como una de las antigüedades más notorias en su colección de trastos memorables, junto a otro sable más antiguo, ya oxidado, del que no se había desprendido porque según le había dicho su padre, sin darle mayores explicaciones, era una reliquia de la familia. Una tercerola y un par de pistolas de avancarga de procedencia incierta completaban el inventario de su hoploteca, y no se podía negar que daban a la casa un aire de fortaleza sin soldados, de bastión aferrado a sus últimos y exiguos pertrechos.

Los recuerdos permitían a don Anselmo sobrevivir con decoro al ocaso familiar y a los designios de un mundo cada vez más disparatado, que se obstinaba en aguarle de nostalgias la existencia. Eran otros tiempos, que nada tenían que ver con la época en que los médicos curaban de solo mirar y tocar a los enfermos, y el gofio con azúcar se tenía por un gran alimento, más saludable que la margarina y el *cornflakes*. A los niños no les crecía ya la nariz porque dijeran mentiras. Los magistrados solo hacían justicia a manos llenas, los deportistas famosos eran más admirados que los sabios, los bancos presumían de ser más necesarios que las bibliotecas, y la honradez cambiaba de color como el camaleón, de acuerdo con la mata que le diera cobijo. Pero lo que más le angustiaba era que solo con la milésima parte de los alcaldes, gobernadores, ministros y presidentes que había ahora en el globo terráqueo, bastaba para dilapidar toda la riqueza y estropear la tranquilidad mental del universo entero.

En pocas palabras, muchas cosas habían cambiado, y aunque Paraíso se resistiera con vocación prehistórica a dejarse arrastrar por las turbulentas aguas de la modernidad, la desolada certidumbre del cambio le causaba a don Anselmo la misma impresión que una macabra bandada de buitres hambrientos, volando en círculo sobre el pueblo.

—El mundo se está acabando —dijo esa tarde, sentado a la mesa del dominó en casa de Margarito, pero ninguno de los jugadores, demasiado abstraídos en las peripecias del partido, atinó a entender el sentido de su premonición.

—Por fin pasa usted —dijo el cartero, suponiendo que el acabose expresado por don Anselmo significaba que no llevaba tres.

Pero él mató la ficha sin inmutarse, y volvió sobre su idea con perseverancia profética.

—Se nos está yendo entre las manos.

Televito, que jugaba de pareja suya, pensó que se trataba de un solapado ardid de don Anselmo para sugerirle que trancara el juego, y sin titubeos tiró a cerrar con la ficha del contrario.

—¡A tres! —proclamó, alborozado.

De inicio, don Anselmo estaba tan absorto que no cayó en cuenta de la jugada. Pero después, los dos estuvieron lamentándolo toda la tarde. Perdieron ese, y cuatro partidos más. Don Anselmo estuvo largo rato aferrado a su introvertida capacidad de ilusión frente a la adversidad, y no dijo una sola palabra. Pero las reiteradas fanfarronerías del cartero y el policía, que no paraban de vanagloriarse y de hacer comentarios jactanciosos, le revolvieron todos los resabios de mal perdedor.

—¡En este juego no se habla! —tronó, con las mejillas enrojecidas de ira.

A partir de ahí, se extremó en recelos. Hizo cambiar el dominó por otro, que revisó con detenimiento, ficha por ficha, en busca de quebraduras y arañazos. Si algo lo sulfuraba, eran las trampas cometidas con impunidad, por lo que llegado un momento culminante en el juego se incorporó supersticioso, le dio tres azotes con su pañuelo a la silla, se sopló las palmas de las manos, se las frotó con entusiasmo de triunfador y se volvió a sentar. Habían improvisado la timba en el florido patio de los

Menchaca, a la sombra de un algarrobo y a instancias de una tarde esplendorosa, piadosamente soleada y de brisas galantes, pero un inesperado ventarrón trajo una lluvia de gotas gruesas y pedregosas. Don Anselmo tuvo una buena excusa para cambiar de sitio la mesa, en procura de aires más favorables.

—Ya no se puede confiar ni en la naturaleza —fue su expresión.

Y se fueron a jugar a la sala, amplia, iluminada y fresca, pero así y todo él siguió perdiendo. Pasadas las nueve de la noche, el aguacero cesó y un empalagoso olor a galán de noche penetró por puertas y ventanas. Los perros se soltaron a ladrar, enajenados por la intensa fragancia de las flores. Rafles, que estaba echado a los pies de su amo, alzó las orejas con aprensión de lobo, resopló una leve jerigonza canina, y se escurrió debajo del sofá a restregarse el hocico entre las patas. Las paredes empezaron a sudar a raudales. El grueso relente opacó la luz de las bombillas. Y no se pudo decir cuál fue más avasalladora, si la glutinosa humedad que lo envolvió todo o la persistente y perfumada exhalación de los galanes.

Dos horas más tarde, el exceso de triunfos sumió al cartero en un tedio opresivo. Hubiera querido retirarse del juego lisa y llanamente, pero su condición de invicto se lo impedía. Viró las jugadas al revés, se quedó con el doble nueve hasta el final, jugó con más de diez fichas y se rebajó los tantos. Pero por más que intentó perder, no lo consiguió. Entonces apeló a la fatiga. Se desabotonó la camisa en busca de aire, y demoró el partido con una torpeza ejemplar. Echó mano a un abanico y se quitó los zapatos. Al rato, se quejó de calambres en las piernas porque la mitad de la sangre, dijo, se le había dormido en los pies. Y le sacó punta a su coartada, aduciendo que con el torrente sanguíneo reducido a la otra mitad no podía concentrarse en lo que estaba haciendo.

—De aquí no se va nadie —dijo don Anselmo, echándole una mirada glacial.

Y el cartero tuvo que seguir jugando de pie hasta que, después de las doce, don Anselmo ganó por fin su primer partido. La diferencia de tantos fue mínima, pero suficiente para proporcionarle la serenidad que ya tenía a la desbandada. Le bastó ese solo triunfo para olvidarse al instante de todos los reveses, acarició por un momento la dicha de campeón, y hasta logró despedirse sin rencores cuando Margarito recogía las fichas.

—Ha cerrado usted con broches de oro —dijo el cartero, con acento adulador. Y él se lo agradeció con una leve sonrisa, y la cabeza hecha trizas de dolor.

Todavía flotaba en el aire la dulce espiración de los galanes cuando se fue a dormir. No se acostó vencido por el sueño, sino por la jaqueca. Y con un vago gesto de la mano, le evocó a Felicia los desatinos de la noche.

—No sé para qué juego —susurró sobre la almohada—. Ya los números han perdido para mi toda atracción.

Mientras don Anselmo y Felicia dormían, Aristeo meditaba sobre la desaparición del maestro. Echado sobre la cama de su habitación, contigua a la sacristía, el cura repitió en su mente palabra por palabra una de las citas que tenía marcadas en los dos volúmenes de su enciclopedia de personajes históricos, un compendio que había recopilado durante sus años de seminarista y que luego, ya ejerciendo el oficio, ordenó encuadernar como prueba de su desvelada y enorme afición por el halo trágico de las personalidades cumbres. *La justicia no es otra cosa que la conveniencia del más fuerte.* La máxima de Platón había dado pie a la última de las muchas controversias sostenidas en privado por el párroco y el maestro. La polémica encajaba perfectamente en la coyuntura que se vivía ahora en el pueblo. El maestro había enunciado la frase para rebatir el concepto de justicia defendido por Aristeo, quien le enfatizó que la enseñanza de Cristo exigía incluso el perdón de las ofensas.

—Como sacerdote —le había dicho—, usted comprenderá que me opongo a todo tipo de violencia, sea personal o colectiva.

—Yo no, padre —había respondido el otro, subrayando las palabras—. Si uno baja la cabeza frente a los abusos y no se rebela, deja de ser persona y se vuelve cordero. No creo que la iglesia haga bien defendiendo una justicia sustentada en una mansedumbre que ni ella misma aplica.

Aristeo había virado los ojos en blanco, y zapateado impaciente el piso de madera del aula con la punta del pie. Por un momento pareció que iba a echar a correr, sacado de quicio por la elocuencia y el racionalismo del maestro.

—No sé cómo puede hablar así, siendo usted un individuo tan instruido.

—¿Qué? ¿Me va a decir que la fe cristiana es totalmente ajena a la violencia?

—¡Sí señor! —los carrillos se le encendieron—. No lo ponga nunca en duda, porque me ofende. La Iglesia propugna la paz y la concordia entre los hombres.

El maestro lo había mirado largamente como si estuviese calculando todo el daño que iba a causar, y con expresión de triunfo se lanzó a fondo:

—¿Y los cruzados? ¿Y la Santa Inquisición?

El cura había parpadeado y respirado profundo, haciendo acopio de paciencia, apelando a toda su sangre fría para no violentarse.

—Me defrauda usted recurriendo al mismo argumento de los herejes. No confunda violencia con supervivencia —había suavizado el semblante y moderado el tono, en actitud amable, casi indulgente—. En cuanto a los pecados por excesos de intolerancia, ya el propio papa ha pedido perdón.

Repasaba ahora una y otra vez aquel diálogo, y se preguntaba si al fin y al cabo el maestro no tenía razón. «Debe haberles hecho resistencia», pensó. Tenía la íntima certeza de que les había dado guerra a sus captores, que no habían podido llevárselo como corte de flor, mansamente. Lo ideó en ese momento forcejeando con varios hombres. Y hasta hizo una mueca de dolor cuando en su imaginación vio bajar de la nariz del maestro dos hilos de sangre y teñirle de escarlata el bigote, hirsuto y amarillento por el humo del tabaco. Entonces se santiguó, mecánicamente. El resto de la noche el cura estuvo intranquilo, aún después de que el sueño lo venció.

IX

Aristeo tardó algún rato en percatarse de que era domingo y estaba oficiando misa con la iglesia repleta, al contrario de lo que dictaba la costumbre. No eran tiempos aquellos precisamente venturosos, cuando el pueblo en masa acudía a orar, y sin embargo el templo estaba lleno. La multitud de fieles cubría desde la primera línea de bancos hasta la última. Había incluso algunos de pie, apiñados en la nave, observándolo desde el baptisterio y los corredores laterales.

Una suave luz se filtraba por los ventanales, y todos en el auditorio estaban inmóviles, expectantes, atentos a lo que fuese a decir el cura, que hojeaba pausadamente su leccionario litúrgico en el púlpito, sin prestar en verdad atención a las páginas del libro, con la sonrisa helada en la comisura de los labios. Alguien tosió. Él alzó la vista, estuvo un rato pensativo, hizo un gesto de reprobación, y elevando el índice rompió el silencio.

—El hombre se empecina con las ideas, y total... Después, cuando le da la gana, termina cambiándolas por otras.

No leía el libro, abierto sobre el atril. Improvisaba. Paseó la mirada alrededor, y sus ojos se toparon con los de don Anselmo

—¿Quiere eso decir —inquirió— que el hombre es inconstante?

Don Anselmo le clavó la mirada con frialdad, y él desvió rápidamente la vista hacia otro lado.

—¡Síííí! —añadió, alargando la afirmación antes de hacer otra pausa, con la mente fija en sus sospechas de cómo pudieron haber sido los últimos minutos de vida del maestro—. No solo la carne es débil. También el alma es víctima de quebrantos. Pero hay momentos en los que el Señor nos exige ser fuertes. Y este es uno de esos momentos.

Llegado a ese punto, cualquiera hubiese dicho que el cura había cronometrado las palabras a sabiendas de lo que iba a suceder; calló, y todo el cuerpo se le puso en tensión. Alguien se abría paso a empujones entre la muchedumbre agolpada en uno de los pasillos laterales. Era uno de los centinelas, que venía con un mensaje para don Anselmo. Un confuso murmullo recorrió la nave. El hombre llegó hasta la primera fila y se inclinó de cara al altar, en señal de respeto. El cura se pasó una mano por la frente para quitarse un sudor invisible, que le corría por dentro. La nota escrita con faltas de ortografía que traía en la mano decía escuetamente: *Me rovaron a mi marido. Benga pronto.* La firmaba la mujer del zapatero.

Tras la súbita partida de don Anselmo, el terror se adueñó de la concurrencia. Nadie había puesto reparos en la ausencia de Teira, porque se le había excusado de misa ese domingo para que cumpliera algunas encomiendas relacionadas con la vigilancia de los encapuchados. La sensación de que algo grave había vuelto a ocurrir fue más fuerte que las súplicas del cura para que prevaleciera la calma, y todos abandonaron la iglesia sin concierto. Viendo que nada podía hacer contra el pánico de la gente, Aristeo se despojó con celeridad de alba, estola y casulla, y fue tras don Anselmo. Cuando llegaron a casa de Teira, su esposa lloraba desconsolada. Sollozando, la mujer les contó cómo había descubierto el rapto de su marido.

—Dejaron esta nota clavada en la puerta —dijo, mostrándoselas.

Para que no hubiese dudas, la pajarita que invariablemente Teira llevaba anudada al cuello había sido dejada por los secuestradores con el papel, que decía así:

> *Queremos las bolsas y diez mil pesos como reparo. Tienen hasta mañana al amanecer para dejar el alijo donde mismo lo encontraron. Si no, también el zapatero correrá la suerte del maestro y los demás.*

Todos quedaron mirándose en silencio. Don Anselmo no entendía cómo a plena luz del día los raptores pudieron entrar en la casa, pasar inadvertidos, y que el zapatero no hubiese al menos gritado. No había la menor probabilidad de que los fulanos lo hubieran tomado por sorpresa, hallándolo dormido. En el pueblo se sabía que después de haberse salvado del tétanos, Teira no se echaba a la cama nunca con los dos ojos cerrados a la vez, porque le atormentaba la idea de verse asaltado por alguna fiebre, un peregrino estado viral que volviese a dejarlo otros seis meses cataléptico, y que por un descuido médico lo enterraran vivo creyéndolo muerto.

—¿Seguro que no escuchó usted nada? —insistió él, revuelto por las dudas. Y la mujer rompió en sollozos más sonoros, porque la que se había quedado dormida esa mañana era ella.

Mientras don Anselmo franqueaba de regreso la puerta de su casa, y consultaba la hora en el reloj de bolsillo para convocar con urgencia un nuevo conciliábulo y planear el rescate del zapatero, Matías estaba consumando su primer pecado carnal de la adolescencia. Aprovechando la concurrencia que la misa prometía, y que en efecto tuvo, incluida la inusual asistencia de Mariangélica, el joven se había dado cita con la Susana en el burdel. El sitio era el menos sospechoso por ser el más atrevido: el prohibido cuarto de los espejos. La mocedad le iba a costar las propinas que estuvo ahorrando pacientemente durante tres meses. En verdad la que le gustaba era la Paloma, con sus abundantes tirabuzones negros, sus ojazos azabache, sus bamboleantes caderas y su piel color marfil. Pero el gustazo era demasiado caro. Por la transacción con una puta tan experimentada, hubiese tenido que pagar el doble, y optó por la más asequible, o sea, la más inexperta. Recordaba haberle oído narrar en la taberna sus peripecias prostibularias a uno de los hombres de Indalecio. Y no lo olvidó: «Cuando son nuevas, mejor; después, viven de la fama». Y ahí estaba él, traveseando su bautismo viril con la Susana, en el Olimpo de todos los placeres: la recámara de la más puta de todas las putas, sobre el piso para no dejar sábanas con manchas delatoras. Tras el más acentuado de sus gemidos, luego del tercer orgasmo, tuvo un raro barrunto. Contempló extasiado por unos segundos el cuerpo maravilloso de la Susana, y se sintió turbado porque creyó verle a flor de piel el corazón. «Debe ser uno de esos misterios que le atribuyen a los excesos de pasión», pensó. En parte su apreciación era equivocada, porque no eran latidos de amor. Pero había visto bien. Tampoco era un espejismo. La menor de las pupilas de Mariangélica padecía una pericarditis tan aguda que las palpitaciones cardíacas se le apreciaban a simple vista.

De repente escuchó a lo lejos cómo voceaban su nombre en la calle, y toda la atmósfera sublime de aquella iniciación sexual se le borró de escena. Ni siquiera puso en duda quién podría estarlo buscando. A esa hora solo podía ser una persona. De modo que se incorporó de un salto, y salió hecho un bólido sin despedirse de la Susana. Con el pantalón a media pierna y la camisa en una mano, bajó estrepitosamente la escalera de El Ensueño, y en cuestión de dos o tres minutos ya estaba envuelto por el ajetreo de la gran movida que se cocinaba, llevando recados y contraseñas secretas a los convocados por don Anselmo, que refunfuñaba esperándolos, irritado consigo mismo por no haber previsto el percance que ahora los tenía tan mal parados, y que a pesar de toda su cautela le arrebataba la iniciativa, una vez más.

Esa misma tarde, a la hora habitual de las siestas, en la sala de su casa, se concertaron los pormenores del plan. Don Anselmo pidió a Felicia asegurar con cerrojo la puerta principal de madera machihembrada, y con incrustaciones en bronce, que separaba el mundo de los Montero del de los demás. No quería visitas indeseadas. Y le ordenó cerrar también los postigos de las altas ventanas que daban a la calle para estar a salvo de la vista de curiosos.

Todo se fraguó a la luz de la colosal lámpara de araña con lágrimas de cristal que llevaba casi un siglo colgando del techo artesonado de caoba de la casa, un preciado legado de su abuela. Se acomodaron en cuatro sillones, dos butacas y un sofá, nuevamente en círculo, Margarito, Restituto, Venancio, Perfecto, Mariangélica, los dos espiones, don Anselmo y el cura.

—Si es asunto de vida o muerte, yo debo estar ahí —arguyó Aristeo, y a él no le quedó más remedio que asentir.

La confusión que en las últimas horas les empañaba el razonamiento los mantuvo un rato en silencio, cruzando miradas indecisas.

—¿Qué hacemos? —preguntó el cura, que desgranaba erráticamente el rosario entre los dedos.

Don Anselmo carraspeó dos veces, antes de exponer con claridad el resultado de sus cavilaciones.

—Ustedes tres van y recuperan los polvos que escondimos —dijo a Televito, Venancio y Margarito—; luego visitan casa por casa y recolectan todo el dinero que puedan. Dicen que el cura los mandó —Aristeo lo miró quisquilloso, pero no puso objeción—, y que la colecta es para una obra de caridad. Con lo que recauden compran el yeso que haga falta. Procuren que no esté grisáceo ni amarillento. Lo empaquetan en bolsas de papel de aluminio —meditó un instante y a los demás les pareció una pausa infinita—. Las bolsas tienen que ser iguales a las de la playa.

Por ser el más ducho en la materia, Perfecto se ocuparía de inspeccionar y tener listas las armas.

—Delo por hecho —aseguró el cabo.

Dirigiéndose ahora a Restituto y Mariangélica, don Anselmo determinó:

—Vosotros organizan un agasajo en la taberna, inventan un aniversario, alguna celebración, y anuncian dos tragos gratuitos.

Restituto abrió exageradamente los brazos, en señal de protesta. Su lado flaco era el desmedido afán por el dinero.

—Los pago yo —aclaró don Anselmo—. Hay que distraer la atención. Lo menos que necesitamos esta noche son moros en la costa.

Los dos espiones se quedaron mirándolo fijamente, con aire de ignorados.

—Tú te vas a ver a tu jefe —dijo, señalando al de más estatura, que se alisaba las guías de los bigotes, pero vaciló un par de segundos y se corrigió—: Mejor dicho, van los dos. Y le dicen que quiero verlo hoy a las ocho en punto, junto a la ceiba.

Resolvieron que esa misma noche todo sería trasladado hasta la Cangreja para que la oscuridad obrara a favor de ellos, y no verse tampoco cortos de tiempo, de acuerdo con el ultimátum dado por los secuestradores.

—Cuando den las once y media, nos vemos todos en el Recodo del Tuerto, a la salida del pueblo. Restituto y Mariangélica se quedan en la taberna. Matías va conmigo —aclaró, mirando hacia una esquina de la sala, donde el muchacho se había quedado escuchando la conversación, en cuclillas—. Si el plan falla, entonces propondremos un canje de prisioneros, Teira a cambio del fulano de la jaula de tigre.

Televito entornó los párpados, los volvió a abrir y, como si el resto de los contertulios hubiese olvidado algo muy importante, suspiró hondo.

—¿Y el dinero? —preguntó.

Don Anselmo se incorporó bruscamente de la butaca. La respuesta no requería esfuerzo mental.

—No tendrán tiempo para darse cuenta del engaño.

Casi eran las cuatro y media de la tarde cuando se despidieron. No había nubes y el sol caía reverberante sobre los adoquines del empedrado. El resto del tiempo, hasta que llegó la hora de la cita con el cuatrero, don Anselmo lo pasó echado en la hamaca, junto a la fuente de musas del patio, hojeando las páginas *De la Guerra*, de su dilecto general Von Clausewitz. Repasó con detenimiento las citas que había subrayado con lápiz cuando le dio por librar batallas imaginarias, y abrirse paso a sablazos victoriosos entre las filas de enemigos ficticios, el mismo día que le anunciaron que Beatriz terminaría viviendo inexorablemente el resto de sus días en un manicomio. Le habían interesado sobremanera los pasajes donde el militar definía la naturaleza misma de la guerra, y se detuvo en tres frases que, al igual que en aquella ocasión, ahora consideraba claves, dados los episodios que se avecinaban: *Imponer la voluntad al enemigo...* *Emplear la mayor fuerza posible... Privar al enemigo de su poder.* Mojó los labios en el café que le trajo Felicia, y apuró a sorbos la taza, sin despegar la vista del libro.

Permaneció después largo rato inmóvil, sin que nada perturbara la paz que parecía reinar en su interior. Lo había puesto todo en orden y su código del honor estaba intacto. Solo restaba pensar que la suerte iba a estar de su parte. Y no había motivos para creer lo contrario.

Cuando empezaron a encenderse en la distancia las farolas del alumbrado público, dando por cierta la llegada del crepúsculo, don Anselmo se levantó y fue directamente a su habitación; se cambió de camisa y pantalón por otros más oscuros para confundirse mejor en las sombras de la noche. Calzándose las botas, sentado en la cama, contempló en silencio los entorchados y pasadores de plata del uniforme de brigadier de su bisabuelo Calixto, prendidos sobre terciopelo negro en un marco que pendía de la pared. Las ventanas estaban entreabiertas, y por ellas penetraba una luz mortecina. Se miró en el espejo mientras se ajustaba más el cinturón. Alargó una mano y acarició suavemente con los dedos la reluciente superficie de caoba del escaparate de cuarterones achaflanados de su dormitorio, donde guardaba prendas personales y también artefactos de utilidad. De su interior sacó una linterna de pilas. Se cercioró de que funcionaba. Había pensado llevar un quinqué para alumbrarse el camino hasta el lugar de la cita con Indalecio. Pero sería más fácil encender y apagar la linterna cuando lo necesitase.

La noche estaba cerrada todavía, sin reflejos de luna, cuando llegó a Bueyvaca. Cubrió el camino en relativamente poco tiempo, porque se lo sabía de memoria. Y a pesar de la escasa visibilidad que había, llegó adelantado unos minutos a la cita. El cuatrero ya estaba esperándolo. A un centenar de pasos de la ceiba, por precaución, don Anselmo prendió dos veces consecutivas la linterna. A corta distancia vio resplandecer la débil llama de un fósforo. Indalecio estaba acompañado por dos de sus hombres, que le guardaban la espalda. El cuatrero dio largas chupadas a un habano, aspirando el humo con satisfacción. A la tercera bocanada sonrió.

—Aquí estamos a la orden —dijo, y sacó del bolsillo de su cazadora de caqui verde, algo deshilachada, un habano que le brindó a don Anselmo, quien lo rechazó con solemnidad.

—Yo no fumo. Gracias.

—El humo ayuda a meditar mejor, don —dijo Indalecio, sonriente.

La réplica fue instantánea:

—Siempre y cuando no se suba a la cabeza.

El cuatrero soltó una carcajada radiante. Y como el tiempo apremiaba, sin más largas, entraron en materia. Don Anselmo explicó punto por punto cómo había concebido la celada, y le pidió apoyo para poder llevar a cabo el plan. La idea era aguardar emboscados hasta que los fulanos se acercaran a las bolsas en La Cangreja, y atacarlos con fuerza demoledora, ayudados por el factor sorpresa. Según el plazo puesto por los secuestradores, el desenlace debía ocurrir al clarear el alba. Don Anselmo tenía esperanza de poder rescatar vivo al zapatero.

—Nosotros somos cinco hombres —aclaró—. Tenemos que estar apostados antes de las cinco de la mañana en la playa.

—Ellos, ¿cuántos son?

—Cinco o seis —respondió don Anselmo.

Indalecio le dio vueltas al tabaco entre los labios como calibrando el efecto de lo que iba a decir.

—Mejor veámoslo al revés.

Don Anselmo no entendió el significado de aquellas palabras, pero antes de que pudiese reaccionar, el cuatrero se las explicó:

—El arte de las balas es nuestro fuerte. Son ustedes los que van a ayudarnos.

—¡Ni hablar! —la frase le salió a don Anselmo desde lo más profundo de su decoro. No era cuestión de dejarse arrebatar el mando, así como así.

—El objetivo es dejar fuera de combate al adversario con la menor mella de nuestra parte —Indalecio esbozó una sonrisa amistosa, y apretó más fuerte el tabaco entre los dientes—. ¿Me explico?

—A las mil maravillas —respondió él, desapasionadamente—. Pero no pretenda ocupar mi lugar, que el espacio es poco.

—No es la intención. No tengo duda de su valentía —dijo, prendiendo de nuevo el tabaco que se le había apagado.

Don Anselmo bajó la cabeza y pareció recapacitar. Entonces Indalecio se le acercó y le dio dos palmadas en el hombro.

—Usted vino a pedirme ayuda. Ahora soy yo quien le pide que confíe en mí.

Lo dijo con una llaneza tan fidedigna que a don Anselmo le fue imposible oponerse, y moviendo la cabeza, finalmente consintió. Ya convenidos los detalles, Indalecio dio instrucciones a uno de sus hombres para que partiera de inmediato en avanzadilla, y ayudara esa noche en los preparativos de la celada. Él se sumaría luego al destacamento con siete hombres más, e impartiría las últimas órdenes. Don Anselmo sacó mentalmente la cuenta. Juntos eran en total catorce. Y una sonrisa triunfal se le dibujó en el rostro. «Esta vez se joden», dijo para sí. Tras indicarle con el índice el camino de regreso a su extraño compañero de armas, ambos emprendieron la marcha. Durante el viaje, el cuatrero solo abrió la boca una vez para preguntarle si aún quedaba mucho hasta el pueblo, lo que bastó para que él le percibiera un desagradable aliento de formol, que atribuyó a deficiencias biliares. El ruido de sus pasos sobre la hierba se los tragó la inmensidad de la noche.

Felicia lo esperaba tejiendo a la luz de una chismosa en la cocina y, adoptando las precauciones de rigor que imponía la presencia de un extraño, no hizo preguntas. Don Anselmo también fue parco y cenó ligero: su sopa de costumbre, un trozo de pan y apenas probó el asado de cerdo. Su acompañante, en cambio, se sirvió sin mesura.

—Tenga cuidado, eh... —le advirtió él, sin levantar los ojos del plato—. Tanta comida a esta hora es mala para la vesícula.

El hombre ni se inmutó, apremiado por un apetito voraz. Cuando el reloj de la sala dio once campanadas, ella entregó a su marido una bolsa en la que había puesto un pequeño termo con café, galletas y unos catalejos. Ya en la puerta le dio un beso en la frente, y él y el cuatrero se perdieron en la penumbra. A la hora pactada, todo estaba listo. Trasladaron la droga falsa, casi media tonelada de talco mezclado con yeso, en un carromato tirado por una mula en el que luego Matías regresaría al pueblo. La Luna asomó en el horizonte junto a una brisa del sur, y don Anselmo las disfrutó como una señal de buen augurio. De haber tenido que hacerlo por completo a oscuras, o valiéndose de antorchas, les hubiese tomado mucho más tiempo acomodar las cosas debidamente.

En menos de una hora amontonaron las bolsas con los polvos, y encima colocaron el extinguidor originalmente hallado en la avioneta y que Venancio, al no encontrarle utilidad, había donado a los panaderos de La Quemada. Luego borraron las huellas de la arena como mejor pudieron con hojas de uvero, y se apostaron dentro del matorral, en espera de que llegara Indalecio y les asignara a cada cual su puesto de guerra. Las bolsas estaban a una treintena de metros de la línea de matorrales y arbustos donde se ocultaron, exactamente a mitad de camino con el mar.

Llevaban un rato en el sitio cuando, echado boca abajo sobre un pequeño promontorio, Margarito puso los codos en la arena, afincó la culata de su escopeta contra el hombro, aspiró a todo pulmón, y apuntó al mar. Don Anselmo, que estaba a su extrema derecha, lo miró desconcertado.

—¿No le parece a usted que se anticipa? Todavía no es hora.

—Chis —susurró Margarito con el dedo índice en los labios—. ¿No oyó usted?

Don Anselmo aguzó el oído, y el acompasado murmullo de las olas rompiendo en la costa le dejó escuchar un leve pero extraño sonido. Una nube tapó momentáneamente el claro de luna.

—Son ellos —dijo Televito, nervioso.

—Cállese —le ordenó él en voz baja pero autoritaria, y pidió a Perfecto que avanzara a gatas un trecho fuera del matorral, para ver mejor.

El cabo regresó poco después con la buena nueva de que era una tortuga que se arrastraba sobre la arena, buscando dónde desovar, no muy distante de los polvos. El alma les vino al cuerpo. Pero Perfecto observó entonces que en dirección al mar se veía una luz titilando a lo lejos. Don Anselmo sacó los prismáticos de la bolsa, los fijó en el punto luminoso y al rato dijo, con toda la convicción que le fue posible:

—Son pescadores.

—¿Cómo sabe usted? —preguntó Margarito, casi con un hilo de voz.

—No se mueven. Están fondeados.

—¿Y si son ellos? —insistió Televito, sacudido por un escalofrío de miedo frente a la posibilidad de que los fulanos hubiesen estado vigilándolos.

—Igual están de fritos —replicó él. Pero por si las moscas, dispuso que nadie fumara ni prendiera una luz.

La espera se les hizo larga hasta la llegada de Indalecio, quien se apareció de manera fantasmal y con voz queda dijo a don Anselmo, escasamente a un palmo de su oreja:

—Palabra de hombre es promesa cumplida.

Él, que no lo esperaba, dio un brinco.

—¿De dónde salió usted!

—De donde mismo vengo. De las sombras.

El cuatrero sacó un fósforo para encender un tabaco, pero él se lo impidió, sujetándolo con una mano y apuntando con el índice de la otra hacia la luz que centelleaba en el horizonte.

—No sabemos si son ellos —le advirtió.

Eran las cinco de la mañana y un suave aire de aguas empezó a correr sobre el mar. A lo sumo quedaba una hora para el amanecer e Indalecio distribuyó a su gente en línea recta y formación nutrida de cara a la costa, a solo cuatro pies uno de otro, dentro del matorral de uvas caletas.

Sus mejores tiradores, cuatro en total, los situó junto a él, en el centro del escuadrón de fuego. Y además sumó al grupo al cabo Perfecto, dotado de un potente fusil *Garand*. Para cerrarles el paso a los que intentaran huir, colocó al resto de los hombres en ambos extremos, incluida la tropa de don Anselmo.

El primer rayo de sol atravesó tímidamente la muralla de nubes que tapizaba el cielo de levante a poniente. Un relámpago, apenas perceptible, destelló en la distancia. Bajo la aún escasa claridad fue divisándose mejor el litoral, y más allá, donde antes había una luz que bamboleaba sobre las olas, se dejó ver la silueta de una embarcación, que fue aproximándose a la playa.

—Son ellos —exclamó con toda certeza Indalecio.

El cabo Perfecto, que estaba dos hombres a su izquierda, rastrilló el fusil, pero el cuatrero le previno.

—No ande usted con tanta prisa, mi cabo —alzando la voz hasta donde pudo, dio claramente sus últimas instrucciones—: La orden de fuego la doy yo con mi Colt. Nadie primero. ¿Entendido?

Los emboscados se tendieron de cara a tierra cubiertos por la maleza tras un montículo de arena después de comprobar que en la lancha venían cinco hombres, que se acercaron muy despacio, escudriñando primero con unos binoculares, y luego a simple vista, la costa y los matorrales. Sigilosamente, encajaron la proa en la arena y desembarcaron con el fusil en ristre. A bordo no venía el zapatero. Los fulanos dieron unos pasos vacilantes, y al creerse fuera de peligro bajaron la guardia y se acercaron confiados. La risa engreída que se les escapó cuando llegaron junto al alijo de bolsas fue todo lo que necesitó escuchar Indalecio, que incorporándose le descerrajó su 45 al fulano que estaba más a tiro. El hombre cayó fulminado al instante, con un hueco en la frente. El fuego graneado que les cayó encima a los traficantes los obligó a ponerse a cubierto detrás de las bolsas, un parapeto inseguro, pero el único de que disponían. Un certero balazo de *Garand* dio en el extinguidor, y una de las esquirlas que saltó le perforó el corazón a otro de los sujetos. Dos de ellos echaron a correr hacia la embarcación y, tras apretar dos veces el gatillo, a Indalecio le pareció haberle dado un balazo al que iba más rezagado. No tenían posibilidad alguna de zarpar en la lancha, porque tan pronto empezó el tiroteo, él había ordenado a uno de sus escopeteros que se ocupara de agujerearla hasta dejarla hecha un colador. Al cabo de cinco minutos, los disparos cesaron del lado enemigo. De inmediato la línea de fuego de Indalecio también se acalló. La pausa estuvo precedida por un súbito cambio en la dirección del viento de sur a norte, lo que le dio mala espina a don Anselmo. Y sus temores fueron ciertos. La voz de uno de los cuatreros se lo confirmó.

—¡El jefe está malherido!

Indalecio había sido alcanzado por un balazo en el cuello y perdía mucha sangre. Perfecto y tres de los cuatreros se adelantaron con precaución hasta el parapeto de los fulanos, reducido a un montón de polvos dispersos y bolsas agujereadas. Encontraron tres cadáveres. Don Anselmo dio instrucciones a Televito para que llevara de urgencia a Indalecio hasta el hospital más cercano en Mayajagua.

—¿Está usted loco? —le recordó, abriendo exageradamente los ojos—. Este hombre es un fugitivo de la justicia.

—Entonces no pierda más tiempo y lléveselo a Felicia —tronó, pensando en las destrezas quirúrgicas adquiridas por su mujer en infinidad de cesáreas.

Televito, el Caimán y cuatro de sus hombres cargaron con Indalecio y también con Margarito, que estaba herido en un antebrazo. No muy lejos de la playa, les salió al paso Matías que, desobedeciendo las instrucciones recibidas, se había quedado con el carruaje oculto a un lado del camino, a distancia prudencial de La Cangreja. Don Anselmo, Perfecto, Restituto y los tres cuatreros restantes, ahora bajo su mando, fueron a examinar los alrededores en busca de algún indicio sobre el paradero de Teira. Revisaron palmo a palmo el litoral y el interior del yate. Pero no encontraron nada. Tampoco a los dos fulanos que presuntamente escaparon. Antes de marcharse, dieron fuego a la lancha, recogieron todos los casquillos para no dejar rastros de la balacera, y sepultaron a los tres muertos matorral adentro.

—¿Qué hacemos con los polvos? —preguntó Perfecto.

—Nada. El viento acabará llevándoselos —dijo don Anselmo.

Felicia bañó en alcohol la herida y tratando de contener la hemorragia le puso una compresa en el cuello a Indalecio, que yacía despatarrado en el patio sobre una mesa, cubierta por una sábana y habilitada de urgencia para darle los primeros auxilios. Un fluido espumoso le salía por la comisura de los labios. Cuando don Anselmo llegó en compañía de sus hombres, el cuatrero estaba exánime.

—¿Qué se puede hacer? —preguntó a su mujer sin mucha esperanza, y ella movió a un lado y otro la cabeza, con desconsuelo.

Indalecio se debatía entre la vida y la muerte cuando Mariangélica llegó muy agitada y se abalanzó sobre el cuerpo del cuatrero, desfallecida, todavía en bata de dormir, con el pelo suelto y los pechos casi al aire. Traía apretado en la mano un papel de estraza, escrito con garabatos que se leían con dificultad:

Cuando devuelvan lo que se robaron, el zapatero estará cerca. Muy cerca.

Aparentemente, uno de los fulanos había estado la noche anterior bebiendo en la taberna, y dejó la nota calzada bajo una botella de aguardiente vacía. Una de las putas la había descubierto esa mañana. El acertijo parecía sencillo: Teira debía de estar oculto en algún paraje de La Cangreja. Al rato estaban todos de vuelta en la playa. Don Anselmo llevaba asido de una correa a Rafles, el perro del cartero, con la ilusión de que su olfato les abreviara la búsqueda; y de algo sirvió. Hallaron al zapatero a media legua del sitio de la celada, amarrado a una palma, amordazado, descalzo y con el rostro desencajado, pero vivo. Cuando regresaron a Paraíso, don Anselmo dio la orden de que esa noche soltaran al prisionero de la jaula de tigre, y lo dejaran abandonado y desnudo a su suerte en los linderos del pueblo, advertido de que si algún día regresaba entonces no habría piedad.

X

La noticia de que habían encontrado flotando en la playa el cadáver de un desconocido le devolvió al pueblo parte de la tranquilidad perdida. En un bolsillo de la chaqueta del fulano hallaron un encendedor de bencina *zippo*, residuos de lo que había sido una caja de cigarrillos, y un pasaporte que le atribuía al muerto nacionalidad mexicana. El propio Teira dio fe de que se trataba de un miembro de la banda de traficantes. Y a don Anselmo no le quedó duda alguna de que ese no era otro que el sujeto que Indalecio había dado por herido en la balacera.

—Entonces se nos escapó uno —dijo, y una oleada de ira le nubló el rostro.

Sacó en conclusión que el quinto individuo había logrado fugarse nadando, porque por la arena era imposible. Todos coincidieron con su apreciación, y discutían qué rumbo podía haber tomado el fulano cuando don Anselmo oyó un leve rumor de pasos a su espalda. Era

Felicia, chaqueta negra en mano, apremiándolo porque ya era hora de partir al velorio.

El cortejo fúnebre de Indalecio fue un acontecimiento insólito. Nunca hubo en Paraíso unas exequias tan concurridas. Casi un centenar de personas, en su mayoría vecinos, pero también habitantes de los alrededores, se arremolinaron en la calle frente al lugar del mortuorio. Tampoco hubo otro entierro tan anónimo. Ni en el obituario de la parroquia, ni en el libro de condolencias, ni en las coronas funerarias constaba nombre alguno. Don Anselmo fue apartando la muchedumbre hasta llegar junto al féretro, ante el que se inclinó en ademán de reverencia. Fue entonces que creyó percibir un aliento acigarrado. Un frío le subió por las piernas. Pero se dijo: «No puede ser». Indalecio llevaba muerto veinticuatro horas.

La procesión hasta el cementerio fue apoteósica. No hubo que alquilar lloronas. Todas las mujeres fueron con peineta y mantilla negra, gimiendo espontáneamente y a lágrima viva. El cuatrero fue sepultado en un túmulo igualmente anónimo y cubierto de ofrendas. La lápida de mármol solo tenía esculpida una inscripción que decía: *El legendario*, sin más detalles ni fechas, y debajo la siglas R.I.P. (*Requiescat in pace*).

Mariangélica no quiso ir al velorio ni al camposanto. Decidió preservar el recuerdo de su amado tal y como lo vio en vida por última vez, y se quedó echada entre almohadones en su cama imperio, dándole vueltas a la memoria. Alguien tocó a la puerta del aposento, pero aguardó inútilmente, porque ella se mordía el labio inferior, pensativa, engañosamente ilusionada, suponiéndose en los brazos del cuatrero. Un nuevo golpe de nudillos sobre la madera le hizo volver a la realidad.

—¿Sí? —articuló, tras un hondo suspiro.

La Patricia entró al cuarto con los ojos cerrados y una canasta repleta de tarjetas de condolencias. Todos los esfuerzos de Mariangélica por ocultar su romance con el cuatrero habían sido en vano. Así que las demostraciones de luto no la desconcertaron, sino la forma en que había entrado la puta, a la que miró con expresión enigmática.

—¿Qué te pasa?

—Nada —respondió la otra, sin levantar los párpados—. No me pasa nada.

—Entonces, ¿por qué no abres los ojos? —preguntó aún más intrigada.

Sin más explicaciones, la Patricia dejó la canasta sobre el piso entapizado, dio una vuelta en redondo y abandonando la habitación a pasos cortos, como si llevase zapatillas de ballet, le respondió:

—Es un viejo trauma emocional.

Nadie le había dicho nunca que la chica era presa de un pánico irracional si se veía reflejada en un espejo, y que por eso nunca se había atrevido a entrar a aquel cuarto. El efecto de toparse consigo misma le duraba después horas, hasta que paulatinamente desaparecían los síntomas: primero, la sudoración profusa, luego, la respiración entrecortada, y por último, los ataques de ansiedad. Como Mariangélica no entendió lo que sucedía, se dejó llevar por la soledad y se adentró nuevamente en los laberintos de su imaginación. Una idea fija le rondaba la cabeza. ¿Cómo había podido estar en la taberna uno de los fulanos la noche de la emboscada, sin que ella se diera cuenta? «Qué raro—se dijo—no recuerdo haber visto a nadie desconocido». Pero por más que le dio vueltas al asunto, no halló explicación. Se pasó una mano por la frente y tampoco consiguió aclararse las dudas. Entonces temió que fuese a darle uno de sus esporádicos ataques de migraña . Saltó de la cama y dio unos pasos sin rumbo por la habitación. Alzó la vista, se miró sucesivamente en los espejos de las paredes y en todos se notó el semblante demacrado, por lo que terminó sentada frente al tocador. Abrió la gaveta de los cosméticos para empolvarse, y titubeó unos segundos. La duda la hizo desviar la vista hacia el cofre en cuyo interior había colocado, envuelto en un pañuelo, el Colt de Indalecio, pero acabó tomando el joyero de ébano donde guardaba sus alhajas y prendas, entre las que había una navaja de mango enchapado en nácar, otro recuerdo del cuatrero. Una noche la dejó olvidada bajo la almohada y ella nunca se la devolvió. Desde entonces, cada vez que lo echaba de menos la sacaba del cofre, la acariciaba suavemente, y tentando el peligro deslizaba su dedo sobre la afilada hoja de acero, para figurarlo de cuerpo presente, hasta que llegaba a sentir la misma agitación en el pecho que la rendía cuando él le hacía el amor. Ahora, por primera vez, sintió que flaqueaba, y una gota de sangre le manchó la falda. Entonces, adoptando un aire distante, cerró la navaja y la puso de nuevo en su lugar.

A primera vista, cualquiera hubiese pensado que la suya era una muestra de debilidad. Pero el que la conociera bien, podía concluir que en esas primeras horas

Mariangélica vivía simplemente una pesadilla. Su filosofía había sido siempre la de gozar al máximo y sin ataduras las escasas oportunidades que da la vida. «A mí que me quiten lo bailado», era su frase de sostén. Aunque como buena escorpiana, no estaba a salvo de los episodios depresivos, era pasional y muy dada a las emociones intensas. Creía además en las facultades esotéricas y en el poder protector atribuido a las gemas, por lo que invariablemente llevaba en su mano izquierda un anillo de topacio, en virtud de la creencia de que la piedra servía para ahuyentar demonios y espíritus maléficos, amén de que por experiencia propia ella había comprobado que ayudaba a aclarar la mente y agudizar el ingenio.

Con el ánimo un tanto reconfortado, se empolvó, se pasó el cepillo por el cabello y se lo sujetó con una cinta roja a la altura de la nuca. Ya hecho el lazo, se sacudió a un lado y a otro la cola de caballo, se perfumó como era habitual, y antes de bajar al salón de los pecados, le echó una mirada de resolución al óleo decimonónico sin firma que colgaba de la pared, a un lado de la puerta, y en el que una dama, en pamela y vestido de satén blanco y encajes, le tendía sensualmente el brazo a su amado.

—Sea quien sea, el que haya quedado vivo la va a pagar —masculló, antes de bajar la escalera.

Aquella noche bebió hasta aturdirse. No abandonó al olvido los negocios, pero estuvo la mayor parte del tiempo lela, absorta en su luto y en los recuerdos, como ida de este mundo, dándole vueltas a un sacacorchos sobre la mesa. Desde un rincón del bar, se oía la chirriante tonada de una gramola. El más huesudo de los hombres de Indalecio, Luisillo, estuvo observándola toda la noche desde la barra, atento al menor de sus movimientos. En un arranque de lealtad al finado y de respeto a la que no fue pero pudo haber sido la viuda, el cuatrero decidió seguir trabajando en la taberna y no volver a las incomodidades de su oficio. Compadecido del dolor que la embargaba, él estuvo sirviéndole copa tras copa de su licor preferido, aguardiente anisado, hasta que el hígado no le dio más y se la llevaron apremiada de náuseas a su habitación.

A la mañana siguiente, cuando rompieron los primeros rayos del alba y se abrieron a la luz todas las ventanas, el pregón de los vendedores ambulantes se fue apoderando poco a poco de las calles y portales. Don Anselmo había estado la noche en vela, y todo a su alrededor le parecía extrañamente nuevo. Luego del rescate de Teira y los funerales de Indalecio, no pudo conciliar el sueño. Y durante varios días, un acceso de fiebres y desvelos se apoderó de él. Felicia rebuscó entre sus remedios los destinados a curar insomnios. Pero se habían agotado, y fuera de algunas yerbas digestivas, cataplasmas de azufre contra los eccemas, e infusiones de raíz de altea para los males de garganta, solo tenía en su botiquín cristales de permanganato, cuya eficacia solo estaba probada contra los hongos de los pies. De manera que terminó haciéndole un cocimiento de tilo. Después, un ruido la despertó de madrugada. Totalmente a oscuras deslizó una mano bajo la sábana, notó su ausencia y fue a buscarlo a la biblioteca. Sentado en el escritorio, él desamarraba paquetes de cartas viejas y amarillas.

—¿Qué buscas? —le preguntó.

—La dirección de un amigo.

—No es hora —dijo ella con voz de alguacil, lo cogió de un brazo y se lo llevó a la cama. Luego, él fingió que dormía. Así estuvo hasta las siete de la mañana, cuando Felicia se levantó puntual, fue a la cocina y regresó al cuarto con el desayuno de siempre: jugo de naranjas, café con leche y tostadas con mantequilla. Le sorprendió encontrarlo de pie, con la ventana abierta y contemplando los azahares.

—Te hacía aún en la cama —dijo, y se quedó mirándolo con fijeza como si acabara de hacerle una pregunta decisiva.

Don Anselmo se apartó de la ventana y dio unos pasos por la habitación. Desayunó en la cocina con las botas puestas, pantalón de gabardina y camisa de hilo blanca, más aprisa que de costumbre.

—Espero que hayamos pasado lo peor. ¿No crees? —a Felicia le vibraba en la voz la duda. Tenía la impresión de que le ocultaba algo.

—Eso espero —repitió él, pensando que ella se refería a su insomnio. Bebió de un tirón el último sorbo de café con leche que le quedaba en la taza, y movió la silla hacia atrás. Una rápida ojeada alrededor lo ayudó a asegurarse de que no olvidaba nada, cogió el sombrero que había dejado sobre la mesa y antes de salir le dijo:

—Regreso pronto. Voy a ver cómo siguió Margarito.

Pasó por el puesto de frutas a pagar una vieja deuda, y al punto cruzó frente a la taberna. Dos niños corretearon a su lado jugando a soldados. Antes de remontar la última esquina, justamente al doblar de la casa del cartero, una bandada de gorriones que bebía de un charco junto a la acera alzó el vuelo. El siguió los pájaros con la mirada y se topó de frente la luna, apagada en la distancia, como una desvaída esfera blanca flotando en el intenso cielo azul. Era un día esplendoroso.

Golpeó tres veces la aldaba en la puerta de postigo que servía de entrada a la casa del cartero. Al igual que en la suya, los tablones verticales del enorme portón estaban sujetos por hileras de clavos de herrería artística, con cabeza cuadrangular. El bocallave y los goznes también eran de hierro fundido. Las de los Montero y los Menchaca eran las dos viviendas más antiguas del pueblo. Ambas habían sido erigidas a principios del XVIII, según constaba en las actas capitulares que se conservaban en la cabecera de la provincia.

La primera en oír los aldabonazos fue Lucila, que alertó a Margarito. El cartero, que estaba en el patio dando de comer al perro, se puso descuidadamente una camisa y salió a su encuentro en compañía de Rafles, que lo recibió dándole azotes con la cola y lamiéndole las botas con frenesí.

La convalecencia de Margarito había dejado al pueblo transitoriamente sin correspondencia. Las cartas de tres días estaban convenientemente ordenadas dentro de dos cajas con el rótulo del servicio postal, reposando en una esquina del sofá de la sala, a un lado las recibidas y al otro las enviadas. Don Anselmo no acostumbraba hacer visitas largas a los Menchaca; una, porque a la mujer del cartero no le gustaban, y otra, porque la música lo ensordecía. Excepto cuando los amigos de su marido se reunían para jugar dominó, Lucila tenía invariablemente puesto a todo volumen su gramófono *RCA*

Victor de bocina dorada, con alguno de los discos de una numerosa colección heredada de un tío violinista, que había dado clases en el conservatorio de la ciudad. El repertorio incluía conciertos para clavicordio, sinfonías, danzones, zarzuelas, óperas, mazurcas y boleros. Esa mañana la pieza elegida era la *Appassionata* de Beethoven, y de manera intermitente, la armonía de la sonata se quebraba por un salto de la oxidada aguja sobre las estrías del vinilo cada vez que daba dos o tres vueltas sobre el plato. Al rato, exasperado, don Anselmo tamborileó en la mesa al lado de su asiento.

—¿Por qué no colecciona usted algo? —En la petición iba implícita la súplica de que la familia cambiara de pasatiempo, con la esperanza de que algún día todo aquel estruendo fonográfico se acallara.

Haciendo un ademán con la mano, Margarito le pidió bajar la voz para que Lucila no los oyera.

—¿Qué me propone?

—Sellos...Coleccione sellos. Quién mejor que usted que los tiene a mano. Al menos es un *hobby* silencioso. Así contribuye a eliminar esta bulla.

Al cartero le pareció una idea graciosa, y hasta le hizo feliz la perspectiva de convertirse en filatélico. Cómo no se le había ocurrido antes, pensó. Pero tampoco podía decir que le molestara la melomanía de su mujer; mucho menos, que estaba dispuesto a incomodarla otra vez, le ofrecieran lo que le ofreciesen. Ya había tenido bastante con el *affaire* de la traga espadas. De modo que, moviendo despacio la cabeza, le prometió que lo pensaría, como si calculara los pros y los contras. La conversación fue breve e intrascendente, pero le dio la oportunidad a don Anselmo, antes de marcharse, de revisar con disimulada curiosidad las cartas. Encontró tres que le llamaron la atención, todas enviadas por Rolando Flores, una al alcalde, otra al jefe de una firma de construcciones en Mayajagua y la tercera a un concejal.

Los días que siguieron fueron asombrosamente monótonos. Nada perturbó su mente hasta la tarde en que el cartero se le apareció al filo del mediodía en la casa, portando una misiva inesperada. El sobre, de papel de hilo, mostraba como remitente a Rolando Flores. El destinatario era él:

La familia Flores tiene el placer de hacerle llegar esta invitación a la fiesta que tendrá lugar en su residencia de Paraíso, en celebración del quincuagésimo cuarto cumpleaños del egregio Señor Rolando Flores.

Concédanos el honor de asistir. Se ruega puntualidad.

Fecha: este sábado Hora: 8 p.m.

Por respeto al luto que aún guardaba el pueblo, don Anselmo tomó la fiesta como un insulto; ni qué decir de la invitación. Cerró bruscamente la postal y la lanzó con violencia al piso.

—Conmigo que no cuente —exclamó, pronunciando lentamente las palabras como para que no hubiese duda de su parecer.

—Conmigo tampoco —lo secundó el cartero.

Pero aspirando profundamente, don Anselmo dio muestras de meditar con mayor detenimiento la cuestión.

—Yo no, pero usted sí —dijo—. Es muy conveniente que vaya. Eso sí, con los ojos bien abiertos y las orejas atentas. Para que luego me cuente.

Tras darle instrucciones para que no dejara escapar ningún comentario que escuchase, por superfluo que pareciera, y con el presentimiento de que aquella fiesta no auguraba nada bueno, don Anselmo se fue al patio a darles de comer a las gallinas, que para mayor incomodidad estaban amotinadas, llevaban días sin hacer el menor de los casos a los silbatos del tren, no habían puesto un solo huevo y, dadas las circunstancias, estaban más agresivas que de costumbre.

El día de su cumpleaños Rolando Flores despertó pasadas las diez de la mañana, y después de desayunar reunió en la cocina a la servidumbre. Su esposa amaneció ligeramente resfriada, y él se encargó toda la mañana y la tarde de ultimar con los criados los pormenores de la fiesta.

Llegada la hora de la velada, en la glorieta del patio interior fueron servidas las carnes, ensaladas y mariscos. Sobre la explanada de adoquines, junto a la alberca, una orquesta alegraba con música el banquete, entre dos enormes estatuas ecuestres. Los camareros iban y venían del bar instalado en la espaciosa sala, decorada con cerca de una docena de pinturas de marcos con escayolas doradas, como si se tratase de obras de grandes maestros. Los postres estaban dispuestos sobre varias mesas en el comedor, en las que cada cual podía servirse lo que quisiese. En el gabinete de Rolando, lleno de esculturas románicas y conectado al resto de la casa por dos puertas, una que daba a la sala y otra al comedor, fueron recibidos los invitados de mayor jerarquía.

El alcalde fue el primero en hablar del asunto que de un tiempo a la fecha tenía al pueblo en vilo. A sus oídos habían llegado ciertos rumores.

—Usted que es una persona bien informada... —dijo, apuntando con su copa al cura—. Según tengo entendido, ha habido algunos problemas últimamente en el pueblo.

—No sé a qué se refiere. A menos que el suceso escape de mi ámbito —Aristeo sonrió tratando de disfrazar la mentira.

—Me cuesta trabajo creer que suceda algo aquí de lo que usted no se entere —el sarcasmo se le leyó al alcalde en los ojos— . ¿No es así?

Por un momento el cura sintió que se lo tragaba el diablo, pero consiguió contenerse, y se llevó la mano al pecho, ofendido.

—No irá usted a dudar de mi palabra —repuso, recalcando el vocativo—, ilustrísimo.

—En lo absoluto, monseñor.

—Aún solo sacerdote —corrigió él con un ademán de modestia, arreglándose los pliegues de la sotana.

Rolando, que había seguido con placer la escaramuza verbal del alcalde y el cura, terció en el diálogo.

—Mire usted, señor Zorrilla, el padre tal vez no se haya enterado porque vive dedicado por entero a los quehaceres eclesiásticos, como Dios manda.

—Así es. —Se defendió Aristeo, que dejó de sonreír y se apoyó primero en un brazo de la butaca, y luego en el otro, incómodo. Sus ojos estudiaban cada palabra del anfitrión.

—Me consta que el cura ha estado muy inmerso en sus obligaciones clericales —prosiguió Rolando, punzante, dando una vuelta al asunto para enmascarar la ironía—. Pero fíjese usted... Ni yo, que sí he estado indagando acerca de los mismos rumores, he podido confirmarlos.

—¿Habría que darlos entonces por infundados? —inquirió el alcalde.

—Quizá no —dijo Rolando, ladeando la cabeza—. Pero en casos como este lo mejor es dejar que las cosas caigan por su propio peso.

La conversación prosiguió si mayor novedad, y el alcalde y Rolando hicieron un aparte para hablar de negocios, y de la construcción del aeródromo en Paraíso, un proyecto que ambos tenían entre manos. «Par de sabandijas», pensó el cura, que aprovechó la oportunidad para levantarse e ir en busca de un bocado. Margarito, que seguía la conversación parado a espaldas del alcalde, preguntándose por qué había en la casa tantos cuadros y esculturas de mal gusto, se vio de pronto traicionado por la curiosidad; echó un vistazo al buró que tenía atrás y retrocedió con disimulo unos pasos para acercarse a una máquina de escribir con una carta en el rodillo, aparentemente a medio hacer. No estaba fechada.

Querido Pepín,
Te escribo para ponerte al corriente de que los

*sucesos relacionados con nuestro negocio han ido
complicándose cada vez más. Es menester que de
inmediato suspendas toda correspondencia...*

Margarito no pudo leer más, porque Rolando se había levantado, y cuando se dirigía a la sala fue alertado por el capataz de la hacienda, El Gato, un hombre de su entera confianza, que vigilaba desde una esquina del despacho. De modo que el dueño de Los Pastizales desvió sus pasos hacia el cartero.

—No sabía que estaba usted aquí —dijo, mirándolo con auténtica sorpresa, mientras Margarito se agachaba en busca de una servilleta que con toda intención dejó caer, presa de un pánico parecido al vértigo—. ¿Se le perdió algo?

—No. Estaba maravillado con su bello escritorio —repuso, entrecortado.

Rolando movió dubitativamente la cabeza.

—Vaya, vaya. Le gusta escribir.

—Bueno, más bien admiro a los escritores —dijo con voz mínima, llevándose la copa a los labios.

—¿Algo le hace suponer que yo lo soy? —Rolando tenía ahora la vista fija en la Remington portátil.

Las palabras le sonaron a Margarito como el mazazo de un juez sobre el estrado cuando dicta sentencia. Se sintió a punto de desvanecer. Trató de esbozar una sonrisa, pero le salió torcida. Y de pronto, enmudeció. Rolando se acercó un poco más al buró con la excusa de ordenar unos papeles, y comprobó que desde la distancia y ángulo en que se hallaba el cartero era imposible que hubiese podido leer mucho de la carta; a lo sumo dos o tres líneas, como en efecto era. Y desviando el hilo de la conversación, lo tomó por el antebrazo para llevárselo a la sala. Margarito retrocedió con una mueca de dolor. Rolando lo había asido justamente por la herida, imperceptible bajo la manga de la guayabera.

—¡Oh! ¡Disculpe! ¿Se ha herido usted? —exclamó, con calculado estupor.

El cartero, que ya había ensayado la respuesta por si alguien llegaba a descubrirle el balazo, no vaciló ni un segundo en responder.

—Sí. Me lastimé con un machete, cortando un racimo de plátanos.

—Pues ha tenido usted suerte —dijo Rolando, echándole un brazo en torno al cuello y apartándolo de allí.

Cuando ambos entraron charlando a la sala, ya el cartero se había repuesto del apuro y daba dentelladas a un muslo de guanajo. Al otro lado de la habitación, Mariangélica acababa de comer y se retocaba con el pintalabios. Rolando la vio y se aproximó por detrás, con dos vasos llenos hasta la mitad de hielo y *whisky*.

— Anda usted como los gatos —dijo él, aún a cierta distancia.

Ella volvió lentamente los ojos, tratando de reconocer quién le hablaba. Cuando lo vio, rió maliciosamente, fingiéndose ruborizada.

—Usted como siempre. Tan ocurrente. Ja, ja, ja...

Tras ofrecerle el vaso, él la miró de arriba abajo y la notó más delgada.

—Ha bajado usted de peso. Se ve más vital.

—Solo diez libras —musitó ella, arreglándose la trenza que llevaba recogida en la nuca.

—Le asienta muy bien. Está usted mucho más atractiva.

Una cartomántica le había anunciado días atrás que Saturno estaría retrógrado porque empezaría a transitar por Sagitario, y que por tanto debía tener mucho cuidado con lo que hacía y con lo que decía. De suerte que, advertida, se limitó a sonreír con cara de pascua. En ese instante uno de los invitados vip hizo señas a Rolando; quería hablarle.

—Sé que le quedó muy buena la fiesta del otro día en la taberna. La próxima no me la pierdo —dijo, y le echó una última mirada carnal.

Al darse vuelta, el dueño de Los Pastizales estuvo a punto de aplastar inadvertidamente una cucaracha, que se había colado por el resquicio de una puerta y sorteaba, presurosa, los zapatos de los invitados. Mariangélica hizo un gesto de asco, y decidió marcharse de una vez. Cuando entró en la taberna, aún tenía deseos de vomitar. No sabía si era por la cucaracha o porque no lograba borrar de su mente el semblante de Rolando Flores.

XI

El balazo le pasó muy cerca de la nariz y desconchó un buen pedazo de la fachada de la ferretería, frente a la que Teira caminaba cuando le dispararon. La gente se arremolinó alrededor del zapatero, cuya primera reacción había sido agacharse y cubrirse la cabeza con las manos. Luego se quedó inmóvil sobre la acera, mirando el hueco en la pared y calculando lo que habría sucedido si el tiro lo hubiese alcanzado. La prontitud con que la multitud de curiosos se le abalanzó probablemente había impedido que el victimario hiciese un segundo intento. Esa fue la conclusión a la que llegaron después don Anselmo, Margarito y el cabo Perfecto, que fue el primero en llegar al sitio del atentado, cuando los minutos iniciales de desconcierto ya habían pasado. El estampido dejó al zapatero tembloroso, y le devolvió la vieja sordera de la que años atrás habían logrado curarlo las fiebres tetánicas. Perfecto interrogó a varios de los peatones. Uno de ellos dijo haber visto a un sospechoso, agazapado detrás de un vehículo en la esquina, instantes antes del disparo. Según su testimonio, el sujeto estaba enmascarado.

Esa tarde, don Anselmo y el cura se enclaustraron en la iglesia a deliberar. Perfecto se instaló fuera, de guardia en la puerta, para prevenir la visita de forasteros o de feligreses inoportunos. Por mutuo acuerdo, los demás se quedaron en casa para no levantar sospechas. Teira, que estaba con ellos, aún trepidaba de puro nerviosismo. Al cura la sangre le hervía en las sienes, y se frotaba inquieto las manos, pero se llamó a sosiego, aplicando su propio lema: nunca se debe actuar bajo el primer impulso.

—Después de todo, hemos tenido suerte —dijo, rompiendo el hielo.

A don Anselmo le brillaban los ojos de ira. Reclinándose en la silla, emitió un suspiro largo y sonoro, que lo mismo podía ser de desconcierto que de indignación.

—¿Cómo fue? Cuéntelo con lujo de detalles —pidió, y tuvo que repetir la pregunta dos veces, porque el zapatero no la oyó.

Teira explicó que su trayecto ese día había sido casual. Camino a su casa, se había desviado de ruta, porque recordó que tenía que ir a la ferretería a comprar unas puntillas. Y a poco de haber doblado a la derecha en la esquina, solo alcanzó a dar unos pasos.

—Fue como un trueno —dijo.

—Está claro. Lo estaban siguiendo y usted no se dio cuenta —repuso él.

—Parece —la voz se le quebró.

—Tiene que haber sido el fulano que se nos escapó —concluyó don Anselmo.

—Yo no creo —negó el párroco con la cabeza.

—¿Quién puede ser, si no?

—No sabemos cuántos están metidos en esto —dijo el cura, bajando la voz como si alguien más estuviese escuchándolos.

Las sospechas de Aristeo no pudieron serle más oportunas a don Anselmo.

—Yo no lo negaría. Es más, lo infiero —soltó todo lo que desde hacía días llevaba por dentro: sus dudas sobre la honradez de Rolando, las evasivas que le dio cuando fue a pedirle ayuda, la incógnita de que no hubiera ningún forastero en la taberna cuando dejaron la nota dando fe del paradero de Teira, la víspera de la balacera en la playa. Y por último: la carta que descubrió Margarito en la residencia de Los Pastizales, con referencias a «sucesos» que habían ido «complicándose» —. Para mi está claro.

—Usted está prejuiciado —Aristeo hizo un gesto excluyente—. Son solo suposiciones suyas.

—Llámele usted como quiera, pero es muy simple. Fíjese bien. La noche de la emboscada no había extraños en la taberna. ¿Cierto?

—Ajá —dijeron al unísono el cura y Teira, que esta vez escuchó perfectamente.

—Todos eran gente conocida, y fue uno de ellos quien dejó el mensaje.

Al cura le pareció una perogrullada.

—Bueno. ¿Es que acaso sabe usted quién fue?

—No, pero es muy significativo que el empleado de mayor confianza de Rolando haya estado esa noche en la taberna.

Aristeo lo miró ahora con pronunciada curiosidad.

—¿De quién habla?

—Uno de bigote húngaro. No sé su nombre.

El cura meditó un segundo, intrigado, y al cabo, se dio una palmada en el muslo.

—¡Ese es un hombre de fe! ¡Nunca falta a misa!... —iba a seguir pero don Anselmo lo interrumpió.

—También la fe puede aparentarse.

—¡Hágame usted el favor! ¡Esa es una acusación muy seria! —el cura se veía molesto. La conjetura de don Anselmo le pareció ofensiva.

—El lugar y la hora lo señalan.

—No tenemos pruebas.

—No las tenemos, pero ya vendrán.

Aristeo no veía el asunto tan simple. Y a Teira el terror y la sordera no le permitían razonar con claridad.

De cualquier manera, se convino que lo más sensato era que el zapatero aceptara la invitación hecha meses atrás por un hermano residente en Galicia para que fuese a pasar una temporada en su finca, y «despejara la mente». Era imperioso alejarlo un tiempo de Paraíso. Conclusión, que ese mismo domingo abordaría subrepticiamente la Flecha del Norte, con barba postiza y aparentando ser cojo, con destino a un puerto desde donde viajaría en barco hasta España.

Mientras tanto, Teira dormiría secretamente en la iglesia. Al fondo del ábside, en un costado del edificio había un cuarto aislado del resto del templo, sin acceso a la calle, y que el cura tenía reservado para huéspedes imprevistos. Era una habitación pequeña, con un catre y una cómoda sobre la que había una Biblia y un cáliz de plata ennegrecida por el tiempo. De una pared colgaba un crucifijo de hierro, y de otra un descolorido óleo del Niño Jesús.

—Ahí estará protegido —aseguró el cura.

El zapatero no puso objeciones.

—Entonces —concluyó don Anselmo—, no hay más que hablar.

El comisario llegó al pueblo un cuarto para las doce, y estacionó su carro oficial frente a la oficina del cabo Perfecto. Matías salió corriendo a dar la noticia a don Anselmo. Poco después, fue el cabo en persona quien lo puso al corriente del propósito de la visita. Según le dijo, el policía traía una lista de todos los vecinos de Paraíso con quienes pedía hablar. El primero era Rolando. El nombre de él, don Anselmo, no figuraba en el papel. También había estado haciendo preguntas incómodas al cabo: sí tenía conocimiento de algún tráfico de drogas en la zona; si sabía de alguna balacera reciente y sospechosa, y si alguien había muerto últimamente de causas que no fuesen naturales.

—Por último, me preguntó qué pensaba de usted —dijo el cabo, quitándose la gorra y rascándose la cabeza, preocupado.

—¿Su respuesta?

—Fue directa.

—¿Qué entiende usted por directa, señor cabo? —Don Anselmo se inclinó para escucharlo mejor.

Perfecto tartamudeó hasta que logró destrabarse.

—Que usted es lo mejor que nos ha pasado aquí en Paraíso.

Un aliento de vanidad le encandiló el ánimo, pero el entusiasmo fue breve, porque al rato estaba otra vez ensimismado en las ideas que desde su último diálogo con el cura no lo dejaban en paz. «Algo se trae entre manos ese zorro de Rolando», pensaba. Y los hechos parecían confirmarlo. Si el comisario había decidido ir primero a Los Pastizales en busca de pistas, algún motivo importante tendría.

Rolando almorzó a solas con el policía, que dos horas después abandonó la hacienda bien comido, mejor bebido y con un habano ardiendo en los labios. En el pueblo interrogó a una docena de vecinos, con los que no pudo despejar ninguna de las dudas que traía; entre ellos a Televito, a quien fue a ver por recomendación expresa del dueño de Los Pastizales.

—Tenga la seguridad de que es un hombre muy bien informado — le dijo—. En esa casa no apagan el televisor.

El comisario esperó encontrar a Televito viendo los noticieros. Pero no, cuando tocó a la puerta, Sobeida y su esposo disfrutaban la escena de una antológica película del Oeste, en la que Clint Eastwood hacía tratos con un jefe comanche.

—Mal momento —dijo ella, empujando al marido para que atendiera la visita.

Televito devoró de una sola mordida la fritura de malanga que traía en la mano, e invitó al comisario a tomar asiento.

—¿La ha visto usted? —preguntó, señalando al televisor.

—Sí. Yo soy un admirador de Clint.

En boca de un policía, la confidencia le pareció ridícula; pero inquieto como estaba por la imprevista llegada del agente de la justicia, tampoco era como para estar fijándose en cursilerías. El comisario echó una mirada al retrato con el escudo de la república que colgaba de la pared en el comedor.

—¿Fue su padre funcionario público? —preguntó, con un dejo de compasión.

—No exactamente mi padre —aclaró—. Mi suegro. Fue senador.

—¡Ah! —se excusó el policía.

Importunada por la conversación, Sobeida subió el audio del televisor, momento que el comisario aprovechó para abrir el portafolio y sacar dos fotos.

—¿Los conoce usted?

Televito tragó en seco. Una era una foto carné mal ampliada, y pobremente impresa, del Doc. La otra, un retrato de Dago junto a una piñata, evidentemente en una fiesta de cumpleaños.

—Sí... Sé quiénes son.

—¿Puede ser más explícito?

Televito se alisó el cabello con la mano, buscando serenarse; intentó sonreír, pero no pudo.

—Uno era el médico, y el otro el fotógrafo —precisó al fin, cruzando las piernas.

—Usted ha dicho «era» —señaló el policía—. Lo que quiere decir que los da por muertos.

—Bueno, no —corrigió él—. El médico se fue a otra parte. Sabe usted, era un personaje muy polémico. Con eso de que tenía curas para todo, fue perdiendo poco a poco la confianza de la gente. Hasta un día que al parecer se aconsejó y decidió cerrar la consulta e irse. Más nunca lo vimos. Tampoco hemos sabido de él.

El policía se rascó la barbilla y lo observó, detenidamente.

—¿Y el fotógrafo?

Televito sintió que se le congelaban los pies; un escalofrío le subió por la espalda.

—El pobre Dago sí falleció —dijo, y casi echa una lágrima—. Se le paró el corazón.

—¿Muerte natural? —quiso corroborar el comisario, que se encajó aún más el monóculo en el ojo derecho.

—Muerte natural —repitió él categóricamente, casi haciendo pucheros.

El policía se interesó por saber si Televito conocía por su nombre al alcalde, y si recordaba alguna ordenanza especial vigente en Paraíso. Como ambas respuestas fueron negativas, le hizo una última pregunta de rigor: su número de cédula de identidad. Lo anotó cuidadosamente, guardó la hoja en su cartera de piel, y luego le tendió la mano. Televito se irguió con la celeridad de quien se quita un peso de encima.

—Me da mucha pena —dijo, aliviado—. Lamento no haber podido ayudarlo.

—No crea —dijo el policía, con un pie ya en la puerta y un dejo cáustico—. Usted ha sido más útil de lo que piensa.

Eso bastó para que Televito cayera presa de un trance diarreico que lo mantuvo toda la noche yendo y viniendo de la cama al retrete, y preguntándose si había hablado más de la cuenta o dicho algo que los pusiese en evidencia. Pero no. El comisario regresó a Mayajagua como vino: con las manos vacías. Y creído de cuanto se le dijo en el pueblo, escribió con gruesos trazos de tinta negra, en la carátula del expediente policial: *Rumores infundados,* dando por cerrado el caso. La noticia le llegó a don Anselmo a través de un pariente de Margarito, empleado del ayuntamiento en Mayajagua, quien a su vez escuchó el comentario hecho en un pasillo por un sargento de la fuerza pública. Lo que nunca supo es que concluida la investigación, el policía redactó un informe a título personal, por sugerencia de Rolando Flores, y se lo entregó al alcalde, dándole cuenta de las impresiones de su viaje. En el documento no le decía nada que él o sus superiores no supiesen. De hecho, si el alcalde detentaba el poder administrativo en Paraíso, desde Mayajagua, era justamente por las irregularidades que le impedían ejercerlo *in situ*, con todas las garantías de la ley. Eso no era secreto para nadie. Pero que un alto funcionario municipal como el comisario dejara constancia por escrito de que la desobediencia pública era desmedida, y que las consecuencias de tal conducta podían ser exorbitantes, confería al problema mayor dimensión de la que había tenido hasta entonces.

Nadie lo identifica a usted por su nombre ni le profesa adhesión a su cargo —decía en una de sus partes el informe—. *La mayoría del pueblo piensa y actúa con absoluto desconocimiento de su autoridad, y en el fondo la desprecian...*

El párrafo final era dinamita.

Modestamente, me parece que es hora ya de que las autoridades legítimas, encabezadas por usted, ejerzan el poder real en Paraíso, sin distancias de por medio ni la interferencia de impostores, y pongan en su lugar a un tal don Anselmo, quien parece haber cultivado una excesiva simpatía popular, goza de una potestad casi sin límites, y a todas luces ha asumido prerrogativas que no le corresponden.

A pie de página, el documento tenía impresa una línea que fue la que más le preocupó al alcalde, porque daba fe de que su jefe había recibido copia: *c.c. al Excelentísimo Gobernador de la Provincia, don Eustaquio Flores,* quien para más señas era primo de Rolando Flores.

Mientras Luis Flogisto Zorrilla y Almagro sopesaba cómo salir del embrollo en el que lo había metido el comisario, Rolando se balanceaba en la hamaca en su hacienda, rumiando la nueva mala pasada que le tenía lista a don Anselmo, en su afán por desacreditarlo ante los ojos de los demás. Estaba confiado en que el fin de semana sería crucial en sus planes para robarle admiradores. Pero por mucho que se esforzó, llegado el sábado, los resultados no estuvieron a la altura de sus deseos. Despertó con las primeras luces. Se aseó apropiadamente, y se trajeó de azul con una corbata de seda. Partió de Los Pastizales al abrigo de un paraguas negro sostenido por un adlátere. El día estaba gris y amenazaba lluvia. La cabalgata dio comienzo tras su llegada al campo yermo a la entrada del pueblo, donde sería inaugurada la nueva carretera a Mayajagua, una obra de su entero crédito. Él lo financió todo con su bolsillo, desde el asfalto que cubrió el viejo terraplén hasta el desfile, los pitos, matracas, globos, y el ponche de ron y limón que se preparó para el brindis. En ausencia del alcalde, Rolando subió a la tribuna desde la que hizo pública la carta suscrita por la autoridad municipal ensalzándolo como el héroe de la carretera. Pero no alcanzó a leer más allá del primer párrafo. Un aguacero torrencial espantó a los caballos y ahuyentó a los espectadores, que llevándose pitos, globos y matracas lo dejaron con el discurso en la boca.

Al día siguiente, en la ceremonia de recibimiento del nuevo autobús destinado a cubrir la ruta hasta Mayajagua, las cosas le fueron un poco mejor. El chofer del vehículo arribó con puntualidad, y descendió saludando con la gorra. Detrás de él lo hizo el único pasajero a bordo, un empleado de la operadora de viajes, una empresa propiedad de Rolando y que en honor a su apellido el mismo decidió llamar La Jardinera. El nombre resaltaba rotulado a ambos lados del autobús, con caracteres de un rojo chillante. La escasa docena de curiosos que concurrieron al acto aplaudieron con desgana, y luego se explayaron en una prolongada rechifla. A pesar de numerosas interrupciones, entre ellas la de un borracho desconocido que alzando la botella en una esquina recostado sobre una columna le gritó varias veces «mentiroso», Rolando pudo finalmente leer la carta. Después rompió una botella de champán contra el guardafangos del autobús para bautizarlo, mientras con una sonrisa acartonada se decía entre dientes:

—Qué barbaridad. Son un hatajo de salvajes.

En verdad, a nadie en el pueblo le importaba un bledo La Jardinera ni que el pasaje en ómnibus costara cinco centavos más barato que en tren. Por costumbre, la gente prefería hacer el viaje a Mayajagua en la Flecha del Norte. Pero él, obcecado en su idea de disminuir a los Montero y condenarlos al olvido, estaba empeñado en borrar del paisaje todo lo que se asociara a ese nombre, incluidas las tradiciones.

El domingo transcurrió sin ningún contratiempo para don Anselmo. Su plan de poner a salvo a Teira se cumplió cabalmente. El tren llegó a la misma hora que Rolando al otro lado del pueblo bañaba en champán el nuevo autobús. Matías acompañó hasta la estación al zapatero, quien de acuerdo con lo convenido se adosó una barba que no era suya, e hizo todo el camino cojeando con exagerada dificultad. El muchacho había pedido servirle de lazarillo.

—Ya no soy un niño. Quiero ayudar, Mimo —le dijo, utilizando el mote de cariño con que solía hablarle en la intimidad a don Anselmo. Y este asintió.

De modo que cuando Matías regresó a la casa con el pecho hinchado, sintiéndose hombre por segunda vez, y le dijo al oído: «Misión cumplida», ya el zapatero viajaba seguro hacia su lejano refugio. Don Anselmo experimentó una sensación de grata tranquilidad cuando supo que el tren había partido a tiempo. Pero hay días que son demasiado largos, y aquel resultó ser uno de esos. Una paloma se posó aleteando en el alféizar de la ventana del comedor al patio, y cuando echó a volar, él mantuvo la vista fija en el mismo sitio. Felicia se abanicaba muy cerca, bebiendo sorbos de *coca-cola* y mirándolo con atención. Y aunque ella no pudo notarlo, el rumbo tomado por los pensamientos de don Anselmo de repente lo volvió a inquietar. La víspera Margarito había ido a verlo con una revelación. Había descerrado una carta que resultó ser la misma que había estado husmeando en la máquina de escribir de Rolando el día de su cumpleaños.

—¿Sabe usted una cosa? El tal Pepín Flores es hijo de Rolando.

Esta vez don Anselmo no lo amonestó por estar abriendo la correspondencia ajena, sino que por el contrario lo apremió:

—¿Qué más dice? Cuénteme.

Con excepción de un par de frases, «no podemos dejar pistas» y «recuerda, no me escribas más», todo lo demás estaba redactado de forma tan enigmática, y con referencias tan inescrutables, que incluso para un experto en criptografía, pensaba, la carta hubiese carecido de entendimiento. Lo más valioso era haber desvelado el destinatario. Aunque no se lo dijo en ese momento al cartero, don Anselmo concluyó que la dirección a la que estaba dirigido el sobre iba a serles de gran utilidad.

En todo eso estuvo pensando durante un buen rato, hasta que sacó un pañuelo del bolsillo y se sonó ruidosamente la nariz. Se sentó a la mesa con Felicia y cenaron asado de chivo, arroz, legumbres hervidas, plátanos fritos y dulce de coco. Luego salió al corredor y se fue directamente a la biblioteca a reposar la comida. La camisa que llevaba puesta le daba mucho calor. «Quizás es la digestión», pensó. Se acercó a los inmensos anaqueles de caoba en los que se apiñaban los libros, y deslizó sin rumbo los dedos sobre el lomo de varios volúmenes, hasta que se detuvo en uno que era mucho más pequeño y delgado que los demás. Lo extrajo, y rápidamente lo identificó por el título. *Los crímenes de la Calle Morgue*. En la primera página en blanco del relato, se leía una dedicatoria: *A mi buen amigo, don Anselmo Montero*. La firmaba Richard Álvarez. La fecha indicada bajo la firma, 1961, le hizo reflexionar. Había conocido al viejo detective veinticinco años atrás, durante un viaje de recreo a Nueva York con Beatriz, cuando a su mujer no se le sospechaba ni remotamente la demencia. Después, sellaron la amistad con una invitación a Bueyvaca, donde el matrimonio de los Álvarez estuvo alojado dos semanas de vacaciones. Desde entonces se carteaban de manera irregular, con respeto y afecto mutuos. Olvidaba el porqué del obsequio. Hasta que leyó la frase que estaba escrita a continuación de la firma, y entre paréntesis: *Cualquier parecido con la realidad es puramente casual*. Ahora se acordó con toda claridad. Como resultado de una brillante pesquisa, su amigo había logrado descifrar el brutal asesinato de una madre y una hija, en un caso similar al del relato de Edgar Allan Poe, salvo que el hecho no había ocurrido en el apartamento de una populosa calle de París, sino de México D.F., y en pleno siglo veinte. Richard Álvarez era un hombre huesudo, alto, de más de un metro ochenta, tez clara, ojos azules, de bigote afilado y temple sereno. Pero sobre todo era un sabueso sagaz, dotado de un olfato excepcional al que no era fácil darle gato por liebre. Don Anselmo no lo pensó ni un segundo más, y se sentó a escribirle.

XII

La contestación de Richard Álvarez fue expedita. A la semana de despachado el correo ya don Anselmo tenía respuesta. El detective le contaba en la carta que recién había sido ascendido de puesto, y que ahora estaba todo el día detrás de un buró examinando papeles, por lo que disponía del tiempo necesario para satisfacer su ruego. Además, le dijo que en los últimos años había logrado perfeccionar todavía más su destreza como investigador, gracias a las pistas que le proporcionaba un connotado médium, que fungía como apoderado de las habilidades de una plétora de policías célebres. Richard le aseguró que en pocos días más le enviaría un reporte con toda la información que lograra recopilar sobre los Flores en México, y en una segunda hoja le enumeraba una serie de recomendaciones de cómo proceder tras el atentado al zapatero. Según le comentó, no había nada más fácil que atrapar a un asesino desesperado: «siempre caen en la trampa». Si la fuga de Teira había sido concienzudamente ejecutada como él se la contó, quienquiera que fuese el que estaba buscando eliminarlo, por miedo a que lo reconociese, no tenía por qué saber que el zapatero se le había escapado entre las manos. «Cuando el pez tiene hambre, anzuelo y carnada no fallan», escribió.

Don Anselmo dobló la carta y la escondió bajo el tapete de cuero de su escritorio. Media hora más tarde, ya tenía en mente un plan. Tal y como lo concibió en frío, se lo detalló esa misma tarde en la iglesia al cura. En ausencia del sujeto original, el cebo sería Venancio, de similar estatura y complexión que Teira. La intención era atraer al fulano a fin de que fuese a un sitio totalmente en penumbras para que no pudiese identificar que la víctima era en realidad un señuelo. Margarito y él estarían ocultos, apostados no muy lejos junto a la puerta. Cuando el asesino fuese a actuar, se le abalanzarían y lo dejarían inconsciente de un porrazo. Luego buscarían cómo deshacerse de él. Por lo pronto, lo encarcelarían en la jaula de tigre.

—Finalmente sabremos quién es quién —le dijo, con aire triunfal.

—Todo me parece fantástico, genial. Pero no me ha dicho el lugar —repuso el cura.

Don Anselmo se metió ambas manos en los bolsillos y lo miró, dudoso.

—Aquí.

—¿Aquí dónde, por amor de Dios!

—En la iglesia.

Aristeo pegó un brinco, y casi derriba una percha donde tenía colgada la casulla.

—¡Usted está fuera de sí! ¿Se ha vuelto loco? —El estupor casi ahoga al cura.

—Déjeme explicarle —don Anselmo sacó las manos de los bolsillos y trató de calmarlo—. Nadie espera algo así en una iglesia.

—¡De eso se trata, señor mío!

—Serénese, por favor —pidió él, y hubo un silencio.

Aristeo frunció el ceño, negando con la cabeza, pero preguntándose muy adentro qué hacer.

—¿Dónde exactamente?

—En el confesionario.

—¡Lo único que nos faltaba! ¡Solo a usted se le ocurre! —el cura levantó la vista al techo y, persignándose, empequeñeció la voz—. ¡Perdónanos, Señor!

Percibió don Anselmo que el párroco flaqueaba, y sin más preámbulo procedió a detallarle sus intenciones. Colocarían un cartel frente a la iglesia, notificando que en lo adelante las confesiones tendrían fecha y hora. Fervoroso devoto al fin, Teira figuraría entre los primeros en la lista. Su día era los jueves a las ocho de la noche. Por supuesto, el que acudiría en su lugar sería Venancio.

—De espalda y con poca luz nadie lo reconocerá —infirió.

La idea era que el cura redujera al mínimo la iluminación del templo, y cerrara el acceso en las puertas laterales, dejando abierto solo el portón principal.

Aristeo le preguntó si los demás sabían del plan.

—No. Solo usted, Margarito y yo —repuso.

Explicó al cura que Televito era muy poco arrojado para aventuras de ese tipo desde que se había vuelto vegetariano, y que por miedo podía estropearlo todo a último minuto, como había estado a punto de hacer recientemente, cuando se acoquinó durante la emboscada en La Cangreja. También pensaba que era mejor que Perfecto, Restituto y Mariangélica no estuviesen esta vez involucrados.

—A menos bulto, mayor claridad.

—¿Y Venancio?

—Ya Matías fue a avisarle que quiero verlo hoy a las seis.

La cita de don Anselmo con el enterrador fue concertada en el café Las Delicias, un tugurio de cuestionable limpieza con mostrador y tres mesas, dos adentro y otra en el portal, que servía los emparedados sin pan por una vieja disputa del dueño con el propietario de La Quemada, aledaña al establecimiento. Él había dejado de frecuentarlo hacía un año, porque le sirvieron un café con leche en el que flotaba un pelo crespo, grueso y negro, lo que además de poco higiénico a él le pareció sospechoso, ya que el dependiente tenía el cabello lacio y rubio. Pero a pesar de que le había hecho la cruz al sitio, creyó oportuno reunirse allí con Venancio y no en su casa o en la taberna, siguiendo la misma táctica que iba a aplicar en la iglesia: que las cosas ocurran donde menos los demás las esperan. Era además un lugar solitario, que solía tener a lo sumo un par de clientes a horas muy específicas, las siete de la mañana y las tres de la tarde. Al fondo de las mesas, una puerta daba a la cocina. Del dintel colgaba una ristra de ajos ya grises, y a la izquierda, hacia el extremo del mostrador, pendía del techo un simulacro de jamón serrano, con textura y tintes de utilería. Don

Anselmo llegó al café cinco minutos adelantado, colocó el sombrero sobre la mesa y ordenó dos sodas de limón, en sus botellas, previendo que los vasos estuviesen sucios.

—¡Ah! —le aclaró al camarero—. Y dos servilletas.

Venancio arribó puntualmente, con una gorra de pelotero cubriéndole la calva, siguiendo las instrucciones que le transmitió Matías. El sepulturero no objetó nada del plan. Lo único que no le quedaba claro era su participación. Además de prestar la espalda para que lo confundieran con Teira, le preocupaba qué hacer en caso de que hubiese algún percance, y el asunto se violentara.

—No va a suceder —aseguró don Anselmo—. Pero si pasara, entonces usted se nos suma y nos ayuda a coger el toro por los cuernos.

El sepulturero se mostró satisfecho con la respuesta, y acto seguido partió sin probar la soda. Don Anselmo hizo otro tanto luego de contar hasta diez, para que no los vieran salir juntos, y dejó un peso de propina junto a su gaseosa, que tampoco él tocó. Aún no había salido del comercio, cuando el camarero vino y se echó el peso en el bolsillo de la camisa. Luego miró furtivamente a ambos lados, puso de vuelta las chapas en las botellas, y las metió nuevamente en la nevera.

El primer jueves, el fulano no acudió a la iglesia. Venancio estuvo arrodillado en el confesionario una hora, oportunidad que el padre aprovechó para lavarle el alma. Ya a las nueve, previendo que esa noche nada iba a suceder, el cura le propuso a don Anselmo cancelar el plan por ineficaz.

—Tiene que haber una idea mejor —dijo.

Pero él no cedió ni un milímetro.

—Tiempo al tiempo, padre. Probemos una vez más.

La semana siguiente la pasaron en un puro nervio. Don Anselmo chequeando de mañana, de tarde y de noche, en qué rumbo apuntaba la veleta, no fuera a ser que la suerte se virara. Y cuando no, releyendo el único libro que le apeteció, una deteriorada edición en rústica de la epopeya narrada por Díaz del Castillo sobre la conquista de la Nueva España. Margarito mató el tiempo ensayando una y otra vez cómo inmovilizaría al fulano, agarrándolo por las piernas, cuando llegara el momento de actuar. De tantas plegarias, el cura agotó en siete días la cuota de cirios que tenía para el mes. Hasta que llegó el jueves. Mucho antes de las ocho, apenas oscureció, los cuatro ocuparon sus puestos, tensos y comidos por la ansiedad. El cura y Venancio en el confesionario. Don Anselmo con la espalda pegada a una de las jambas y cubierto por la oscuridad, asiendo fuertemente la cuerda con la que amarraría al fulano mientras Margarito le atenazaba las piernas. La señal de pasar a la acción la daría él con un «¡Ya!». Esa era la voz para que los dos le cayeran encima al mismo tiempo, con fuerza pasmosa y avasalladora. La luz del alumbrado público en la plaza mayor iluminaba pobremente la fachada de la iglesia. Una luna amarillenta y lánguida despuntaba sobre los tejados. Cuando dio la hora, un leve ruido de pisadas los alertó de que alguien subía los escalones de entrada. Una silueta apareció de pronto, y se detuvo en el umbral. La sombra dio dos cautelosos pasos más. Pero un hipo imprevisto de Margarito malogró la encerrona y, percatada del peligro, la silueta trastabilló.

—¡Ya! —Se escuchó la orden.

Pero era tarde. El fulano había echado a correr. Con todo, cuando dio media vuelta para huir, por fracciones de segundo, el cartero lo tuvo de frente y logró reconocer su rostro.

—¡Cojones! —bramó don Anselmo, tirando la soga.

Margarito salió de su escondite agitando los brazos, el corazón a punto de salírsele, y mirándolo con un júbilo que a él le pareció inapropiado.

—¡Lo tengo!

—¡Qué va a tenerlo, idiota! ¿No ve que se nos ha escapado?

—¡Qué sé quién es! ¡Le vi la cara!

El más sorprendido fue el cura, que rehusaba dar crédito al cartero, quien resolló un par de veces para reponerse de la agitación.

—Es El Gato, el capataz de Los Pastizales —juró, besando el crucifijo de oro que llevaba al cuello.

Esa noche, tras la barra de El Ensueño, Restituto secaba los vasos con una franela y semblante de boxeador derrotado cuando El Gato entró al bar, más tarde que de costumbre. El cantinero soportaba de mal humor un absceso de muela que le tenía la mitad del rostro desfigurado, y fue Luisillo quien sirvió los tragos. El hombre de confianza de Rolando bebió tres rones a la hila, puso unas monedas sobre el mostrador, y de forma también desacostumbrada se fue sin decir palabra. Restituto lo miró con ojos inquisitivos. Nunca le había visto tan apurado. Aquello no le gustó. Pero «a fin de cuentas, cada quien sabe lo suyo», se dijo.

En los minutos transcurridos desde que El Gato huyó de la iglesia, don Anselmo y el cura no habían logrado ponerse de acuerdo.

—Le dije que Rolando estaba implicado.

—¡Por favor! —exclamó el cura—. No ponga más la carreta delante de los bueyes. No nos consta que Rolando sea culpable.

—O sea, el diablo puede estar cerca y usted ni se entera —arguyó él.

El cura dudó un segundo si le respondía con una mueca de impaciencia, lo zarandeaba, o se echaba a reír. No hizo ninguna de las tres cosas. Alzó la voz.

—¡Este hombre puede estar actuando a solas, sin que Rolando lo sepa! ¡Por Dios!

—¿Por qué no van los dos a Los Pastizales? —propuso Margarito, que llevaba rato luchando contra su hipo.

—¿A qué? —preguntó don Anselmo, con aspereza.

—A indagar, a observar, a comprobar.

—No hay nada que observar.

— A usted nunca se le escapa una —insistió.

Don Anselmo pareció vacilar, y el cura, que hasta entonces fruncía el ceño, secundó la propuesta.

—¿Por qué no? —se aventuró a sugerir—. A fin de cuentas, nada perdemos.

Del dicho al hecho mediaron las horas suficientes para que don Anselmo recuperara el aplomo, y Aristeo rezara los avemarías apropiados.

Rolando salió a recibirlos al portal de la mansión con su americana de solapas cruzadas y botones dorados a medio poner. Cuando terminó de entallársela, se viró para don Anselmo y pronunció fríamente:

—Qué tal.

Después tomó afectuosamente por el brazo al cura.

—Me alegra que haya venido —dijo, adelantándose con él unos pasos—. Su visita es como una señal de la providencia.

—¡No me diga! —repuso Aristeo, con un dejo de asombro y a la vez ufanía.

Los tres se sentaron en torno a una mesita en la que había chocolate caliente, café con leche, mantequilla, frutas, agua con hielo y unas rodajas de pan.

—Le cuento —dijo Rolando—. Amanecimos muy consternados con la inexplicable partida de mi capataz.

El cura lanzó una mirada furtiva a don Anselmo, que todavía soportaba el desaire con las mandíbulas apretadas.

—El Gato era mi mano derecha en la hacienda, y de repente desaparece —prosiguió Rolando, sin pausa—. Yo le subí el sueldo hace menos de un mes. Nunca tuvimos un sí ni un no. Y de la noche a la mañana se va, dejándome una nota oscura. ¿No le parece todo muy misterioso?

—Claro que lo es —el cura pensó que nada de aquello era cierto—. ¿Tiene a mano la nota?

—Aquí está —dijo él, hurgando en el bolsillo del pantalón.

En efecto, era una despedida en la que El Gato le comunicaba escuetamente a su patrón que lo perdonara porque debía irse, y al pie de la nota había escrito «Gracias».

El cura la leyó, y le devolvió el papel con una tranquilidad que denotaba que había sacado sus propias conclusiones. La nota le pareció auténtica. Entonces se sirvió chocolate en una taza, mientras Don Anselmo, inalterable, miraba a Rolando.

—Yo usted no me alarmaría. Dios actúa a veces de forma misteriosa.

Con estupor teatral, Rolando tomó de la mesa una rodaja de piña y fue a darle una mordida, pero se detuvo, pensativo.

—Entonces puede que deba alegrarme de que mi capataz se haya ido. ¿Es eso?

—No digo tanto, pero en ocasiones es mejor no darle muchas vueltas al porqué de las cosas.

Rolando mordió finalmente la piña e hizo un ruido gutural como de aprobación.

—A ver si he entendido bien. Lo que me está insinuando usted es que la gente se mete en líos que ni Dios mismo puede arreglar.

—No exagere. Eso suena muy heterodoxo —El cura bebió un sorbo del chocolate que recién se había servido—. Recuerde que Dios lo puede todo.

—En pocas palabras, padre. Lo redondeo con un refrán—dijo él, en un alarde lingüístico—: No hay mal que por bien no venga.

Aristeo asintió sonriendo. Pero don Anselmo, que seguía estoicamente soportando en silencio que lo hubiesen ignorado, se desencadenó con toda la ira que le permitieron las circunstancias.

—Lo que no nos ha dicho usted es si estaba enterado de todo lo que su capataz hacía —dijo, desafiante.

El cura aprovechó que Rolando desvió la mirada hacia el lado opuesto para responder a don Anselmo, y con señas pidió a este que se callara.

—Solo puedo asegurarle que aquí en mi hacienda era un hombre de trabajo —carraspeó Rolando—. Y hasta donde yo sé, honrado.

Don Anselmo le clavó los ojos como si fueran dientes. Sin dejar de mirarlo, terminó de tomarse de un tirón el café con leche, y no pudo contenerse más.

—Si eso es todo lo que tiene que decir, nos están sobrando las palabras.

Aristeo alzó la mano, esta vez para suplicarle paciencia. Pero fue tarde, porque él ya se había levantado de manera definitiva. Emitiendo un suspiro de desaliento, el cura le siguió los pasos, disculpándose como mejor pudo con Rolando. Durante el camino de vuelta, le reprochó a don Anselmo sus malas pulgas con un largo monólogo:

—Vinimos por consentimiento mutuo. No teníamos la certeza de que Rolando estuviese implicado. ¿Cierto?... Nuestra intención siempre fue esclarecer dudas, de alguna forma interrogarlo. Saber hasta qué punto el otro señor, El Gato, había actuado solo. ¿Verdad?... Y lo conseguimos, porque no hicimos más que llegar, y nos enteramos de que el hombre se había escapado. El primer sorprendido ha sido el propio Rolando. ¿Cree usted que si ocultase algo hubiese actuado con tanta naturalidad?... No deja de decepcionarme esa peculiar obsesión suya, esa empecinada desconfianza que le nubla la mente. Tiene que aprender a refrenarse. Ya tiene edad para ser abuelo y todavía anda deambulando por la adolescencia. Me pregunto cómo puede estar en paz consigo mismo actuando de esa manera. No se quede callado. Responda. ¡Dígame algo, don Anselmo, por amor de Dios!...

Un leve soplo de aire cálido agitó las ramas de los flamboyanes próximos a la residencia de los Montero. Aristeo y don Anselmo desaparecieron momentáneamente entre el follaje que cubría ambos lados del sendero, y cuando reaparecieron un poco más adelante, el cura seguía hablando.

—Ya es hora de que usted renuncie a esos malos hábitos. No se puede vivir así, recelando de todos. Y está mal que se lo diga. Pero se lo digo. ¿No se da cuenta usted de que se ha convertido en un hombre arcaico, de impulsos antediluvianos?... Rolando es un hombre de negocios que puede abrirle al pueblo las puertas del progreso. Los tiempos son otros. No hay por qué arredrarse, hay que mirar al futuro. Escúcheme bien. ¿Me oye?... No sé quien le metió en la cabeza que Rolando es un mal hombre. Todos los periódicos hablan bien de él.

Con solo cuatro palabras don Anselmo lo hubiese descrito de pies a cabeza: perfecto hijo de puta. Pero se contuvo, y a pocos pasos de su casa chasqueó la lengua. En la puerta estaba esperándolo Margarito, con otra carta de su amigo Richard Álvarez.

El detective le contaba que, con la colaboración del médium y de un informante que tenía infiltrado en la policía mexicana, había podido establecer que Pepín Flores era dueño de una galería de arte en Ciudad de México, y los federales lo vigilaban bajo sospecha de que fungía como el pez gordo de una red internacional de contrabandistas. «Se sabe que trafican —le comentaba—. Lo que se desconoce aún con exactitud es la pinta de la mercadería. Los federales aún no saben si se trata de drogas. No hay ninguna mención a Rolando. En cuanto indague más, le informo».

El giro de los acontecimientos lo desconcertó. Habría jurado que Rolando estaba metido hasta el cuello en los sucesos de La Cangreja, una apreciación al parecer errónea, de acuerdo con lo averiguado por el detective, y que Aristeo aprovechó para machacarlo.

—Usted ve. Yo se lo decía. Pero es mucho más difícil juzgarse a sí mismo que juzgar a los demás.

Don Anselmo ignoró el reproche y recibió la andanada en silencio. Solo habló al rato, cuando después de una corta cháchara con Felicia el cura decidió irse.

—De cualquier manera eso no lo hace inocente —le dijo, a manera de despedida.

Luego que quedaron a solas, él le pidió a Felicia un cocimiento de tilo. Estuvo toda la tarde jugando solitario con los naipes, y enseñándole nuevas palabras a la cotorra. Halló tiempo incluso para poner al corriente de la huida del Gato a Mariangélica, que cuando lo supo se la llevó el demonio. Lo que más le molestaba era que literalmente no solo se burló de ellos, sino que además se les escapó entre las manos, porque el capataz de Rolando era cliente fijo de la Patricia. «Qué barbaridad, pensar que lo tuvimos todo el tiempo en las narices», fue su comentario. Al regreso de la taberna, don Anselmo se dio un baño tibio de una hora en la tina, y se acostó temprano, en un renovado intento por dormir, lo que no consiguió.

Aún en pijama y chancletas se lo encontró Matías cuando fue de mañana a avisarle que dos delegados del gobernador pedían verlo y estaban esperándolo en la taberna.

Las ojeras se le acentuaron con la luz que entraba por la ventana. Pensó en la imagen que tendría de derrumbe, y fue entonces que ganó conciencia de que estaba muerto de sueño. Se echó agua fría en la cara, y al secarse se le agudizó el dolor de artritis que le molía las vértebras cervicales.

Por fortuna, el malestar ya había cedido cuando los dos funcionarios de cuello, corbata y portafolio lo saludaron cordialmente en la taberna, como si le conociesen de toda la vida. Según dijeron, el motivo de su visita era que al gobernador le inquietaban sobremanera algunos rumores que habían estado circulando en Mayajagua, y ellos eran portadores de una propuesta para someterla a su consideración.

—¿Se puede saber de qué rumores hablan?

Los dos hombres iban a responder al unísono, pero se miraron, sonrieron apenados, y solo uno de ellos prosiguió.

—Ha habido toda suerte de comentarios a los que el señor gobernador no ha querido dar crédito, pero como usted comprenderá existe el temor de que se repita lo que ya ocurrió una vez. —El funcionario aludía al linchamiento de un concejal ocurrido hacía ya unos años.

—Viva tranquilo que eso no va a pasar. Nunca ha habido más paz aquí que ahora.

—El gobernador quiere designar un candidato de consenso —insistió el burócrata— para postularlo a elecciones. Un alcalde de vuestra confianza. Claro, tendría su despacho aquí, no en Mayajagua.

—¿Para qué quieren otro alcalde si ya tienen uno? —preguntó él, procurando parecer ingenuo.

—Usted no ha entendido bien —el funcionario empezó a sacar papeles del portafolio—. El gobernador está dispuesto a sacrificar al actual alcalde para que ocupe el puesto alguien que sea de vuestro completo agrado.

—Le soy más sincero, en aras de un mejor entendimiento —añadió el otro—. El señor Eustaquio Flores no quiere hacer nada sin vuestro consentimiento.

—¿Quién dijo usted? —el estómago le dio un salto.

—El gobernador —repuso el funcionario, sorprendido de que don Anselmo no reconociese el nombre.

—Eustaquio Flores... ¿Oí mal?

—No... Oyó bien. —Los dos funcionarios se miraron, intrigados.

—¿Es pariente el gobernador del dueño de Los Pastizales, Rolando Flores? —dijo él, ya de pie, remangándose los pantalones.

—Son primos —respondieron ambos, casi a la vez, con cierta precipitación.

Don Anselmo los miraba ahora con aire sombrío y la punta de la lengua ardiendo.

—Díganle al gobernador que ni lo sueñe —reventó—. Que nunca estuvimos mejor en Paraíso que ahora, sin alcalde.

Mariangélica, que había estado oyendo la conversación sentada en la barra chupando un caramelo, se deleitó con la desolada expresión de los dos burócratas cuando don Anselmo les mostró el dedo cordial erecto, giró como una tromba y se fue. Ella no pudo evitarlo, y soltó una risita zumbona cuando se acercó a la mesa.

—¿Se les ofrece algo más a los caballeros?

Ambos movieron desconsoladamente la cabeza, pagaron la cuenta, recogieron sus papeles, y se marcharon.

XIII

E l tumulto que provocó una valla a la entrada del pueblo con la foto de un desconocido candidato a la alcaldía, y el letrero *Aeropuerto, hospital, escuela nueva. Voten por mí*, fue mayúsculo. Desde que el cabo Perfecto descubrió la propaganda electoral en una de sus rondas habituales, hasta que un grupo de furiosos vecinos la tacharon de punta a punta, pintándola con una enorme cruz de chapapote, transcurrieron menos de tres horas.

A don Anselmo el nombre del político le pareció indecente: Abundio de la Polla. «Otro viejo carcamán de esos que muerden y huyen con lo que roban», se dijo, y no tuvo que hacerle la más mínima campaña de descrédito, porque la Comisión de Ciudadanos Felices, creada bajo sus auspicios e instalada muy a disgusto del cura en el local de la logia masónica, convocó de urgencia una asamblea de repulsa, en la que por votación a viva voz ratificaron el estatuto que le confería a Paraíso autonomía en contumacia. La comisión acordó hacer dejación colectiva de las tres obras públicas ofrecidas por el señor De la Polla, y para que constara por escrito, imprimió volantes que luego repartió cuadra por cuadra y envió por correo a los funcionarios pertinentes. La hoja de papel tenía impreso en gruesos caracteres: *No se equivoquen. Aquí no necesitamos nada.* Y con eso fue suficiente para que el gobernador desistiera de sus planes. Eustaquio Flores renunció a la idea de celebrar comicios, y ratificó por decreto a Luis Flogisto Zorrilla dos años más como alcalde, en el exilio y como hasta entonces, sin prerrogativas reales.

En la asamblea, se decidió además dejar sin empleo al nuevo fotógrafo, un ex discípulo de Dago que *motu proprio* se atrevió a firmar un contrato publicitario con el pretendido candidato a alcalde. Don Anselmo en persona fue a su estudio y le entregó copia del edicto expulsándolo.

Pocos días después, llegó la confirmación de que Rolando iba a financiar con capital propio la construcción del aeródromo. Para don Anselmo fue un alivio enterarse tomando el café de la tarde con el cura, porque eso le dio oportunidad para la revancha. *El Heraldo de Mayajagua* publicaba la noticia en primera plana.

—¿Ya ve? —tiró el periódico a un lado—. Yo se lo dije. Dios los cría y ellos se juntan.

La alusión a Rolando hizo que Aristeo de la Concepción Santos Aldunaga moviera compasivamente la cabeza.

—¡Qué fácil es condenar!

— Más fácil es no ver lo que no se quiere ver.

—Me imagino lo que está pensando —el cura echó más azúcar al café, y lo revolvió—. Pero pierde el tiempo. Lo que intenta decirme ya lo sé.

Don Anselmo hizo una mueca de decepción con el labio inferior.

—Qué pena que usted no lo conozca.

—Y por lo que veo, usted tampoco —Aristeo puso la taza vacía sobre la mesa—. No insista, porque está yendo por un callejón sin salida.

Rompió a llover y don Anselmo hizo una pausa, se levantó, y cerró la ventana. Se volvió a sentar, y con la taza de café aún intacta en una mano le habló ahora en un tono que al cura le causó desazón.

—Política y religión no compaginan.

—Pensamos igual —repuso Aristeo, con cierta inquietud interna.

—No tanto, cuando defiende usted a Rolando de esa manera.

El cura reclinó todo su cuerpo sobre la mesa.

—¿No le parece que una vez más exagera? Rolando es un próspero empresario. No es un político.

—Qué come de ellos, y de paso les da de comer —lo miró provocadoramente—... ¿O no?

Ahora fue Aristeo quien cogió el periódico y lo hojeó, tratando de desviar el curso que había tomado la conversación.

—No lleve el asunto adonde no es. ¡Por Dios!

Don Anselmo terminó de tomarse el café, y lo miró con ironía.

—La política es un oficio sucio, padre. Y no hay forma de mezclarse en ella sin mancharse las manos.

—¡No todos los políticos son corruptos! —exclamó, al tiempo que cerraba abruptamente el periódico.

—¿Hay alguna razón personal?

—¿De quién? ¿Mía? —una ola de rubor le subió al cura a las mejillas.

—Sí, suya.

—No sé qué me pregunta.

—¿Hay algo que usted sepa de Rolando y yo no?

—En lo absoluto —dijo, y se enderezó en la silla, ofendido—. La diferencia está en que yo creo que sus negocios pueden ser útiles para el pueblo. Y usted no.

—La dichosa pista.

—Obvio. Una obra como esa abrirá horizontes.

—¿Qué horizontes!

—¡Vamos, por favor! —al cura se le enrojeció la cara, pero esta vez de enojo—. Nuevas oportunidades, comercio, prosperidad...

—En otras palabras, se refiere usted al futuro.

—Exactamente.

—Yo asocio el futuro con algo más envolvente.

—Si alude usted a lo complicado que pueden parecer las cosas antes de materializarse, le doy la razón —Aristeo asumió una pose doctoral—. Comoquiera que sea, un aeródromo es una obra de trascendencia.

—Ciertamente —los ojos de don Anselmo brillaron de sarcasmo—. Cuando pienso en esa pista, lo primero que me salta a la vista es una avioneta con ciertos aditivos: pilotos inescrupulosos, aterrizajes clandestinos, polvos como los de La Cangreja...

—No siga —al cura se le clavó una punzada de angustia en el pecho, y tragó saliva.

—La línea que divide el progreso de la decadencia es muy frágil, padre —dijo él, mirándose la punta de los dedos—. Tanto como la que separa la verdad del error.

La última frase consiguió meterle la desconfianza al cura bajo la piel, y recapacitó. El demonio podía estar muy bien detrás de todo aquello, acechando la primera oportunidad de subirse a una avioneta, y frente a un adversario tan inaudito como la droga, solapado y tentador, pensó, sus oraciones podían no ser suficientes, por mucho que se esforzara. De modo que bajó la cabeza y otorgó.

A despecho de las reservas de don Anselmo con la construcción del aeropuerto —en lo adelante también compartidas por el cura—, el anuncio de que Paraíso tendría conexión aérea, desencadenó una euforia empresarial nunca vista, que nadie pudo frenar. La apertura de una moderna tintorería fue la primera señal del cambio que se avecinaba. Su dueño era un sobrino de Sobeida al que no faltaron amigos escépticos en augurarle un estrepitoso fracaso, porque a lo largo de generaciones, la ropa del pueblo literalmente solo se había lavado, planchado y tendido al sol en casa. Con todo, La Jabonosa tuvo un éxito inesperado, gracias a sus precios económicos, sus detergentes de fragancia garantizada, y la amabilidad y eficiencia de su personal, fiel al lema con el que fue inaugurado el establecimiento: *Deje la ropa ahora, y recójala como nueva luego.*

La voz de la buena acogida que tuvo la tintorería corrió por la comarca, y empezaron a llegar al pueblo exploradores de fortuna, entre ellos un hombre que se hospedó en La Posada del Rey, corto de equipaje y sin fecha de partida. A la tercera noche de visitar la taberna, recelosa, Mariangélica ordenó a su experta en interrogatorios, la Luisa, que le metiera los dedos. El forastero pidió una botella de aguardiente, y con los dos codos sobre la mesa y el escote a flor de pezones la puta le dijo:

—¿Me invitas?

—¡Hecho! ¡Preciosa!

Después, la Luisa contó los minutos desde la primera mordida en el cuello hasta el último berrido de placer que le arrancó con sus caderas. Tal como lo calculó: seducido, ebrio y satisfecho, a la media hora estaba narrándole la historia más reciente de su vida. Según supieron, el fulano había sido un hombre de la cuadrilla del Gato que este abandonó a su suerte cuando se fugó. Tenía interés en abrir algún negocio. «Algo legal», fueron exactamente sus palabras. Su jefe se había escapado debiéndole mucho dinero, y como se sintió traicionado ya no le guardaba ningún respeto ni consideración. Más bien deseaba que lo partiera un rayo. Así se lo dijo a la puta cuando le reveló que el capataz de Los Pastizales era la mano oculta detrás de los sucesos de La Cangreja.

—Él lo planeó y ejecutó todo. El fallido vuelo, las muertes, y por último el secuestro del zapatero. Yo solo era su enlace en Los Remates, primer punto de recepción al que iban destinados los cargamentos de droga.

—¿Dónde es eso? —preguntó ella, que no conocía más sitios que Paraíso y La Carbonera, su pueblo natal.

—Un caserío junto a la costa, a mitad de camino de Mayajagua.

A la mañana siguiente, cuando el fulano se despertó, la Luisa no estaba en el cuarto. Solamente vio al cabo

Perfecto, encañonándolo con el revólver. Don Anselmo estaba sentado junto a la cama, limpiándose las uñas. A una orden del cabo, el hombre se incorporó lentamente, entrelazó las manos detrás de la cabeza y pegó la espalda contra la pared.

—¿Qué quieren?

Don Anselmo lo estudió con la mirada.

—Ya lo sabemos todo, así que ahórrese preguntas innecesarias. Hábleme de Rolando.

Su primera reacción fue decir que no lo conocía. Pero luego, dándoles los pormenores de cómo, dónde y cuándo El Gato lo contrató, se acordó de que este había mencionado ese nombre un par de veces.

—Ahora recuerdo —dijo—. Es el dueño de Los Pastizales.

—¿Lo vio alguna vez?

—No.

—¿Qué pasó con los polvos?

—¿Qué polvos?

—La droga.

—El Gato me dijo que alguien la había robado.

—¿Quién?

—Nunca habló de nadie.

—¿Por qué cree que El Gato huyó?

—Cobardía, probablemente —como la que ahora sentía él—. No es un hombre guapo.

Don Anselmo meditó la próxima pregunta mientras se rozaba los labios con el puño cerrado.

—¿Cuándo supo que Rolando era el jefe?

—Yo no dije eso. —el fulano lo miró turbado.

—¿Está seguro?

—Seguro —reafirmó—. La segunda vez que El Gato me mencionó el nombre fue para advertirme que el dueño de la hacienda donde él trabajaba no sabía nada del asunto.

Don Anselmo sintió que un calor le subía por la garganta. Llevaba semanas esperando que algo o alguien confirmara sus sospechas, y ahora aquel sujeto se las hacía polvo, en un abrir y cerrar de boca. Estuvo varios segundos debatiéndose en un mar de dudas, hasta que Perfecto preguntó:

—¿Qué hacemos con él?

El fulano imploró que lo pusieran en libertad, en pago por haber hablado; también pidió que le permitieran quedarse en el pueblo.

—En paz y con la boca cerrada —dijo.

Don Anselmo accedió a liberarlo, pero no le gustó la idea de que un testigo tan comprometedor permaneciera en el pueblo. Aquel hombre sabía lo sucedido con la avioneta y podía implicarlos. Además, ninguno de sus caminos lo llevaban hasta Rolando. De suerte que él estaría más tranquilo si se iba.

—Tienes dos horas para recoger tus cosas y esfumarte —le dijo—. Nunca te vimos. Jamás estuviste aquí.

Terminadas las diligencias del día, don Anselmo se fue directo a la casa, recapitulando cada respuesta dada por el fulano. Todas las sospechas que bullían en su mente se sustentaban solo en conjeturas. No había ninguna prueba que las corroborara. Con todo, sus presentimientos le indicaban que era muy pronto para transigir. De cualquier manera, la carta de Rolando a su hijo tal vez podría servir para incriminarlo, puesto que su amigo el detective había logrado averiguar que Pepín Flores estaba metido hasta las orejas en negocios oscuros. Cruzó las calles distraído, bajo un sol abrasador. Pasó frente a la ferretería, donde aún no habían repellado la desconchadura del atentado a Teira. Se detuvo frente al quiosco de periódicos solo para curiosear, pero compró un semanario noticioso que luego hojeó en el sillón del limpiabotas los tres minutos que este demoró en colocarle los protectores a ambos lados del pie para no mancharle las medias, darle cepillo, betún, bayeta, nuevamente cepillo, y dejarle los dos zapatos lustrosos como nuevos. Pagó con un par monedas, que el limpiabotas echó en un pequeño envase de hojalata, y se despidió con un impreciso ademán de la mano. Se preguntaba si El Gato no estaba encubriendo a su jefe, si su fuga no había sido un ardid para confundirlos, si el hijo de Rolando, como era lógico pensar, no estaba implicado en lo de los polvos. No se dio cuenta, pero cuando llegó a la casa tenía los puños apretados. Ya en el rellano del portal, se secó con el pañuelo el sudor que le corría por la nariz, y cuando se cruzó con Felicia a la entrada de la cocina, le sostuvo varios segundos la mirada como si su estrella dependiera por entero de aquellos ojos verdes. Al acercarse y darle un beso, sintió un suave olor a jazmín. Estaba muy sudado, y ella trajo una camisa limpia para que se cambiara, blanca y de mangas cortas, que dejaron al desnudo sus velludos antebrazos.

Cuando almorzaron, él se dirigió a la biblioteca con la revista que había traído y se arrellanó en su butaca de piel. Volvió a hojearla mientras movía con inquietud un palillo entre las comisuras de los labios. Había visto por encima un titular que le resultó interesante, y ahora leía el reportaje con interés. Trataba sobre la búsqueda de tesoros perdidos en el mar, y una polémica en torno a cómo debía repartirse la fortuna. Una firma de buscadores de pecios afirmaba haber descubierto años atrás el sitio del naufragio, a principios del XVIII, de un galeón con un cuantioso cargamento de monedas de oro y plata, que los expertos valoraban en cientos de millones de dólares. El suceso se había transformado en toda una leyenda. Don Anselmo puso la revista con las páginas abiertas sobre el escritorio para que no se desmarcaran, echó hacia atrás la cabeza, y dejó correr la imaginación. Al rato, sacó del librero su atlas, y con una lupa buscó las coordenadas del hundimiento en el extremo sur del Caribe. Cuando las encontró, pasado el crepúsculo, un enjambre de mariposas nocturnas revoloteaba alrededor de la lámpara que había encendido junto al mapa. En efecto, tal como pensó, el sitio quedaba a unas escasas veinte millas náuticas al suroeste del puerto de destino.

Dominado por la curiosidad, dejó momentáneamente a un lado atlas y revista, y fue a hurgar en el enorme baúl de madera en una esquina de la habitación, donde guardaba viejos documentos, entre ellos mapas y cartas familiares manuscritas en papeles ya frágiles, muchos roídos y amarilleados por los años. Pero no halló nada que pudiese aportar mayor atractivo al naufragio, de modo que desvió la atención del tema y se puso a hojear libros. Estuvo leyendo a la luz de la lámpara, perturbado solo por las mariposas, hasta que dieron las doce. Cerró el atlas, guardó los papeles en el baúl, y empezó a abrir una por una las siete gavetas del escritorio sin saber qué buscaba. Entre todos los cachivaches de los que nunca había sido capaz de desprenderse, vio fotos, postales, estados de cuentas de banco, monedas viejas, grapas oxidadas, un pisapapeles de mármol, lápices, un sacapuntas. Fue entonces que cayó en cuenta que solo debió haber abierto la de arriba a la derecha para poner la lupa en su lugar. Lo hizo y volvió a cerrarlas todas. Cuando terminó, se sintió derivando hacia la melancolía. «Es el cansancio», pensó. Llevaba muchos días sin tener un sueño reparador. Desde el secuestro del zapatero, no había vuelto a dormir igual. Un martes, de madrugada, Felicia se lo encontró dando pasos como soldado de guardia, de un extremo al otro del corredor del patio, presa de un agudizado acceso de sonambulismo. Y por mucho que le acarició la barbilla y le dio palmaditas en la espalda, tratando de hacerlo entrar en razones, él solo atinó a mirarla con ojos ausentes. Lo más que consiguió fue llevárselo semiinconsciente a la cama, donde estuvo sentado hasta el amanecer, pronunciando frases esporádicas en un lenguaje ininteligible. Pero esa noche, después de haber estado horas con la vista fija en mapas y papeles, lo que le sucedió fue diferente. Sintió como un vahído cerebral que lo inmovilizó, sin que el desvanecimiento llegara al punto de hacerlo dormir. Inerte como una ostra, le bastó con un pestañazo para evocar los enigmáticos sueños que desde la infancia lo sumían después varios días en un estado de consternación. Percibió otra vez la inconfundible descarga de fusilería, el silbido de los proyectiles, el bufido de los caballos aterrados por las llamas. Contempló cómo el incendio calcinaba techos y paredes de la enorme mansión, el establo, y lo reducía todo a cenizas, que un viento del norte batía como remolinos de odio entre las ascuas. Vio a la bella joven con su vestido hecho jirones, violada por hombres irreconocibles. En esta ocasión estuvo seguro de que habían sido esos los cabecillas de la revuelta. Las imágenes rodaban en sucesión ordenada, como las de una película. Ahora lo vio todo con mayor nitidez, como si los protagonistas de aquellas visiones no fuesen fantasmas sino seres vivos. De repente advirtió algo que le resultó conocido en la cara de aquel hombre abatido por las balas, que había visto una y otra vez al final de sus sueños, aunque de forma borrosa. Fue una revelación fugaz, que escasamente duró un segundo, pero que le resultó suficiente para estar seguro de que ese semblante no era el de un extraño. Habría jurado haberlo visto antes en algún sitio. Un leve estremecimiento se le deslizó bajo la piel, y el sobresalto lo hizo abrir más los ojos. Cuando volvió en sí, se percató de que había apagado las luces de toda la casa, y también la lámpara del escritorio. Una vela, que tampoco supo cuando había encendido, ardía sobre la mesita auxiliar, donde acostumbraba teclear en la antigua Oliver de principios de siglo —un regalo de su padre— las anotaciones sobre lecturas que creía importantes y que, para no confundirlas, conservaba luego dentro de las páginas de los propios libros. El candelero le iluminaba, con un resplandor inusitado, el rostro y parte del pecho.

XIV

Tuvieron que transcurrir dos semanas y tres días, sin contratiempos mayores ni desenlaces inesperados, para que don Anselmo intuyese que había llegado el momento de suspender el castigo a Florindo Restrepo por su torpeza con los polvos de La Cangreja. El jardinero se tomó el perdón con el entusiasmo de un reo al que le anuncian que ya purgó condena. El indulto tuvo el efecto de una primavera a destiempo, y el vergel revivió con una lozanía multicolor. Junto a los papayos y naranjos, Florindo sembró limoneros, mameyes, chirimoyos y guanábanos, y también verduras; alrededor de la fuente de las musas, y en los sitios todavía vírgenes del jardín, plantó claveles, azucenas, rosas blancas, rojas, amarillas y margaritas del Japón. Don Anselmo solo intervino para pararlo cuando lo vio llegar al huerto cargando un par de macetas con gladiolos.

—Esas no —dijo—. Son flores de muertos.

Para evitarse un nuevo y definitivo descalabro, Florindo procuró fertilizar y abonar los cultivos con productos de marcas reconocidas, y nutrientes auténticos, identificados por sus nombres en anuncios, y en artículos recortados pacientemente de revistas de jardinería: fósforo, potasio, calcio, magnesio, sulfuro, y como agregado imprescindible, estiércol. Los frutos y flores brotaron con tanto vigor y rapidez que, cuando se abrieron los primeros claveles, don Anselmo cortó una docena para Felicia, y otra se la llevó al cura.

Ese día Aristeo estaba especialmente feliz. La misa había terminado, la iglesia estaba desierta y él meditaba de cara al altar, con las manos asidas al frente de la sotana. Cuando don Anselmo se acercó, le descubrió una sonrisa dichosa de oreja a oreja. El cura examinó los claveles con placer, y los colocó en un florero de bronce al pie de la Virgen, en el retablo. Don Anselmo se distrajo momentáneamente, contemplando la figura de San Miguel Arcángel, y la pintura al fresco con querubines que adornaba una de las paredes laterales de la parroquia.

—¿A que no sabe la última? —preguntó el cura, convencido de que iba a darle una primicia—. El papa viene por novena vez.

Él lo miró con la atención reducida a cero.

—Seguro que no será a visitarnos —dijo.

Aristeo hizo un gesto de impaciente reprobación, y pasó a contarle lo que ya le picaba en la lengua. Acababan de anunciar en Roma que Juan Pablo Segundo preparaba un viaje a Uruguay, Perú, Paraguay y Bolivia, donde, le enfatizó, abordará el problema del tráfico de drogas.

Aquello sí pareció interesarle. Pero inadvertidamente el cura cambió de tema, y de nuevo la conversación perdió para él todo atractivo.

—Han formado un comité de médicos —prosiguió, con renovada energía—. Usted sabe, Wojtyla está ya pegado a los setenta. ¡Hay que cuidarlo mucho! Le han aconsejado extremo cuidado al bajar del avión en La Paz. Figúrese, son más de tres mil seiscientos metros. ¡Eso sí es altitud! No quieren que se agache a besar el suelo, porque temen que le dé un desmayo, lo que me parece un disparate. ¿Cómo van a pedirle al papa que se amilane por semejante cosa?

Todos los días antes de misa, Aristeo sintonizaba en onda corta Radio Vaticano para ponerse al día de lo que decía el santo padre, oír las más recientes noticias del clero, y de paso descifrar entre líneas alguna de las intrigas de la Santa Sede. Pero ese no era el caso. Nada había de chismografía en aquello, así que a don Anselmo le pareció absolutamente intrascendente todo el cuento sobre el nuevo peregrinaje papal. De manera que no estaba oyendo cuando vio venir a Matías con algo en la mano. El telegrama era sucinto. Solo seis palabras: «Sospechan también del padre. Interpol investiga». Lo firmaba Richard Álvarez.

Seguido por el cura, don Anselmo salió disparado a la casa en busca de su libreta de direcciones, donde debía de haber anotado años atrás el teléfono del detective. La noticia era demasiado importante para resignarse a disfrutarla de manera tan escueta. En efecto, el número estaba allí, lo apuntó en el primer pedazo de papel que encontró, y se dirigió, también acompañado por el cura, a la cabina pública de La Posada del Rey. Al poco rato, la operadora lo comunicó con su amigo, que por suerte conservaba el mismo número telefónico. Al otro lado de la línea, en México D.F., el detective le desmenuzó sus averiguaciones. Los judiciales mexicanos habían cogido al hijo de Rolando *in fraganti* en Mérida, cuando se disponía a embarcar por aire varios huacales con un presunto contrabando de obras de arte. Una meticulosa inspección de los embalajes permitió constatar a los policías, para su sorpresa, que no contenían piezas de valor, sino bisuterías de imitación. ¿Por qué entonces eludir la aduana? ¿Qué tenían aquellos cuadros y esculturas de particular?

—La policía —le dijo su amigo— registró dentro de los marcos y bajo una doble tela que cubría el envés de los lienzos, rompió la arcilla plástica de las figuras, y... ¡bingo! Allí estaba la respuesta: cocaína de la más alta calidad. Ahora vendrá el encausamiento, pero las investigaciones no han concluido. Uno de mis confidentes me ha dicho que los judiciales planean partir en breve hacia Paraíso. Han descubierto cartas enigmáticas que Rolando Flores envió a Pepín. Parece que todavía hay cabos que quieren anudar. Pierda cuidado, cuando tenga más información le mando otro telegrama.

Don Anselmo oyó un clic al otro lado de la línea. La conversación había terminado, pero él se quedó inmóvil varios segundos, paralizado por la emoción, con la oreja pegada al auricular y mirando, sin ver, el índice que aún tenía metido en el disco giratorio del teléfono. Era la mejor noticia que le habían dado en años. El cura lo sacó de su entumecimiento temporal, sacudiéndole el brazo, ansioso por saber qué había dicho el detective. Y la cara que Aristeo puso cuando él le hizo el cuento fue de derrumbe.

—¿No ha pensado usted qué sucederá cuando vengan? —preguntó el cura, apagando la voz y mirando a ambos lados con sigilo.

Él, que en medio de su victoria no había reparado en tal ángulo del asunto, devolvió la pregunta.

—¿Qué cree que pueda pasar?

—Que podemos meternos en problemas —la voz de Aristeo fue ahora un murmullo.

Don Anselmo le dio dos o tres vueltas en la cabeza a los temores del cura; dudoso, torció a los lados el cuello como en busca de respuestas, y alisándose el bigote con los dedos recuperó el aplomo.

—No. No va a suceder nada si hacemos lo que tenemos que hacer.

El comisario de monóculo regresó a Paraíso acompañado por dos agentes de la Interpol, con instrucciones de entrevistar a medio pueblo. La llegada de los policías demoró solo segundos en correr de boca en boca, de modo que cuando tocaron a la puerta de la primera casa, ya los estaban esperando. Los interrogatorios se llevaron a cabo mediante preguntas estructuradas de antemano, todas capciosas, siguiendo las más depuradas técnicas de la Interpol.

Los investigadores fueron primero a Los Pastizales, a confirmar o descartar sus dudas sobre Rolando; luego, al cementerio y a la funeraria, a contrastar los registros de defunciones; a La Posada del Rey, donde indagaron por las listas de entrada y salida de huéspedes de los últimos seis meses, un control que la hostería no llevaba; revisaron las copias de boletos expedidos en la estación del tren y con el chofer de autobús; pasaron por la iglesia, donde el cura rehuyó hasta donde pudo las preguntas, mostrándoles el relicario en el que atesoraba antiguos crucifijos, manteles, cálices, y unas monedas que, según les dijo, eran fiel copia de las recibidas por Judas al traicionar a Jesús, y cuando se le agotaron los recursos disuasivos, se libró de hacer declaraciones incriminatorias amparándose en el secreto de confesión.

Con Margarito, los policías chequearon minuciosamente, una y otra vez, los nombres de remitentes y destinatarios de la correspondencia en tránsito, y en la taberna fue donde más tiempo se demoraron. Advertidas, Mariangélica y sus chicas se maquillaron, perfumaron y se aligeraron de ropas para capear el interrogatorio. Y el ardid surtió efecto, porque de las dos horas que los comisarios estuvieron en El Ensueño, dedicaron solo quince minutos a su trabajo. El resto del tiempo lo pasaron charlando y manoseando las piernas de las putas, mientras Mariangélica les daba de beber café a la turca, bautizado con ron. Como se les hizo tarde, interrumpieron hasta el día siguiente la pesquisa.

Esa noche Matías le confió a don Anselmo un importante secreto. El muchacho llevaba un mes acostándose con la más joven de las cocineras de Rolando. Pero eso no era todo, la chica le había comentado que antes de que llegasen los comisarios a la hacienda, había visto a su amo muy nervioso, mudando de sitio cuadros y esculturas para un cobertizo que estaba al fondo de la finca, a unos cien metros de la casa.

—Todo es muy raro —dijo él, utilizando las mismas palabras de la cocinera.

—¡Cayó el pez! —exclamó don Anselmo, que dio un codazo en el aire.

Sin comprender muy bien si la expresión había sido un halago, por sus avances de amor con la joven, o una explosión de júbilo, por el soplo acerca de Rolando, Matías se marchó picado por la incertidumbre. Don Anselmo sintió que era nuevamente un hombre afortunado, y por primera vez en muchas semanas, esa noche durmió como un niño.

A la mañana siguiente, después de desayunar a cuerpo de rey en la posada, los comisarios reanudaron los interrogatorios. Con don Anselmo utilizaron las mismas tácticas que con los demás, formulando preguntas a partir dc escenarios imaginarios, y haciendo afirmaciones engañosas para ver si el interrogado caía entrampado en alguna mentira. Antes de que tocaran a la puerta, ya Felicia había protegido la casa de malas influencias, arrastrando por todos los pisos un coco seco pintado con cascarilla. Cuando se acomodaron en la sala, a los tres policías les intrigó sobremanera que ella les pidiera los nombres, y los anotara en tres papeles por separado antes de cerrar la puerta.

—¿Desconfía de nosotros? —se atrevió a preguntar uno de ellos.

—No —sonrió ella—. Es un viejo hábito. En esta casa solemos anotar los nombres de los visitantes para luego recordarlos mejor.

A los tres por igual les llamó poderosamente la atención aquella costumbre, pero por encima de la curiosidad se imponía la prudencia, por lo que se ciñeron a cruzar miradas y hacer su trabajo.

—Don Anselmo —dijo el comisario de monóculo—, antes de que diga algo, déjeme subrayarle lo delicado que es el asunto que nos ha traído hasta aquí.

—Lo sabré cuando me lo expliquen —dijo él, ligero.

—Todo delito de drogas es algo serio, muy serio —apuntó el más corpulento de los agentes de Interpol.

—Yo sé que usted es una buena persona y que, emocionalmente, esto lo está afectando —añadió el otro.

—¿Qué hizo con el dinero? —preguntó a quemarropa el comisario de la lente.

Don Anselmo manifestó la primera señal de impaciencia rascándose el cogote, y de inmediato exteriorizó la segunda, poniéndose de pie. La tercera se las dio abriendo la puerta de la calle.

—A ver si nos arreglamos —encajó—. Se dejan de argucias y me dejan hablar, o se van.

Los policías volvieron a cruzar miradas, esta vez con la certeza de que estaban a punto de oír la primera confesión de culpabilidad, y asintieron respetuosamente con la cabeza. Él les expuso las dudas que desde hacía tiempo lo tenían predispuesto. Dijo que en Los Pastizales se respiraba una atmósfera confidencial, que a Rolando lo envolvía siempre un aire de ocultamiento, que no era el tipo de hombre que hablaba de frente, y que en su casa entraban y salían cosas secretamente.

—¿Como qué? —preguntó uno de los policías, pero don Anselmo no se dio por enterado.

Les comentó que la finca era visitada por gente extraña, que Rolando nunca iba a misa para no tener que codearse con nadie, que su capataz había desaparecido en circunstancias misteriosas, y que él había escuchado rumores de que este estaba envuelto en manejos de drogas.

—También oí decir —remachó— que antes de vuestra visita a la finca, el señor Flores anduvo muy ocupado moviendo cosas de un lugar a otro, como queriéndolas esconder.

—¿Tiene usted pruebas? —inquirió ahora el más delgado de los de Interpol, convencido de antemano de que no las tenía.

—No. Pero me sobran corazonadas.

Los comisarios se fueron esa misma noche del pueblo igual que como habían llegado: desprovistos de pruebas categóricas, pero convencidos de que, aún sin evidencias, algo fuera de lo normal, y posiblemente hasta de la ley, estaba ocurriendo en Los Pastizales. Cuando partieron de Paraíso, Felicia colocó los tres papeles con los nombres de los policías dentro de otro coco seco, abierto a partes iguales, lo rellenó con maíz tostado, trozos de jutía ahumada, veintiuna pimientas de Guinea, miel de abeja y manteca de corojo. Luego lo puso detrás de la puerta de la calle, y al lado prendió una vela.

—Eso, ¿qué es? —preguntó don Anselmo, sin ocultar su asombro.

—Un resguardo —repuso ella, acariciándole un cachete. Ya en el cuarto, lo desnudó y lo arrojó a la cama. Esa madrugada lo poseyó de forma desaforada.

Aunque llovió a cántaros como el día de su casamiento con Beatriz, el aire que sopló por todas las habitaciones no fue de tormenta. Olía a azahar. Las setenta y dos horas que siguieron, el tiempo estuvo metido en aguas. Los pozos se saturaron, y el patio se llenó de ranas. Aturdida por el estrépito de un chaparrón tras otro, la cotorra de don Anselmo estuvo los tres días sin hablar. Bajo uno de esos aguaceros, calzando botas de hule y envuelto por un capote de nailon, Matías le trajo la segunda infidencia de la cocinera de los Flores en menos de una semana. Él estaba atornillando la corredera suelta de una gaveta, y la noticia volvió a turbarle el espíritu, que desde la partida de los comisarios había tenido más animoso.

—El Gato está de vuelta en Los Pastizales.

Por el rabillo del ojo, don Anselmo notó que el muchacho traía la respiración agitada.

—¿Quién dice? —preguntó, desconfiado.

Matías le narró de corrido el pitazo dado por la chica, y él dejó a un lado lo que estaba haciendo y empuñó el paraguas. Si alguien podía ser útil en una situación como aquella, pensó, eran las putas. Ya lo habían demostrado. De modo que a los cinco minutos estaba en el cuarto de los espejos de la taberna, haciéndole el cuento con puntos y comas a Mariangélica, que lo escuchaba absorta. El Gato había regresado a la finca la víspera poco antes de la medianoche, subrepticiamente, bajo la lluvia. Nadie lo sabía, excepto la cocinera, que a esa hora organizaba la despensa. Llegó sediento y con hambre, y pidió comida. Después, le advirtió que nadie podía enterarse de su regreso. Al salir de la cocina, en un descuido, la camisa mojada se le abrió a un costado y ella le vio una pistola en la cintura por dentro del pantalón. Luego estuvo varias horas hablando con el amo, a puerta cerrada en el gabinete. Una vez servido el desayuno, Rolando reunió a toda la servidumbre y los trabajadores de la finca, incluyéndola a ella, y les dijo que se fueran, que tenían dos días de asueto pagados.

Al salir de la hacienda —apuntó don Anselmo—, la chica se aseguró de que nadie la seguía y fue directamente a hacerle el cuento a Matías.

Aún en su asombro, Mariangélica estiró la mano en busca del pintalabios que había dejado sobre la coqueta, se coloreó la boca y, por contraste, el intenso carmín le dio más realce al negro profundo de sus ojos.

—Ya bebió, ya comió... Ahora viene lo bueno —dejó las palabras en el aire, en espera de alguna reacción.

Don Anselmo hizo un gran esfuerzo por interpretarla, y creyó entrever que los dos estaban pensando lo mismo.

—Si no me equivoco... —hizo una pausa, todavía inseguro.

—Hay tres cosas de las que un hombre no puede prescindir —aseveró ella, pretenciosa—: Agua, comida y mujeres.

Don Anselmo se tocó sonriente el lóbulo de la oreja, divertido, como valorando la cuestión.

—En otras palabras —los ojos de Mariangélica brillaron de picardía—: Ahora hay que tenderle la cama. Y de eso nos ocupamos nosotras.

Ya claras las cosas, por su parte no hubo ninguna objeción. Es más, eso era lo que él había estado maquinando bajo el paraguas, dándole vueltas al magín los pocos minutos que demoró en llegar a la taberna, buscando la forma de urdir algún artificio. Así que, sin pér-

dida de tiempo, Mariangélica llamó a la Patricia, Restituto y Luisillo para tramar cómo atraparían al fugitivo.
Lo normal, confirmó esta última, había sido que El Gato
fuese a verla cada cuatro días.

—Es un tipo muy vital —dijo, con genuino recaudo
profesional.

De modo que sumando y restando el tiempo transcurrido desde la última visita, y considerando el apremio
que pudiese tener, ella estimó que los próximos tres o
cuatro días serían claves. Si no se había marchado nuevamente, lo más lógico es que fuese al burdel, y que lo
hiciera tarde en la noche, a una hora de poca aglomera-
ción en la taberna para evitar encuentros desafortunados. Como había sido cliente fijo, ya estaba habituado a
entrar directamente al piso de los pecados por la escalera del fondo. O sea, que si él regresaba una de esas noches después de las nueve, según evaluaron, tocaría a la
puerta de La Patricia. Confiada en ser la campeona de
las lujurias del capataz, ella lo dio por hecho.

—De que viene... viene.

—Que la vanagloria no la traicione —le advirtió don
Anselmo—. El tipo es astuto, sin duda. Usted no le dé la
menor muestra de que estaba enterada de su fuga.

Si todo salía con arreglo a lo planeado, la trampa era
perfecta. A partir de esa misma noche, por orden de Mariangélica, la Patricia debía permanecer en su cuarto sin
atender a otros clientes.

—No importa cuánto te ofrezcan —le dijo.

La habitación estaría a media luz, para infundirle
mayor seguridad al susodicho. Cuando El Gato entrara
al cuarto, su misión era endulzarlo, cautivarle los senti-

dos, gemir cuánto lo había echado de menos, y fingir un estornudo. Ese sería el aviso para Luisillo, que estaría alerta en la habitación contigua, atento a la señal. Si el hombre iba armado, como era de esperarse, ella debía procurar alejarle lo más posible sus pertenencias, y alargar lo más que pudiese el tiempo de encuerarse y subírsele encima. Cuando El Gato estuviese más indefenso, cerca ya del clímax, ella halaría el cordón que colgaba a un lado de la cabecera, un recurso ideado por Mariangélica para proteger a sus chicas de clientes sin medida sobre la cama. Parecían adornos, pero en verdad eran tiradores de emergencia que prendían dos bombillos rojos de luz intermitente, uno en el pasillo interior del burdel, y otro detrás de la barra, en el bar. Cuando eso sucediese, Luisillo, Restituto y Mariangélica ya estarían listos detrás de la puerta.

La trampa se consumó antes de lo previsto. A la segunda noche, cerca de las once, la Patricia escuchó un ruido metálico. Dio vuelta al picaporte de la puerta del fondo, asomó fuera la mitad de la cara y vio correr por el pasillo que daba a la calle una rata, perseguida por un gato que no era el que ella esperaba. Minutos más tarde, escurridizamente y urgido de apetencias carnales, llegó el que era. Después del primer beso, la cuenta regresiva funcionó con precisión matemática. El gemido, el estornudo, los jadeos, todo sucedió a su debido tiempo. La luz de emergencia se encendió, y antes de que parpadeara por segunda vez, Luisillo, Restituto y Mariangélica irrumpieron en el cuarto. La Patricia saltó del colchón, y se arropó con presteza glacial. El Gato quedó petrificado sobre la cama a más de diez pasos de su pistola, que

Restituto puso aún más fuera de su alcance empujándola con el pie. Luisillo le apuntaba al pecho con una escopeta, y Mariangélica lo tenía encañonado con el Colt. Una vez maniatado, Restituto fue a avisarle a don Anselmo que ya tenían la presa en el cepo. Lo amarraron a una silla, en el mismo cuarto. Con una linterna por toda luz enfocándole el rostro, se llevó a cabo el interrogatorio. Al capataz le castañeteaban los dientes.

—Aquí hay un malentendido —dijo él, en un inverosímil arranque de valor para la desventajosa coyuntura en que estaba.

—Ninguno —don Anselmo le acercó la linterna—. No trate de pasarse de listo porque así empeora su situación.

—Yo soy inocente.

—El pánico en los ojos traiciona las mentiras de su lengua.

El tono de voz de don Anselmo lo estremeció.

—No me van a matar, ¿verdad?

—Si se porta bien no habría por qué. Pero yo en su caso no estaría tan seguro.

Una gruesa gota de sudor le resbaló por la sien al Gato.

—¿Qué quieren?

—Que hable. Todavía está a tiempo. Quiero oír de su boca que Rolando Flores es el jefe de todo.

El Gato respiró hondo, y un reflejo de oscuridad se dibujó en su mirada. El miedo le impidió mentir.

—Sí... Lo es —su voz sonó débil.

—También quiero oír que fue usted quien trató de matar a Teira.

—Yo no soy un matón, soy capataz —dijo, precipitadamente.

Don Anselmo se incorporó, encendió la luz de la habitación y apagó la lámpara que tenía en una mano ; con la otra recogió la pistola del piso sosteniéndola con dos dedos por la empuñadura, como quien agarra un ratón por la cola.

—Ya sabemos que usted es capataz —señaló, con ironía—. Y ésta es su herramienta.

El Gato miró a los lados con desespero, y empezaron a temblarle las piernas.

—Mire usted...Yo no quería matarlo.

—Fue Rolando quién lo forzó a que lo hiciera —dio por hecho don Anselmo. Y la segunda afirmación que él quería oír llegó luego de una breve pausa.

—Sí. Fuc él.

—En consecuencia señor Gato, ahora usted solo tiene dos salidas: sus días terminan aquí, ahora mismo en secreto y a manos de esa señora... —don Anselmo miró a Mariangélica, que aún empuñaba el Colt de Indalecio— o por el contrario se porta bien, y salva usted el pellejo.

—¿Para eso último qué tengo que hacer? —preguntó balbuceante, con las dos sienes y la frente empapadas de sudor.

—Colaborar... Por supuesto, con ayuda nuestra.

La colaboración consistía en que el cabo Perfecto y Restituto lo llevarían hasta Mayajagua, donde darían fe al comisario de que él se había entregado voluntariamente como testigo de cargo, impelido por un despertar de conciencia, y decidido a declarar contra Rolando. Debía dar fe de que su jefe andaba envuelto en tratos sucios con el hijo, que él había sido su cómplice, pero que por remordimientos decidió denunciarlo. Llegado a ese punto temió por su vida, y se escapó de la hacienda. Ni una palabra de la avioneta con la droga ni de la balacera en La Cangreja. Si incumplía y se iba de lengua, ellos lo acusarían de asesinato.

—Nos sobra gente para atestiguarlo —aclaró don Anselmo—. Le advierto que será su palabra contra la de todo el pueblo.

Si tomaba por ese camino y se negaba a inculpar a Rolando, le tocaba pudrirse en la cárcel. Solo por la muerte en plena vía pública del billetero y la tentativa de homicidio del zapatero, perdonándole otros delitos, a saber cuatro asesinatos, la condena era cadena perpetua. A su jefe y al resto de los implicados tampoco los salvaba nadie de largas sentencias por narcotráfico, porque en México, le dijo tergiversando la verdad, había suficientes pruebas contra el dueño de Los Pastizales. En cambio, si él colaboraba con las autoridades, dicho más claramente, si aceptaba la oferta que ellos le hacían, a lo sumo cumpliría una pena reducida de un año en prisión por buena conducta.

Don Anselmo dejó las palabras flotando en el aire, y lo miró con dureza. El Gato no había apartado la vista ni un segundo del cañón del Colt que le apuntaba a la frente.

—Trato hecho —dijo. Y las tripas le gorgotearon.

XV

M ariangélica alternó varias veces la vista entre el libro que tenía en las manos y el portarretrato sobre la cómoda. El sol salió traviesamente detrás de una nube, y un haz de luz que entró por la ventana se reflejó en el cristal del cuadro, una reproducción litográfica de su personaje histórico predilecto, una celebre meretriz londinense de principios del XVIII. Ella cambió de posición la silla para eludir los destellos, estiró las piernas buscando comodidad, y siguió hojeando el libro, una edición de lujo en tapa dura y traducida al español de *Las memorias autenticas de las intrigas y aventuras de la famosa Sally Salisbury,* publicadas en 1728 y reimpresas en 1973. Lo había comprado en un mercadillo de Mayajagua, durante una de sus citas del oficio con un hombre rico de la ciudad. Y gustaba leer fragmentos al azar cada vez que estaba a la espera de noticias importantes. La mujer, de notable belleza e ingenio, había tenido de amantes a estadistas, duques, jueces, poetas, diplomáticos y, según rumores, hasta el rey Jorge II disfrutó de sus encantos. Mariangélica supo de ella hojeando un manual de cómo administrar burdeles. El libro la citaba con elogios. Desde entonces Sally era su ídolo. La lectura de pasajes de aquella biografía le infundía confianza en sí misma. Pero como la puta había muerto de sífilis, a ella nunca le faltaban viales de penicilina en el botiquín. Tampoco unas pócimas secretas del Indostán, que según le aseguró un médico chino curaban todo tipo de enfermedades venéreas.

De repente el día se encapotó, y Mariangélica tuvo que hacer un supremo esfuerzo para no quedarse dormida. En la planta baja de la taberna, don Anselmo aguardaba entretenidamente el regreso de Restituto y Perfecto, que poco antes de las primeras luces del día habían partido a Mayajagua con la encomienda de poner al Gato en manos del comisario. Luisillo lo invitó a jugar billar, y como él tenía prisa en que las horas volaran, aceptó el reto de buena gana para que la espera fuera leve. No había cogido un taco en sus manos desde hacía meses. Y el lance era doblemente atrevido, ya que su contrincante tenía fama de ser ducho en el juego. No obstante, en la partida del desempate, con nueve ganadas cada uno, don Anselmo fue metiendo sucesivamente las bolas en las troneras, una tras otra; primero las lisas y luego las rayadas, hasta la número catorce, que encajó con un tiro magistral a seis bandas. Luisillo se quedó mirándolo desde una esquina de la mesa, abatido de asombro, tapándose la boca con la palma de la mano. Cuando solo quedaba sobre el paño verde la bola quince, y él se inclinó sobre la mesa para afinar el tiro, entronerarla, y darle a la partida un cierre triunfal, llegaron Perfecto, de completo uniforme, y Restituto, con su gorra de Corfú.

—Todo salió a la perfección —dijo el tabernero.

Don Anselmo, que había dejado el taco sobre la mesa, se acercó en actitud inquisitiva.

—El Gato testificó palabra por palabra lo que usted le dijo que declarara —precisó el cabo—. El comisario levantó acta de todo, sin omitir nada. Por la cara que puso y las muestras de gratitud que nos dio, la cosa promete marchar sobre ruedas.

—Eso quiere decir que Rolando está incriminado —dijo don Anselmo, en tono de pregunta y a la vez de respuesta.

—Así parece —asintió el tabernero.

—¿Cree usted que El Gato cambie de parecer? —todavía él tenía sus dudas.

—¿Qué testifique otra cosa? —Restituto opuso con la cabeza—. No lo creo. Todo el camino fue dándonos gracias porque estaba vivo.

—Y por haberle aconsejado bien —añadió al punto el tabernero, quitándose la gorra de pescador.

—¿Puede explicarse mejor? —don Anselmo siguió con la vista la gorra griega, que además de ridícula le parecía una prenda incongruente con el oficio del cantinero.

—Nos dijo que se sentía en deuda, porque gracias a nosotros tendría un juicio piadoso.

—¿Habló de eso el comisario?

Fue ahora el cabo quien respondió, sentándose en una de las banquetas de la barra.

—Después que testificó y nosotros elogiamos su conducta, El Gato preguntó si por haber colaborado habría alguna retribución. El comisario le dijo que sí, que personalmente se ocuparía de interceder para que su condena fuese mínima.

—¿Se sabe algo del juicio?—inquirió Mariangélica, que había bajado de su aposento y escuchaba atentamente.

—Lo único que nos dijo el comisario al despedirse fue que nos volvería a ver muy pronto. Antes de lo que pensábamos —dijo Restituto, volviéndose a poner la gorra, obsequio de un primo marinero.

—¿Café?... —brindó ella. Y todos aceptaron, complacidos.

— Yo he sacado mis propias conclusiones —apuntó el cabo, y se le estrujaron las arrugas de la frente—. Mi intuición me dice que lo primero que van a hacer es venir por Rolando.

—Discurre bien, mi querido Perfecto —el tono de don Anselmo fue socarrón—. No hay duda de que usted es un hombre inteligente.

El cabo esbozó una pálida sonrisa, y lo miró largamente, como si calculase el grado de mordacidad de sus palabras.

—¿Y si no es así? —preguntó Mariangélica.

—Me extrañaría mucho que fuese de otra manera —dijo don Anselmo, volviéndose hacia ella con absoluta firmeza—. Viniendo de quien vino la confesión, es prácticamente imposible que la policía la desestime. Lo de México no es cosa de poca monta. El hijo de Rolando está preso por narcotráfico.

La posibilidad que tuvo ella de vengar la muerte de Indalecio, descerrajándole un balazo al Gato en la frente, la tenía insatisfecha y molesta.

—No pido más. Solo quiero que se haga justicia.

—Y se hará —dijo él, mirándola a los ojos para infundirle seguridad.

—Mientras tanto, ¿qué hacemos? —inquirió ella en un abrir y cerrar de abanico.

—Esperar—. Don Anselmo dio por hecho que su respuesta lo resumía todo.

Era media mañana cuando el comisario retornó a Paraíso, esta vez con cuatro agentes que vestían chalecos de la Interpol. La espera fue más corta de lo que todos previeron. Doce horas después de la confesión del Gato, había sido emitida una orden de captura internacional contra Rolando. El cabo Perfecto le llevó la noticia a don Anselmo, que salió al portal dando zancadas, con la camisa a medio poner. Felicia dejó la loza del desayuno sin fregar, y le siguió los pasos. Florindo paró de recoger limones, y fue detrás de ella. Mariangélica se lanzó literalmente escaleras abajo para ser de las primeras en ver cuando se lo llevasen esposado, mientras sus chicas aún dormían luego de una noche muy atareada. Televito y Sobeida apagaron por primera vez en semanas el televisor para irse a tomar helado al café Las Delicias, ubicado en una esquina de paso obligado hacia la carretera de Mayajagua. Margarito y Lucila sacaron a hacer pis a Rafles a una hora desacostumbrada para el perro, y se pararon disimuladamente en un hidrante frente a la gasolinera del pueblo, a la vera del camino a Los Pastizales.

Todos querían ser testigos del acontecimiento. Matías fue a avisarle al cura, que para entonces hacía un arqueo, contando las monedas depositadas la última semana en el cepillo de la parroquia. Venancio fue el único que no se enteró, porque nadie fue a informarle.

Pero todos terminaron igualmente frustrados. Cuando los policías allanaron la hacienda, Rolando ya había huido, viendo que su capataz no regresaba de la visita al burdel. Sin embargo, encontraron algo que les llamó poderosamente la atención. En un cobertizo separado de la casa, y presuntamente reservado para almacenar pienso, encontraron varias cajas con esculturas de arcilla plástica policromada compuestas de dos piezas. Comprobaron que todas estaban huecas, revestidas por dentro con una capa de fibra de amianto como aislante térmico, de manera que lo que se colocase en aquella cavidad quedara protegido del calor cuando las estatuillas fuesen cocidas en el horno para ser finalmente selladas. «Un sitio ideal para ocultar cocaína», según dedujeron sin mucho esfuerzo los de Interpol. Ninguno de los empleados de la finca pudo dar fe del paradero de su amo. Esa misma mañana se habían reincorporado a sus labores, después de cuarenta y ocho horas de vacaciones. Ya para entonces, ni Rolando ni su esposa estaban en la casa. Los agentes echaron abajo anaqueles, libreros, desclavaron pisos de madera y molduras de paredes, y registraron la ropa que había en todos los clósets. También revisaron dentro de cajones, en la despensa, y examinaron con lupa cada rincón del ático. Viraron la mansión al revés, pero no hallaron rastros de drogas. En conclusión, no tenían ninguna prueba sólida. Y como resultado, el mismo juez que había librado la orden de captura la dejó sin efecto. No obstante, los policías se llevaron las estatuillas huecas, y una nota escrita de puño y letra descubierta bajo el pisapapeles de malaquita del buró de Rolando: *La cuestión no es ganar una batalla, sino saber aprovecharse de la victoria.*

El comisario estaba convencido de que era un mensaje dejado por el dueño de Los Pastizales con un propósito oscuro, que ni él ni los expertos de Interpol lograron descifrar. Solo el cura, que era un empedernido lector de la historia de Roma, entendió el significado del acertijo, pero lo calló hasta que pudo confiárselo a solas a don Anselmo.

—Rolando parafraseó a un lugarteniente de Aníbal —le dijo esa misma tarde Aristeo, con voz apagada y el crucifijo en el regazo.

—Si me explica la adivinanza histórica...

—La nota que dejó. Yo la interpreto como una advertencia —puntualizó.

—¡Si me dice de una vez! —don Anselmo no entendía ni jota.

Con los nervios como los tenía, en vilo, la exclamación hizo pegar un brinco al cura, que trató de serenarse bebiendo un largo sorbo de agua, y le narró el hecho tal y como lo había leído en un tratado sobre las Guerras Púnicas. La cita los remitía a la aplastante derrota sufrida por las legiones romanas en Cannas a manos del cartaginés Aníbal. Uno de los lugartenientes de este lo había alentado entonces a sacar partido de la superioridad militar de sus tropas, y avanzar triunfalmente sobre Roma. Pero él desaprovechó la ocasión.

—De ahí la frase —dijo—. Para mí que Rolando nos quiso decir que una victoria nuestra no significa su derrota.

Don Anselmo hizo un gesto dubitativo con la cabeza.

—Una interpretación muy suya.

—En lo absoluto. La moraleja es real.

—Pero usted le ha dado la vuelta.

—¡Yo no he falseado nada! —el cura se molestó.

—No. Pero tergiversa los hechos —don Anselmo levantó el índice de la mano derecha—. Aquí el perseguido es Rolando.

—Nadie ha dicho lo contrario —Aristeo reculó.

—¡Entonces de nada importan cartagineses ni romanos! —subrayó, colérico.

A don Anselmo le importaba un carajo la cita histórica. Su asunto no era lo que había sucedido hacía más de dos mil años, sino la batalla que él libraba ahora y que tenía que ganar.

—Haya sido esa u otra la intención de Rolando —dijo el cura, inquieto—. Lo cierto es que mientras no lo capturen, no tendremos paz.

Con la fuga de Rolando, las obras en el aeródromo se paralizaron. Sin embargo, los buscadores de fortuna siguieron llegando, y en el antiguo local de la carbonería abrió las puertas a toda fanfarria una tienda para vender computadoras electrónicas. El primero de los nuevos artificios exhibidos en el establecimiento causó igual sensación que la desatada décadas antes por la familia Martínez del Villar, cuando inauguró en Paraíso la era televisiva. La gente hizo fila tres días para ver la computadora, hasta que el aparato dejó de ser una novedad.

Don Anselmo le rebatió acaloradamente al cura la noción de que la computadora era una de las innovaciones útiles que hacen del mundo un sitio mejor, sin llegar a convencerlo de que tales inventos también tienen su lado retrógrado. Y por más que trató, tampoco pudo impedir la inauguración de la tienda. Tras la muerte de la dueña de la carbonería, una vieja vecina del pueblo, su nieto había heredado la propiedad del inmueble, y fue él quien decidió poner allí el establecimiento. De modo que ninguno de los seguidores de don Anselmo, reacios a dejarse engatusar por las supercherías de la modernidad, pudo evitarlo.

El peor trago para don Anselmo no fue la entusiasta aceptación que tuvieron en el pueblo las computadoras, sino la ruina que le ocasionaron al vendedor de máquinas de escribir, un viejo amigo de la familia Montero que para sobrevivir terminó enrolándose como pinche en la tripulación de un barco camaronero, en un ignoto puerto pesquero del Caribe.

Sin embargo, más amarga fue para don Anselmo la comunicación que recibió días después, la tarde que celebraban el primer diente de su ahijada Isabelica en casa de los Menchaca: El Gato había sido envenenado en presidio. Le habían reforzado la custodia en su celda y dos guardias hacían posta permanente frente a la reja, en espera de que fuese fijada fecha para el juicio en el que iba a testificar en México, pero el alcaide de la cárcel no previó que el artero zarpazo podía entrar por la cocina. Según el informe del forense, dos gotas de arsénico en la sopa sobraron para acabar con las siete vidas que se suponía tuviese el reo. Cuando fueron a pedirle cuentas al chef del penal, ya era tarde. El hombre se había evaporado.

Aquello podía ser más que un simple revés, y convertirse en la antesala de una abrumadora derrota. Apenas habían tenido tiempo en la fiesta de los Menchaca para reponerse de la mala nueva, recoger los globos y callar a Isabelica, que lloraba a moco tendido porque nunca llegaron a darle pastel, cuando Matías trajo el siguiente recado de Mariangélica: una desconocida pedía ver a don Anselmo en la taberna.

La luz del sol daba de plano sobre la fachada de El Ensueño. Al otro lado de la calle dos transeúntes le parecieron sospechosos, pero al ver que pasaban chupando durofríos para mitigar el calor decidió ignorarlos. De todas maneras, entró con la cautela que demandaba la situación. Dentro de la taberna, a salvo de los rigores del verano, estaba esperándolo la mujer sentada en una mesa de dos sillas, vestida de negro, con un pañuelo de hilo blanco en una mano y en la otra un vaso a medio beber con hielo, agua tónica y ron.

—Usted es don Anselmo —afirmó ella, sin mover un músculo del rostro, sumamente pálido.

—¿Y usted? —preguntó él, todavía cauteloso.

—La mujer del Gato.

Él miró alrededor, desconcertado, y señaló con un gesto la silla vacía.

—¿Puedo sentarme?

Ella asintió, sosamente, y bebió del vaso.

—¿Le sorprende mi visita?

—Para serle franco, sí. No sé si estará usted bien informada.

—Perfectamente —ella puso el trago sobre la mesa, y se secó los labios con el pañuelo.

—Entonces lo sabe todo —quería estar seguro.

—Sí. Por eso he venido lo antes posible, tal como Leoncio me lo pidió —dijo, poniendo un sobre de carta sobre la mesa—. Esto es para usted.

Con más curiosidad que prudencia, don Anselmo abrió el sobre engomado, extrajo tres hojas manuscritas, y leyó el encabezamiento de la primera página y el pie escrito en la última. Era una misiva fechada el 5 de junio y dirigida *A las autoridades de Paraíso*. Al final aparecía el nombre y la firma de Leoncio Jiménez. Entre paréntesis dejaba en claro su otra identidad: «El Gato».

—Disculpe pero no llego a comprender —dijo él, con la carta aún en las manos, asombrado.

—Iba a explicarle que esa carta me la dio mi marido hace cuatro días, en una visita a prisión —bebió otro sorbo de ron—. Sus instrucciones fueron muy claras: si me pasa algo, lleva sin pérdida de tiempo este sobre a la taberna de Paraíso y dáselo a don Anselmo.

Los tristes ojos de la mujer en aquel rostro tan demacrado le infundieron confianza. Leyó a saltos varios párrafos de la carta y sin mucho esfuerzo supo de qué se trataba. Hubiese querido saltar de alegría pero habría sido un gesto fuera de lugar frente a una viuda. Tampoco había ya necesidad de impacientarse. Aquella carta era justamente lo que necesitaba.

—¿Se siente usted segura? —preguntó, mirándola por encima del papel.

—Por la forma en que me lo ha dicho me imagino que no debo.

—¿Conoce usted el contenido de esta carta? —don Anselmo estaba verdaderamente interesado en saberlo.

—No tengo la menor idea —respondió ella, bajando la mirada—. Nunca me entremetí en los asuntos de mi marido.

Don Anselmo la observó con detenimiento, y en sus ojos brilló un destello de intranquilidad.

—Si los que mataron a su esposo saben de esta carta, también usted corre peligro.

La mujer lo miró. Un leve temblor le sacudió los labios, y su pregunta sonó a imploración.

—Si está tan seguro, ¿qué me aconseja?

—Que se quede aquí. Con nosotros estará protegida.

Ella valoró la oferta los mismos segundos que demoró en recorrer con la vista cada rincón de la taberna. Si su marido le había pedido ir allí, por algo era. Pero le quedaba una duda.

—¿Puedo sentirme confiada?

—Absolutamente. Le doy mi palabra.

Dicho esto, don Anselmo encomendó a Mariangélica buscarle a la señora Jiménez un albergue apropiado en la taberna. «Decente», fue el término exacto que empleó. Era a su juicio el lugar más fiable, donde siempre habría un ojo amigo cuidándola, al menos hasta que se supiera qué iba a pasar con Rolando, y desapareciese el peligro de un nuevo acto de represalia. A Luisillo le pidió encargarse personalmente de custodiarla. Cuando lo dejó todo arreglado, guardó la carta en un bolsillo con intención de leerla de cabo a rabo después, detenidamente y a solas. La información proporcionada por El Gato en aquellas tres hojas resultó ser todo lo que se requería a la luz del infructuoso registro de Interpol en Los Pastizales en busca de drogas. En ellas, el difunto revelaba los sitios exactos de la hacienda donde Rolando hizo construir dos criptas para soterrar los cargamentos de cocaína, hasta que la droga fuese finalmente camuflada dentro de esculturas y marcos. También explicaba de qué manera operaba el tráfico, mediante un sofisticado mecanismo en virtud del cual las réplicas de obras de arte eran supuestamente compradas en Europa por clientes que no existían, que habían fallecido, o en su lugar eran adquiridas por firmas fantasmas. La utilidad de lo revelado hasta ahí era cuestionable, porque a esas alturas Rolando muy bien podría haber vaciado ya las criptas, borrado toda traza de droga y además destruido o hecho desaparecer los registros de compraventa de piezas, sin los cuales sería prácticamente imposible reconstruir las transacciones que de una forma u otra pudiesen llevarlo a la cárcel. Pero los números que El Gato revelaba a continuación fueron los que lo hicieron estallar de gozo. Eran trece. «Símbolo de la buena suerte» dijo para sí. Correspondían a una cuenta secreta que tenía Rolando en Islas Caimán para lavar los ingresos provenientes del tráfico. *Él no tiene idea que yo sé de esa cuenta, de la que me enteré un día por casualidad* —decía el capataz en la carta—. *Menos imagina que conozco el nombre del banco y el número. Cuando caí en cuenta de que en este oficio hay que procurarse de antemano una póliza de protección, decidí vigilarlo una noche cuando abriese su caja fuerte para robarle la combinación. Una vez que la tuve, sustraje de ella la información que necesitaba.*

En esa cuenta, el amo de Los Pastizales depositaba cientos de miles de dólares en efectivo cada vez que consumaba la venta de un lote de drogas. Luego transfería sucesivamente pequeñas cantidades de dinero a múltiples bancos en Suiza, Luxemburgo y el principado de Liechtenstein, para finalmente invertir esos fondos semanas más tarde en bienes raíces y negocios turísticos en Bahamas, Aruba y Belice. El Gato enumeraba además los hoteles y casinos que eran propiedad de Rolando en esos países.

—Por consiguiente usted no cree que debe entregarles la carta a los de Interpol —dijo el cura, con visible preocupación por el ocultamiento de prueba.

—Por el momento no. —Se escuchó su voz al otro lado de la celosía.

Don Anselmo le había leído la carta en el confesionario y Aristeo experimentaba por un lado una alegría sin par. Era la primera vez que él se arrodillaba en el recinto sacramental, pero por otro lado, también le alarmaba que retener el documento pudiese interpretarse por un juez como obstrucción de la justicia. No tenía duda de que cuando los peritos comprobaran su autenticidad, y un magistrado la certificara, la misiva sería una pieza clave en el juicio por narcotráfico contra la familia Flores.

—Sin embargo, yo sigo pensando que no hacerlo ahora puede tener consecuencias legales —precisó el cura, acercándose más a la rejilla.

—No hay que precipitarse. ¿No dice la Biblia que hay un tiempo para todo?

—¡No mezcle usted los evangelios con su obstinación!

—No es porfía, es perspicacia —el tono de don Anselmo transmitía una sagacidad concluyente—. Un golpe a destiempo puede derivar en derrota segura.

El cura trató de entender aquel razonamiento, pero no lo logró. Así que él le explicó cuál había sido su deducción. Tras la muerte del Gato, era de pensar que Rolando tenía sobornados no solamente a informantes.

—¿Qué le impide comprar a un magistrado?

Aristeo no pudo rebatir el argumento.

—O sea, usted piensa que debemos esperar por el juicio a Pepín.

—Exacto. Si todo fluye como debe ser y Rolando es finalmente encausado, la carta es innecesaria. Pero si no lo inculpan, ese es el momento de actuar.

—Sigo sin verlo muy claro.

—Interpol no tiene hasta ahora pruebas irrebatibles de que Rolando haya traficado con drogas. Las estatuillas halladas en Los Pastizales estaban vacías. Tampoco encontraron restos de cocaína. Está libre de pecado. ¿Cierto?...

—Cierto.

—Demos por supuesto que el hijo, contra quien sí hay pruebas, no incrimina a su padre y que Rolando sale absuelto.

—Muy bien... —el cura estaba cada vez más impaciente.

—Cuando más confiado esté él de que salió del apuro, aparecemos nosotros con la carta del Gato como prueba de que sí es culpable de narcotráfico.

—Eso no significa que Rolando vaya a quedarse cruzado de brazos.

—No —don Anselmo sonrió con malicia, previendo el desenlace—. Pero la sorpresa será su peor enemigo. Tendrá poco tiempo para amañar un segundo juicio, que además no será en el extranjero sino aquí, donde se consumó el delito.

El cura convino, pero se aventuró a ponerle una traba a don Anselmo, pensando que este no tendría prevista ya una salida.

—¿Y si el juez desestima la confesión del Gato y la declara improcedente, a falta de un testigo instrumental?

—Nos queda un as en la manga —dijo él, con todo el orgullo posible—. El testimonio de la señora Jiménez sería la estocada mortal.

—Que Dios disponga —Aristeo se echó hacia atrás en el confesionario como si adoptara un aire distante, que no fue real porque justamente era todo lo contrario, y repitió algo que ya había dicho, pero con otras palabras—: No estaremos seguros mientras ese hombre ande suelto.

Don Anselmo lo tenía todo calculado con la misma frialdad con que al agua de la ducha le resbaló por la espalda y el pecho. Todavía a esa hora hacía un calor insoportable. Eran casi las doce de la noche cuando se metió sudado en el baño, y el corazón le latía como si quisiera escapársele. Algo en su interior le decía que su plan para tenderle un cerco sin salida a Rolando era fiable, y que funcionaría con la precisión de un reloj suizo. Cuando terminó de ducharse, se miró en el espejo y el rostro que vio irradiaba optimismo. Pero su silueta quedó inmóvil a la entrada del cuarto, vagamente iluminado por la luz que se filtraba a través del resquicio de una puerta. Felicia estaba en la cama, acariciándose el vientre. Ella lo hacía todavía en la biblioteca, de modo que cuando él entró en la habitación, no se percató de su presencia hasta que lo tuvo muy cerca.

—¿Estás mal? —preguntó él, poniéndose el pijama.

—No... No —respondió ella, sorprendida.

—¿Seguro?

—Seguro.

—¿Te duele el estómago?

—Nada para preocuparse —trató ella de restarle importancia al asunto.

—¿Necesitas algo?

—No, amor —dijo, esquivando la mirada—. Es solo un pasajero malestar de vientre.

Él no dijo nada más. Se acostó a su lado y a los diez minutos estaba dormido como una roca.

XVI

E l coco seco que Felicia puso detrás de la puerta luego de la partida de los policías había estado en su sitio el tiempo estipulado: catorce días. Pero para conjurar cualquier peligro adicional imprevisto, ella decidió dejarlos allí siete días más. Aquella tarde de viento y llovizna la destinó a doblar y guardar la ropa interior de don Anselmo en la cómoda, cerciorándose de que todas las gavetas quedasen bien cerradas. «Si las dejas abiertas, se escapa la fortuna», le advertía ella semana tras semana, una indicación que sin réplicas, testarudamente, él había resuelto ignorar.

Tan pronto terminó de ordenarle las medias, Felicia se metió en la cocina a hacer un arroz con leche. Las manos le olían a canela cuando fue a la sala con Matías, a leerle el futuro. Se las lavó, y encendió una vela blanca. Quemó incienso, cortó los naipes sobre la mesa de centro y los dispuso todos en forma de cruz. Luego los fue levantando de tres en tres, los agrupó aparte y les dio su interpretación, hasta que entre todos escogió el seis de copas.

—Encaje emocional —auguró, abanicándole la baraja frente a los ojos—. Te va a ir bien con esa muchacha.

La fuga de Rolando había dejado a Los Pastizales en un grado de anarquía tal, que la cocinera preparaba una sola comida al día para los empleados de la finca, y el resto del tiempo lo pasaba haciéndole desenfrenadamente el amor a Matías. Felicia lo vio tan flaco y demacrado que no dudó en prevenirlo:

—Bueno es lo bueno, pero no lo demasiado. Puedes coger una tuberculosis.

El viento arrastró toda clase de aromas. Primero, los tufos del muladar. Después, cambió de rumbo y metió en la casa la fragancia de las azucenas. Por último, trajo un hedor de cañerías viejas. Don Anselmo estuvo jugando ajedrez a solas, y ganó todas las partidas. Tan concentrado estuvo practicando dos aperturas, el gambito de dama y la defensa siciliana, que siguió descifrando el movimiento de peones y caballos cuando Felicia se sentó a su lado a leerle los naipes.

—Rey de espadas —dijo ella, sin apartar la vista del tarot—. Saldrás airoso de toda situación conflictiva.

—Lo sé. Mi adversario soy yo—repuso él, desplazando el alfil negro y enrocándose con las piezas blancas, sin captar la sustancia de la predicción, creído de que ella le hablaba del ajedrez. Indiferente a las habilidades cartománticas de Felicia, nunca le hizo el menor de los casos a sus augurios con los naipes. Para él, aquellas adivinaciones era una engañifa más, inventada por los gitanos para timar a la gente.

Hay días que a pesar de no detenerse el reloj resultan estáticos, y aquel era uno de esos. La tormenta no cejó al anochecer. Tampoco de madrugada. A la mañana siguiente, todo parecía rutinariamente normal en el pueblo.

La mala nueva llegó con el sol ya trepado en el cénit. Las hojas de los naranjos centelleaban con reflejos de plata. Una hilera de nubes moradas se apiñaban sobre la línea del horizonte, y aún se escuchaba a lo lejos el retumbar de los truenos. Un cabildo extraordinario había abolido el estatuto especial que confería a Paraíso autonomía jurisdiccional, y que por ende le daba autoridad para administrarse a su arbitrio, a cambio de aceptar tres simples formalidades: que el alcalde electo fuese el único con potestad jurídica para tramitar las erogaciones públicas, que tuviese derecho a visitar una vez al año el pueblo, y que lo representara nominalmente extramuros en los actos de gobierno. Amedrentado por los recientes acontecimientos, y los inquietantes rumores que le habían llegado luego de la misteriosa desaparición de Rolando y la pesquisa de Interpol, el gobernador refrendó el edicto y dispuso adicionalmente que un sargento, cuatro policías, y un guardia de su escolta personal acompañasen a Luis Flogisto Zorrilla y Almagro, para que ningún contratiempo popular le impidiese reinstalarse en el cargo.

En más de dos décadas, nadie había puesto un pie en la antigua alcaldía. En su fachada, era visible aún la marca del escudo de armas del ayuntamiento que una turba arrancó. De la puerta, colgaba un grueso candado con una cadena, que la mantuvo todos esos años clausu-

ROBERTO CASIN

rada. Las ventanas tenían varios cristales rotos, y los gatos callejeros habían convertido las habitaciones en urinario municipal. En su interior, el tapiz de los muebles estaba deshilachado, el polvo se endureció en una costra sobre las paredes, y de los pisos manchados de amarillo cetrino exhalaba un penetrante olor a meados felinos, que los días de brisa cruzaba la calle e invadía las habitaciones de la Posada del Rey.

Desde que la alcaldía había sido cerrada, un aviso advertía a los viajeros que la hostería no se hacía responsable, durante las noches de luna, de las molestias que sufriesen los huéspedes a causa de los maullidos provenientes de la acera del frente. En ese estado se encontraron la casona de pasado señorial el alcalde y sus adláteres cuando llegaron al pueblo. Y les costó tiempo y esfuerzo arrancar suciedades y devolverle la apariencia debida, porque ningún vecino se inscribió en la brigada de trabajadores contratada para la tarea, y hubo que traer jornaleros de afuera. Mientras duraron las obras de restauración, Flogisto instaló su despacho en la única alcoba de lujo de la posada. Al segundo día de su llegada, don Anselmo se lo encontró con la guayabera desabotonada, sentado junto al balcón, y con el ventilador a todo lo que daba. El alcalde había pedido verlo.

—Disculpe que no le dé la mano —dijo Flogisto—. La tengo empapada en sudor.

—Está disculpado —repuso él, con gesto indolente.

El alcalde lo miró con sus ojos abolsados a través de las gafas. Las tenía empañadas.

—Hay cosas que me gustaría explicarle —dijo, quitándoselas—. Pero no creo que sea el momento ni el lu-

252

gar —miró alrededor, y comprobó que había una silla vacía—. ¿Por qué no se sienta?

Don Anselmo titubeó, pero terminó aceptando el ofrecimiento.

—Gracias —dijo al cabo, ya sentado y con la pierna derecha cruzada sobre la izquierda.

—Sé que su tiempo es oro y no pretendo robárselo —el alcalde cogió un mensaje telegráfico que tenía dentro de su portafolio de piel de cocodrilo—. Acabo de recibir esta comunicación de Mayajagua.

Don Anselmo extendió el brazo y leyó el telegrama, con todo el interés que hasta ese instante no tuvo.

En el mensaje, de solo cuatro líneas, las autoridades provinciales informaban al alcalde que Pepín Flores había sido finalmente sentenciado en México a veinte años de prisión por narcotráfico, pero que la causa contra su padre se había desinflado por dos motivos: su hijo no lo inculpó y, subrayaba la fiscalía, las pruebas de que disponía eran «insuficientes para incriminarlo».

—Muy bien —dijo, devolviéndole el telegrama.

Flogisto lo miró con visible estupor.

—¿No lo sorprende la noticia?

—En lo absoluto —además de frialdad, en la respuesta había premeditación.

—De manera que su enemistad con Rolando...

Don Anselmo no lo dejó terminar la frase.

—Nunca la hubo.

—Me sorprende usted.

—No veo motivos.

—Cuando recibí el telegrama, temí que el fallo fuese a incomodarlo.

—En lo absoluto —repitió él, y añadió con marcada ironía—: Era previsible.

—A ver si lo entiendo —Flogisto estaba perplejo—. Usted daba por hecho que Rolando podía salir indemne del juicio a su hijo.

—Exacto.

—En otras palabras, que fuese considerado inocente.

—Inocente, de momento —aclaró.

El alcalde enarcó las cejas, se puso de pie y abrió un poco más la puerta del balcón, en busca de aire.

—Ya veo —dijo, y esbozó una sonrisa—. Tal veredicto no significa que usted se da por vencido.

—No.

—Sin embargo, admite que todo puede volver a ser como antes.

—Es improbable —aseveró él, con firmeza.

—Si no hay pruebas en su contra—el alcalde recalcó ahora cada palabra—, nada ni nadie podrá impedir que Rolando regrese a su hacienda. Simplemente, no hay delito.

—Error suyo. De apreciación —fue ahora don Anselmo quien sonrió, metió la mano en uno de los bolsillos del pantalón y sacó la confesión del Gato. Por temor a perderlas o que se las robaran, no se había separado ni un minuto de aquellas tres hojas, de las que además había hecho copias.

El alcalde desempañó los lentes con el pañuelo, volvió a ponerse las gafas, y leyó minuciosamente la carta de principio a fin. Cuando llegó a la última línea y vio quién firmaba el documento, revisó nuevamente la fecha manuscrita en la primera página.

—Quiere decir que esta declaración la suscribió el señor Jiménez tres días antes de que lo envenenaran —el alcalde rehusó mencionar al muerto por su apodo.

—En efecto.

—Por supuesto, está usted consciente de que habrá que comprobar la autenticidad de esta confesión.

—Dela usted por genuina.

—¿Puede decirme cómo llegó a sus manos? —. La curiosidad del alcalde era creciente.

—La persona que la sacó de la cárcel vive —repuso él, eludiendo entrar en explicaciones.

—¿Puede decirme quién es?

—Puedo, pero no debo. Esa persona me ha pedido absoluta discreción por razones de seguridad.

—Muy bien. ¿Puedo saber dónde está?

—Tampoco.

Flogisto se cruzó de brazos y alzó la vista, tratando de recuperar la paciencia que estaba dando por perdida.

—En aras de esa misma seguridad de la que me habla —dijo, con mucha calma—. ¿No sería mejor que las autoridades competentes se encargaran de proteger a esa persona?

—No hace falta —opuso él—. Yo garantizo su vida con la mía.

Las facciones de Don Anselmo se endurecieron, y el alcalde acabó rindiéndose con un suspiro.

—Muy bien. Pero... ¿no puede decirme su nombre? —insistió.

—Solo en situación extrema.

—¿Qué sería ...?

—Si un tribunal exige que concurra a testificar.

—En tal caso, usted garantiza que ese testigo existe.
—Flogisto ladeó la cabeza, todavía incrédulo.

—Así es. Y le digo más: esa persona, de cuya existencia usted duda, es un testigo concluyente y goza de buena salud.

—Aún hay algo que no entiendo —el alcalde hizo una pausa para reflexionar—. ¿Por qué demoró usted tanto tiempo en mostrarme esta confesión? —. Hecha la pregunta, se incorporó y quedó de cara al balcón, dándole la espalda—. El asesinato del Gato fue hace más de dos semanas.

—Justamente llegó ayer a mis manos —mintió él.

El alcalde dio media vuelta para observarlo y ponderar la sinceridad de sus palabras, pero la mirada que encontró era inescrutable.

—Muy bien —la frase, sin duda, era su muletilla favorita—. Ahora mismo despacho un propio para hacer llegar la confesión a la fiscalía. Pierda cuidado, yo me ocupo de mantenerlo informado de lo que ocurra.

Reclinado en el bar, el cabo Perfecto se le quejaba a Restituto de que ahora tenía que rendir cuentas a un nuevo jefe con sobradas ínfulas de mando —el sargento venido con el alcalde—, cuando don Anselmo entró en la taberna para redondear con la señora Jiménez la conversación que acababan de tener él y el alcalde. Quería estar seguro de que la mujer no tendría objeción en ir a declarar a juicio, en caso de ser necesario. Y no tuvo que esforzarse en conseguir la respuesta que buscaba.

—Cuente conmigo —le dijo ella, en un arranque de probada lealtad.

Estaba tan encantada con Mariángelica que, en gratitud por el techo y la protección que recibía, se prestó voluntariamente para lavar toda la ropa de cama del burdel y, como zurcir era su arte, también reparar cualquier prenda íntima de las putas rota en los trajines propios de la ocupación. Tan impresionado quedó don Anselmo con la disposición de la señora, que cuando quedó a solas en el bar con Mariangélica indagó con toda naturalidad:

—No la habrá reclutado usted, ¿verdad?

Ella rio con acento infantil, y juntando las manos sobre la falda de igual carmín que sus labios, giró sobre los pies a derecha e izquierda como una niña traviesa.

—Usted siempre con sus ocurrencias.

La evasiva surtió efecto, y el interés de don Anselmo dio de repente un vuelco hacia otros acontecimientos que le coartaban la tranquilidad.

—De la nueva tienda, ¿qué sabe?

Mariangélica cogió su vaso y dio un sorbo al aguardiente anisado.

—Con las computadoras le va regular. Pero con las películas, requetebién.

—¿Películas?

—Sí. Ahora también alquila videos —dijo ella, mirándose en el espejito de la polvera—. Ese nieto de la carbonera tiene mente para los negocios.

Don Anselmo puso cara de consternación. Nadie había tenido el valor de decirle que, además de vender ordenadores, el joven dueño de la tienda había abierto un videoclub. Desde que vivía en un mundo estático, atrapado por las tradiciones y sin más costumbres ni reglas que las heredadas, la más mínima señal de cambio le abría un oscuro abismo bajo los pies. Cuando se marchó de regreso a casa, partió con el corazón abatido de incertidumbres. Aquella tarde, antes de la cena, sentada a la vera del patio en un taburete guarnecido de piel de chivo, y desgranando frijoles en el regazo, Felicia le añadió al asunto los grados de rebato que Mariangélica no le había puesto al hacerle el cuento del videoclub. El nuevo negocio ya había provocado una pelotera en casa de los Martínez del Villar. En un renacer de sus liviandades carnales, Televito había reemplazado con videos pornográficos su afición por las revistas de desnudo.

—Sobeida lo sorprendió de madrugada frente al televisor —le contó ella—. Y se lo llevó a rastras y a escupitajos de vuelta a la cama.

El único que se atrevió a mediar en la disputa erótica fue el cura, que tuvo que emplearse a fondo para librarlo de unas indecencias fílmicas que a su leal entender no eran resultado de otra cosa que de alguna maldición. «¡Debería darle vergüenza!» —así lo reprendió, al verlo entrar en la iglesia con la cabeza gacha y haciendo ademanes de arrepentimiento—. «¡Es la segunda vez que se deja usted comer los sesos por los demonios de la fornicación!». Como penitencia, el padre lo tuvo el resto del día rezando de rodillas frente al altar mayor. Y además del crucifijo que ya le colgaba de una cadena en el cuello, lo obligó a llevar otro de por vida en el bolsillo, más grande y pesado. En adición, le escribió de puño y letra una oración que debía repetir cien veces cada noche durante cuatro semanas consecutivas: *Ordeno a todo espíritu de hechicería que obre con la lujuria que huya. Re-*

*nuncio a toda lujuria, perversión, inmoralidad, sucie-
dad, impureza y pecado sexual, en el nombre de Jesús.*
No obstante, Felicia consideraba que el castigo de su
mujer había sido más cruel. «La voz de mi conciencia te
condena a estar una semana sin ver televisión —le había
dicho Sobeida—. Y para que recapacites, dormirás un
mes en el piso de la alcoba, sin almohada y sin tocar-
me». Esta última represalia fue la más dolorosa para él,
que inicialmente trató de vengarse aplicándole a su esposa la fórmula del desprecio. Pero no pudo. A las cuarenta y ocho horas, vencido por los escozores de la virilidad reprimida, terminó a los pies de ella, implorándole
piedad y alguna prueba de amor.

—Mis baños de agua tibia ayudaron —le dijo Felicia,
quien sugirió a Sobeida echar al agua de Televito cinco
rosas amarillas, cinco ramas de canela, una de perejil,
cinco gotas de perfume, en adición a cinco cucharadas
de miel, para despertarle la pasión conyugal.

A diferencia de tales indicaciones, el baño que ella le
dio a don Anselmo esa noche con agua de azahares, azo-
tándolo suavemente con dieciséis ramos de albahaca, no
fue afrodisiaco sino para la buena suerte. Pero él se
acostó con la lastimera clarividencia de que la fortuna
estaba empeñada en traicionarlo, porque antes de que
sucediese lo sucedido en la Cangreja, a un Montero
nunca se le había escapado de las manos la mecánica de
los acontecimientos en Paraíso. Con la cabeza en la almohada y la vista perdida en la penumbra del cuarto, un
hálito perturbador le hizo pensar en lo que a esa hora de
la noche no quería inferir: que perdido en los infinitos
caminos del olvido, el pueblo entero se dejara hundir en

un futuro sin pasado. Fue entonces que, segundos antes de quedarse dormido, en lugar de caer al abismo sin fondo de los sueños, lo sacudió un estremecimiento opresivo, como el del prisionero que conducen con los ojos vendados hacia un destino incierto.

Pasaron ocho semanas que para don Anselmo fueron las más largas de su vida. El viento sopló de todas partes menos del sur, el alcalde no fue más una autoridad decorativa, y Paraíso perdió de súbito su estigma de plaza insurrecta. Ya abolido el estatuto de autonomía, al pueblo no le quedó ningún asidero para la revuelta y la insubordinación, y con el cambio de estatus jurídico, llegaron ingenieros, arquitectos, topógrafos, agrimensores, albañiles... El frenesí constructivo hizo demoler una casa inhabitada para edificar un cine; en un terreno yermo, se levantó un dispensario con pretensiones a corto plazo de hospital; en la esquina de mayor tráfico en la Calle de los Remedios, el pueblo tuvo su primer semáforo; junto al café Las Delicias, apareció un letrero anunciando la próxima apertura de La Presuntuosa, un restaurante de comida rápida. Con el concurso del alcalde y la asignación de fondos públicos, se reanudaron las obras del aeródromo. El florecimiento urbano atrajo a abogados, vendedores de seguros, y a un médico ambulante con una enfermera fija, que se instaló en el antiguo consultorio del Doc, reconstruido y modernizado. Con ellos vino también un farmacéutico versado en píldoras anticonceptivas y jarabes para el estrés. Tan fascinado estaba el cura con el auge de los negocios, y tan ensimismado en la explosión demográfica que inflaría su feligresía, y en consecuencia los donativos a la iglesia,

que demoró días en darse cuenta de que junto a las semillas del bien ya germinaban las de sus próximos quebrantos, venidos con la avalancha de forasteros que
colmaron las habitaciones de la Posada del Rey, y que
alquilaron catres donde pudieron. Un predicador llegado con la marea empezó a hacerle indecorosamente la
competencia, repartiendo volantes proselitistas en las
esquinas. En las esquelas, el pastor se atribuía el don de
la palabra bíblica, ofrecía «salvación duradera» a las al-
mas, y aseguraba que la iglesia del cura no era la real
casa de Dios. La gran afluencia de gente a Paraíso coin-
cidió con una insólita escasez de fallecimientos que
mantuvo a Venancio demasiados días inactivo, lo que lo
llevó a fundar una empresa de prolongación genética, en
sociedad con una quiromántica trotamundos. Instalada
a la entrada del cementerio, en una improvisada chabola
de madera y piso de tierra con una mesa y dos sillas, la
mujer escrutaba las rayas de las manos de los clientes en
busca de hendiduras, desviaciones o interrupciones sos-
pechosas que permitiesen deducir la fecha probable de
alguna severa grieta en la salud o de un accidente mortal. De esta manera, el interesado podía tomar las precauciones debidas para ocasionalmente evadir la muerte, o al menos retardarla. La adivinadora adquirió tanta
notoriedad entre los recién llegados, que nadie se atrevió a echar raíces en el pueblo, y mucho menos inaugu-
rar un negocio, sin antes tener una consulta con la mujer. A la par de su fama, creció la prosperidad de Venancio, que renunció al oficio de sepulturero y se proclamó
gerente de la prodigiosa empresa, llamada a encontrar el
camino de la perpetuidad.

Atribulado por los pasquines contra su iglesia fijados en los sitios públicos, y por el éxito de la quiromántica, directamente relacionado con la deserción de Venancio, el cura se presentó descompuesto en el despacho del alcalde en la Posada del Rey, después de haber estado dos días postrado por una revoltura biliar. A todos les había dicho que la pérdida del sepulturero lo tenía doblemente afligido. Como sacerdote, porque la inhumación era un eslabón indispensable entre la vida terrestre y la celestial; como hombre, porque a su edad ya era común que empezasen a morírsele los amigos. La agitada visita sorprendió a Flogisto, que ponía orden a su vida privada aplicándose un tópico contra un hongo, que las copiosas lluvias de los últimos días, y la precariedad de sus zapatos, le habían hecho verdecer en las uñas de los dos pies.

—Pase usted —dijo el alcalde, que iba a explicar al cura en qué menesteres se hallaba cuando la premura de este le tomó la delantera.

—Verá usted. Nunca he venido a quejarme porque lo creí inoportuno. Pero la labor de zapa contra la iglesia que está haciendo ese pastorcillo, del que no conozco el nombre ni le he visto la cara, pasa de límite.

—¿Y qué puedo hacer yo? —Flogisto se encogió de hombros.

—Le pido que lo pare, por el amor de Dios.

El alcalde dejó a un lado el frasco con el medicamento, y metió el pulgar bajo los lentes para limpiarse una legaña.

—Vivimos en un estado laico, padre. El Gobierno no se inmiscuye en las disputas religiosas.

—¿No es usted católico? ¿No puede hacer algo contra ese pastor?

—La primera respuesta es sí —dijo, abanicándose los pies con un pedazo de cartón—. La segunda, aun contra mi voluntad, es no.

Aristeo lo miró duramente unos segundos, antes de volver a emplazarlo.

—¿Tampoco puede hacer nada contra la bruja quiromántica?

—Tampoco —repuso sin dejar de airearse los pies—. ¿Qué tiene usted contra la señora?

—La señora, como usted la llama, presume de conocimientos que solo tiene Dios —el tono del cura pasó de irónico a indignado—. Además, por su culpa nos hemos quedado sin sepulturero.

—Aunque usted no lo crea, en tales asuntos tengo las manos atadas —dijo Flogisto.

—Esta mañana vino a verme a la iglesia, dando alaridos y en estado de crítica conmoción —el cura levantó más la voz—, un señor al que le auguraron en ese consultorio fetiche que le quedaban solo dos horas de vida. ¿Se da cuenta usted de la gravedad del asunto?

—Sí, padre, me doy cuenta.

—En cierto sentido eso es un homicidio premeditado —precisó—. Al pobre hombre casi le da un infarto.

El alcalde enarcó las dos cejas, y pronunció las palabras que Aristeo necesitaba oír para dar por infructuosa y concluida la conversación.

—Me da mucha pena, padre. Pero ni las pugnas religiosas ni los misterios de la muerte pueden ser utilizados como excusa para coartar la libre empresa.

En medio de la fiebre de modernidad y los calores de agosto, Felicia se despertó a media noche con ansias incontrolables, un apetito fenomenal que ella interpretó como la señal de un presagio. Comió cuanto pudo, pero aún intranquila prendió velas por toda la casa, y en un descuido estuvo a punto de quemarla. Salió al patio y sopló cenizas a los cuatro vientos. Recitó conjuros para ahuyentar los malos espíritus. Bebió un vaso de agua tibia con azúcar moreno para serenarse. Se asomó a la ventana, temiendo descubrir algún extraño que se hubiese aventurado en el patio al abrigo de la noche sin estrellas. Pero no había nadie. Creyó sentir unos pasos en la biblioteca, y fue de puntillas a ver. Tampoco. Era el postigo suelto de una ventana, movido a su antojo por el viento. Regresó a la habitación y terminó poniéndole calcetines a don Anselmo, porque le sintió los pies muy fríos. Poco después, estaba dormida.

Cuando los dos despertaron, ya con el sol en alto, empezaron a recibirse versiones contradictorias sobre la suerte que correría el dueño de Los Pastizales. Algunos decían que estaban a punto de encausarlo; otros, que el sumario judicial no estaba completo; terceros comentarios afirmaban que un juez había dictaminado que no existían pruebas convincentes, y por lo tanto, no había delito comprobable para procesarlo. Pero todos resultaron ser rumores de radio bemba, como decían en Paraíso a las noticias sin fundamento propaladas por gente lenguaraz. La verdad no se supo hasta que, cumpliendo la palabra empeñada, el alcalde fue a casa de don Anselmo y le informó del asunto; eso sí, solo después de que le sirvieron el café.

—Un juez acaba de librar una nueva orden de captura contra Rolando Flores —hizo una pausa para relamerse—. Lo van a enjuiciar en Mayajagua por narcotráfico.

XVII

C on el paso del tiempo, el espíritu de iniciativa
empresarial no solo no menguó en Paraíso sino
que por el contrario se hipertrofió. El tropel de
sujetos emprendedores, a la caza de nuevas ocurrencias
y oportunidades, fue en aumento. La gente dejó de con-
templar a los recién llegados con aire aburrido desde los
portales, y se la vio ir y venir por las calles con una energía que se contrapuso a la quietud de generaciones de
inmovilidad. El alcalde acabó instalándose definitivamente en la casona señorial, que volvió a ser sede de gobierno y recobró su escudo en forma de óvalo, con un
manantial, una palmera y una mujer desnuda blandiendo una espada, una tríada cuyo significado jamás nadie
pudo descifrar. Los sucesos se atropellaron uno tras
otro, con una celeridad desusada y aturdidora. Todos los
vecinos electrificaron sus gallineros; las ollas de presión
acabaron desplazando los anafes, y muchos descubrie-
ron con sorpresa las fabulosas ventajas de tener teléfono

en casa. *El Heraldo de Mayajagua* abrió una corres-
ponsalía frente a la alcaldía, y la Cruz Roja estrenó oficina, previsoramente junto a La Presuntuosa, que en solo
dos semanas de albañilería, plomería, pintura y avitua-
llamiento dio un banquete inaugural para mostrar a la
clientela su menú insignia: pan con bistec, bollitos de
frijol carita, *coca-cola* y flan; se inauguró el aeródromo
con el vuelo de un dirigible; el apeadero de autobús
asumió categoría de terminal, con dos rutas diarias en
vez de una. Sin embargo, meses de abandono habían
dejado las traviesas y rieles de la Flecha del Norte en un
estado de deterioro tal, que el tren suspendió sus viajes
al pueblo hasta nuevo aviso, a falta de pasajeros que se
atrevieran a desafiar los riesgos de un itinerario trepidante y convulso, que según el propio maquinista se hizo más peligroso que cabalgar a pelo una bestia de ro-
deo. De modo que cuando el circo volvió, lo hizo en una
caravana de autobuses fletados. Esta vez la gira trajo
espectáculos novedosos, como el de los monos acróbatas, y un tiro al blanco con rifles que ya no disparaban
corchos sino balines de plomo. También una alberca
inflable con un tiovivo de botes; un nuevo hombre lobo,
albino; una bruja que volaba en círculos bajo la carpa,
con capa negra pero sin escoba; un enano bala, de pies
tan grandes que al ser disparado por el cañón invariablemente caía parado, y un mago que no sacaba conejos
de su sombrero sino cucuruchos de rositas de maíz, y a
toques de redoble los lanzaba al público. Los únicos que
no vinieron en esta ocasión fueron la traga espadas,
muerta accidentalmente con el esófago perforado durante la más reciente *tournée* de la compañía, y los ar-

madillos amaestrados, porque con sobrada anticipación la alcaldía hizo circular un bando, reiterando que estaba prohibido matarlos, comerlos, adoptarlos como mascotas o explotarlos con fines de lucro, puesto que se les había concedido inmunidad biológica, gracias a ser animales en peligro de extinción. El circo prevaleció entre los pasatiempos tradicionales, que no cayeron en decadencia a pesar de los esfuerzos del cine, que el día de la primera función del Tilingo Talango proyectó *El último tango en París*. Intransigente en materia de conciencia, la semana previa al debut, el cura arremetió contra la película, sin mencionar el argumento de la cinta para no exacerbar más la curiosidad malsana de la gente, pero la estigmatizó tildándola de apostasía fílmica y de incitación a la inmoralidad.

Para entonces, ya eran menos numerosos los que renegaban de adelantos que hasta la fecha habían sido considerados supercherías de la modernidad, y que, en un giro brusco de parecer, el padre Aristeo dejó de elogiar como símbolos del progreso y la prosperidad, alertando a sus feligreses que podría tratarse de artificios del demonio para escamotearles la fe. Tan preocupado estaba con la publicidad ponzoñosa diseminada por el predicador de los volantes, que cercó la plaza con una soga, de la que colgó banderolas multicolores, cenefas de celofán con motivos pascuales, y llevó a cabo una tómbola a solo cinco centavos el boleto. Pero las rifas de un caballo, una bicicleta y dos carriolas tuvieron poco atractivo, porque por esa época estaban de moda en el pueblo las motocicletas con sidecar. No conforme, transó con una firma de viajes para organizar recorridos tu-

rísticos a Tierra Santa, a precios reducidos, un esfuerzo
que tampoco tuvo el éxito esperado, porque el predicador prometió sortear excursiones gratuitas a playas del
Caribe entre quienes asistiesen a sus sermones, una
oferta que tuvo mayor aceptación. Dando por perdida la
batalla proselitista, el cura se metió a fondo en una guerra doctrinal, esgrimiendo el quinto de los mandamien-
tos. El nuevo boticario se había atrevido a colgar carteles
en la verja de la iglesia, promoviendo tabletas antiaborto
bajo el eslogan de *Compre un frasco. Llévese otro gra-
tis*, lo que bastó para que él lo excomulgara un domingo
en misa, en la que además se comprometió a oficiar bau-
tismos libres de obligaciones, es decir, sin necesidad de
que los padres tuviesen que donar dinero a la parroquia.
«Aunque se vista de farmacéutico —intercaló sin venir al
caso en uno de los pasajes de su homilía—, satanás no
logrará confundirnos». Fue por esos días que, sacándose
espinillas de la nariz frente al espejo, Aristeo tuvo la certeza de que en las últimas semanas había envejecido de
manera asombrosa.

En esos menesteres andaba el cura, cuando don Anselmo fue a confiarle que se pasaba las noches dando
vueltas en la cama por el mal estado en que lo tenían sus
sueños, que habían retornado como un calamitoso es-
pectro del pasado. Llevaba otra vez varias noches sin
dormir, viendo desfilar viejas sombras que con el tiempo
habían ido cobrando mayor claridad, y hasta podía jurar
ahora que le resultaban sorprendentemente familiares.
Aristeo supo de su llegada a la iglesia porque los pasos
retumbaron en la paredes. Don Anselmo le contó del
estruendo de la revuelta, de los techos humeantes, de la

deflagración, de los gritos de pavor de la mujer deshon-
rada, y del hombre con las manos atadas a la espalda y
el pecho destrozado por las balas. Le dijo que toda la
vida, desde niño, había sido perseguido por aquella pesadilla. Pero que esa mañana, al quedarse un rato con la
vista fija y la mente perdida en la pira de hojarasca que
ardía en el jardín, de súbito lo iluminó un presentimiento. No tuvo conciencia del tiempo transcurrido, pero sí
vislumbró entre las llamas de la hoguera el rostro de
siempre, y la percepción le hizo saltar de la hamaca. Por
un impulso de clarividencia fue directo al desván a desembalar vetustas pinturas familiares, envueltas por es-
trazas y tiradas al olvido, entre las que había algunos
retratos de óleos cuarteados y colores marchitos por los
años. Desempaquetó los lienzos con acezante premura.
Una tela, dos, tres, cuatro... Hasta que se topó con aquel
hombre, el mismo de los sueños, de casaca, camisola
guarnecida de encajes en el pecho y los puños, con tri-
cornio y corbatín. Allí estaba la cara que durante años
había sido una incógnita vaga, y luego un enigma insondable. Próximos al borde inferior derecho del lienzo,
apenas perceptibles, figuraban los trazos de una firma, y
abajo la fecha: 1780. Fue en ese momento que, por una
asociación retrospectiva, creyó haber oído alguna vez
hablar de un fuego en la finca Bueyvaca. Tal vez a su padre o al abuelo. «El testamento», se dijo.

Descendió del desván en la mitad del tiempo que le
había tomado subir por la escalera de mano, y con la
garganta crispada por la emoción fue a trancos hasta la
biblioteca, abrió precipitadamente el baúl de las reli-
quias familiares, y buscó la declaración de última volun-

tad dejada por el bisabuelo de su bisabuelo Calixto, don Diego, a fin de verificar fechas y nombres. Con ayuda de la lupa, fue descifrando las palabras, escritas en cursiva pequeña y apretada, separadas por comas colocadas arbitrariamente y a veces yuxtapuestas o en abreviaturas. Invirtió casi una hora en una lectura que fue literalmente paleográfica, pero al cabo de la cual pudo sacar en conclusión que a juzgar por la edad que aparentaba tener, el del retrato era don Eugenio, el padre de Diego, quien había legado lo siguiente: cinco caballerías de tierra fértil, sembradas de caña de azúcar y platanares. La herencia incluía además cuatro esclavos, ochenta y cuatro reses, dieciséis caballos y yeguas, una docena de mulas, vajillas, joyas y otros bienes muebles cuyo valor ascendía a la sazón a doce mil trescientos veintiún reales de plata. En una de sus partes más legibles, el testamento reconocía como hija mayor y *lexitimaa Nicolassa Montero la qualael presente es viudade Felipe de Borja y a el tiempo y quando la cassamos le dimos en dote setesientos pessos en rreales con mas unosvestidos, cama con un colchon, con dos savanasde crea, dos de lanilla, una colcha labrada, quatro camissas de ruan y bretaña y asimesmo lahemos hestado sustentando en mi cassa desde el dia que enviudo.*

Pero por norma, el patrimonio de los Montero siempre había pasado íntegramente al varón primogénito. De modo que el heredero no era Nicolasa sino don Fernando, con quien don Anselmo guardaba un quinto grado de consanguinidad. En el documento no había ninguna referencia que permitiese deducir si los bienes previamente recibidos de su padre por Diego habían menguado como consecuencia de un incendio, que de haber ocurrido tal como él lo visualizaba era un hecho demasiado trágico como para que estuviese aún errando por los aires, definitivamente ignorado, inexorablemente perdido. En algún sitio debía constar. Y no había mejor lugar para corroborarlo que en la parroquia.

—¿Conserva usted ese diario? —preguntó don Anselmo, esperanzado y misterioso.

Filtrándose por la ventana, el sol dibujaba sobre la sotana del cura un traje de rayas, que se proyectó en una larga sombra en el piso cuando Aristeo dio seis pasos hacia el arcón donde archivaba los diez tomos del diario de contingencias, tomó la llave que llevaba colgada al cuello, y abrió la cerradura.

—¿Qué años?

—Segunda mitad del dieciocho.

Aristeo pasó la punta de la sotana sobre la cubierta de uno de los abultados legajos para quitarle el polvo. El mamotreto era un compendio eclesiástico, la crónica sacerdotal de más de setenta y siete años de vida parroquial, con los sucesos más importantes acaecidos en la comarca entre dos fechas: 9 de enero de 1721 y 22 de noviembre de 1798.

—Le ruego el mayor de los cuidados —el cura lo miró con el mismo aire de súplica de sus oraciones a la Virgen—. Las páginas son tan frágiles que dan grima.

Ya anochecía cuando don Anselmo pasó junto a los ángeles de piedra ennegrecida de la fachada de la iglesia y atravesó la plaza. Iba con el aire alegre del que cree conocer los secretos que le aguardan, con media arroba de papeles bajo el brazo, a paso ligero, pero cuidándose de dar un traspié sobre el lodo en penumbras, un mal paso que aquel legajo no habría resistido, y que el cura jamás le hubiese perdonado. «Los tropiezos son cicatrices de la experiencia —se dijo—. Yo no necesito uno más». Mucho menos en aquellas circunstancias, cuando podía estar a punto de descifrar la clave de sus sueños.

Estuvo horas con la cabeza hundida en el respaldo de la butaca y con el mamotreto sobre un atril, mientras afuera un alboroto de grillos, cigarras y luciérnagas colmó la noche de ruidos y destellos iridiscentes. Pero él ni lo notó, porque las horas y los días de un pasado remoto fueron desfilando ante sus ojos como si fuesen acontecimientos ocurridos ayer: alumbramientos, bautizos, bodas, sepelios, robos, asaltos de camino, trifulcas públicas, obras de caridad eminentes y también misérrimas, adulterios comprobados y por comprobar, altercados familiares, exorcismos, asesinatos, envenenamientos sospechosos, plagas, epidemias, infortunios naturales y humanos, catástrofes y suicidios, estos últimos debidamente identificados con la marca reservada para los incidentes pecaminosos. El primer antecedente de interés lo encontró cerca de las tres de la mañana, cuando luego de una llovizna fugaz se silenciaron los grillos, pero se mantuvo la inarticulada estridencia de las cigarras, acompañadas ahora por el croar de las ranas. La fecha de nacimiento de Eugenio Montero aparecía debidamente asentada en el diario el tercer jueves de octubre de 1722, así como la de su matrimonio veintiún años más tarde, y la del alumbramiento de sus dos hijos, Diego a los dos años, y Lucrecia, una década después. El segundo dato que lo hizo detenerse a reflexionar fue una vaga mención a dos hermanos, Alonso y Aparicio Flores, dos aventureros llegados en un galeón de Cádiz y establecidos en la comarca, según citaba el diario, luego de haberse abolido la Flota de Indias y entrar en vigor el denominado *Reglamento y aranceles reales para el comercio libre de España a Indias.*

La sola lectura del apellido le apretó el estómago. Un ventarrón silbó por las hendijas de ventanas y puertas. Instantes después, Felicia entró a la biblioteca y le hizo un guiño. Estaba esperándolo para el desayuno. Él había estado toda la madrugada viajando exactamente dieciocho años por una época de la que solo sobrevivían pocos apellidos, y si acaso vestigios para anticuarios. A regañadientes, dejó la lectura, y usando su abrecartas de marfil como marcador, señaló la página.

Al rato, todavía tenía la mente puesta en el diario, por lo que Matías procuró no interrumpirle la digestión con el recado del alcalde, y esperó a que él terminara de tragar la rebanada de pan que había mojado en el café con leche.

—Rolando está preso —dijo, y le dio el telegrama.

El mensaje decía que lo habían arrestado cuando trataba de burlar los controles fronterizos, disfrazado de militar y con peluca. Pero para juzgarlo se requería el testimonio de la persona que había recibido de manos del Gato su confesión. Un magistrado exigía su deposición bajo juramento. De acuerdo con la nota, el gobernador estaba tan avergonzado por la conducta de su primo, que deseaba poner punto final al asunto y acallar cuanto antes los comentarios, mediante un juicio ejemplar y expedito.

Don Anselmo dejó el desayuno a medias movido por el alborozo, y sus órdenes fueron las más eufóricas que dio en meses. La señora Jiménez viajó esa misma mañana hacia Mayajagua, acompañada por Luisillo, a quien ella debía identificar como un primo para no destapar suspicacias. «Ya sabes. Tú eres su sombra», le dijo al antiguo hombre de confianza de Indalecio. Mariangélica puso reparos. El joven tenía cuentas pendientes con la justicia, y corría el riesgo de que lo descubriesen. Pero don Anselmo le recordó algo que había oído decir al propio cuatrero: el expediente criminal lo describía con menor estatura, mayor peso y además lampiño, por lo que él resolvió el asunto de manera simple y expedita, con una recomendación lapidaria: «No te afeites para que no sepan que eres tú». A petición expresa suya, dados los peligros a que se exponía la testigo, el alcalde aceptó enviar además al sargento, como custodio. Viéndola partir, lo invadió la certidumbre de que al fin estaba ganando la partida. El testimonio de aquella mujer era el tiro de gracia para Rolando. Y sintió el alivio de quien se libra de un peso descomunal.

De nuevo en la biblioteca, don Anselmo se concentró con tanta avidez en la lectura, que a duras penas la abandonó para comer. Eran tantas las revelaciones atesoradas en aquel mamotreto, y tan vívidas, que cada página leída lo dejaba por un tiempo sumido en nuevas honduras de la imaginación. Habrá sido a eso de las tres de la tarde cuando dio con una nueva anotación que lo zarandeó. Era la segunda mención a los Flores, y algo en su interior le dijo que aquellos y Rolando provenían de la misma cuna. El mayor de los hermanos, Alonso, había fallecido a causa de la herida mortal recibida en duelo para dirimir un agravio moral. No se especificaba la afrenta, pero sí el nombre del caballero que fue a limpiar en sangre la injuria. Cuando leyó quién era, se le paralizó el aliento: don Eugenio Montero. Un nuevo fulgor intuitivo lo hizo rebuscar en el baúl de los recuerdos de la familia. Había un fajo de cartas asidas por una cinta que nunca se aventuró a desatar, porque no creyó que tuviesen gran importancia, y por temor a que los papeles se le hicieran polvo entre las manos. Allí encontró lo que buscaba. Una carta firmada por el padrino o testigo de fe del duelo, Orlando de la Fuente, que este había remitido al hijo de Eugenio, narrándole los detalles del desafío. Don Anselmo confrontó las fechas con las del diario y las dos coincidían: 13 de noviembre de 1787.

Los carruajes llegaron a la hora convenida poco después del amanecer al Aserrío, un claro de monte rodeado de majaguas y guayabales. El primero en bajarse fue don Eugenio. Los dos iban con chaqueta oscura. Situados en lados opuestos del campo de honor, un cuadrado de treinta pasos de largo marcado con pañuelos en las esquinas, los dos se quedaron en camisa. No era un buen día para morir. Estaba completamente nublado, y la bruma añadía un aire trágico a la escena. A elección de don Eugenio, el combate no sería con pistola sino con sable, de punta, filo y contrafilo, y no concluiría a la primera sangre. Un juez inspeccionó ambas armas para certificar que ninguna ofreciese ventajas a su dueño, y con toda solemnidad dio la señal de inicio. En el primer lance, Alonso le hizo un corte superficial en el hombro izquierdo a don Eugenio, que respondió hiriendo en el antebrazo a su oponente. Una llovizna fina empezó a caer cuando en la segunda carga las hojas chocaron en cruz hasta los guardamanos, y ambos duelistas se apartaron de un empujón. En el tercer ataque, don Eugenio esquivó con presteza un sablazo que pudo haberlo degollado, aprovechó el desbalance de su rival para asestarle un corte profundo en la espalda, y con un ágil movimiento del brazo le incrustó media hoja del sable por un costado y le perforó un pulmón. Para Alonso Flores, que ya había perdido mucha sangre, esa fue la estocada mortal.

No satisfecho aún, don Anselmo fue en busca del viejo sable familiar de procedencia ignota que reposaba en uno de los rincones de la biblioteca. Bien podía ser, pensó, el arma con la que se había batido su antecesor, descrita en el relato simplemente como un sable de vistosa empuñadura, con una inscripción en la hoja. Lo tomó del anaquel donde reposaba, y lo colocó sobre el escritorio. En efecto, apenas visible por el herrumbre, tenía una inscripción: *No me saqves sin razon, no me envaines sin honor.* Queriendo pensar que ese era el sable, consultó su *Enciclopedia ilustrada de las armas blancas,* para estar seguro. Y lo consiguió. En la sección correspondiente al siglo dieciocho, bajo el título de Sable de Oficial de Caballería, aparecía un arma idéntica, con guarnición de latón cincelado, que en sus mejores tiempos fue dorada, empuñadura de hueso estriado, pomo en yelmo, virola inferior, y una amplia hoja a dos filos. Sus ojos brillaron con una intensidad juvenil, como los de un niño que acaba de hacer una travesura. Tardó poco tiempo en llegar a la conclusión de que sus sentidos no lo traicionaban.

Aquella historia había tomado un rumbo muy diferente al que tenía cuando se sentó a hojear el diario de la parroquia. Había pasado veinticuatro horas leyendo el diario parroquial con la sola intención de esclarecer los misterios de sus sueños, y ahora se hallaba metido en un torbellino del tiempo, transportado a otra época y otro cuerpo, el del tatarabuelo de su bisabuelo. Él no era de los que se dejaban seducir fácilmente por las apariencias, pero hubiese jurado que vivía el milagro de la resurrección. Se sintió cansado y tuvo ganas de echarse en el sofá. Pero la tentación de constatar que sus recelos de los Flores no eran infundados fue más fuerte. Los años fueron pasando con la cadencia del frufrú de las yemas de sus dedos deslizándose sobre el papel acartonado. Y toda la zozobra de sus sueños terminó al toparse con la prueba más fehaciente de que estos no eran alucinaciones. Tras el duelo, lleno de deudas acumuladas en trances desafortunados, y dado a la bebida, el hermano del difunto Alonso se había alzado en el monte con un grupo de forajidos para dedicarse a hostigar y asaltar a los hacendados de la zona. El diario constataba, en secuencia casi fílmica, que Aparicio Flores instigó una revuelta de esclavos, y dio fuego a la hacienda Bueyvaca después de saquearla y violar a la hija menor de don Eugenio, la hermosa Lucrecia. Acorde con la fecha del incendio: 6

de enero de 1788, la joven tenía entonces 23 años. El párroco autor del relato precisaba más adelante que Aparicio tenía a la sazón dos hijos de distintas madres. Uno de ellos murió linchado poco después, en venganza por aquel acto de barbarie contra los Montero, y el otro logró escapar con su padre hacia un destino incierto. Primero se les creyó en Brasil, y luego en México, pero en verdad nunca se supo con exactitud. «El diablo se los tragó», fue la acotación escrita al margen de la página por un párroco, años después. El diario reproducía con una fidelidad impresionante las imágenes del fuego vistas en sueños por don Anselmo, el vil fusilamiento de don Eugenio, el ultraje a Lucrecia, y daba fe de que una parte de la hacienda se había salvado de las llamas, lo que explicaba que en el testamento de Diego no se hiciese mención alguna a que la fortuna heredada de su padre hubiese sufrido una reducción significativa debido al incendio, y que objetos como el sable, el retrato al óleo y aquellas viejas cartas estuviesen ahora en su poder.

Un viento misterioso apagó de pronto las velas que Felicia tenía encendidas por toda la casa y las volvió a encender. Esa noche regresaron con su monótono canto las cigarras, pero no las ranas. Él no tuvo certeza del momento en que se bajó de la máquina del tiempo, vencido por el agotamiento. Ella se lo encontró despatarrado en la butaca, roncando con resuellos de bisonte. Le tocó la frente con dulzura, y él se despertó con una idea fija, a la que se entregó con fruición festiva. Bruñó el sable de don Eugenio y lo colgó en la sala, a la vista de todos, en el lugar que hasta entonces ocupaba un cuadro insignificante. Los Montero habían fundado una aldea y hecho de ella un pueblo audaz y pundonoroso para que advenedizos como los Flores viniesen a torcerles la vida. Hizo que Matías lo ayudara a lustrar también las medallas de don Calixto, el brigadier, y las colgó de otra pared como muestras de vocación patriótica y probado valor en batallas. Cumpliendo sus deseos, Florindo cortó claveles y rosas, y con pulcritud decorativa los dispuso en búcaros por toda la casa. Quiso que Felicia planchara los manteles bordados de su abuela y sacara brillo a las copas de cristal de Bohemia para el brindis, pero tuvo que esperar tres días para celebrar la noticia de un desenlace del que nunca había dudado: Rolando fue sentenciado a igual pena que la de su hijo Pepín, veinte años de cárcel, por tráfico de drogas ilícitas y otros delitos complementarios. En casa de su compadre el cartero, el gramófono de Lucila resonó toda esa tarde con la novena sinfonía de Beethoven, y las majestuosas estridencias del disco llegaron a oídos de medio pueblo. Él durmió por primera vez en su vida dos noches seguidas con sus días. Y cuando despertó, tuvo la impresión de estar viviendo a la vez en dos mundos, uno grato y otro ingrato, el de su honor redimido y el de un Paraíso donde ya nada era igual.

Los muertos eran sepultados en otra parte porque el pueblo se había quedado sin enterrador. Sin poder olvidar a Indalecio, Mariangélica rompió el cochinito de barro tamaño elefante que tenía de alcancía, y con los ahorros de su exitosa carrera se jubiló. Con pretensiones de convertirse en peluquera, la Patricia había matriculado en un curso por correspondencia para vencer su fobia a los espejos. La Luisa descuidó los vulgares deberes del

oficio, llenando crucigramas en busca de adquirir conocimientos más elevados, negligencia que la Paloma trató
de compensar atendiendo de dos en dos a los clientes,
contra el viejo precepto en El Ensueño que ponía límites
a la inmoralidad. Aturdida por los cambios, a la Susana
le dio por fabricar cometas de papel cebolla, que por el
día empinaba en la azotea, y por la noche obsequiaba a
los clientes a modo de *souvenir.* La señora Jiménez dejó
se zurcir y lavar ropa, y se subió a la cama como las demás. Restituto y Luisillo empezaron a vender en el bar
aditamentos y juguetes sexuales. Teira regresó curado
para siempre de la sordera, y convertido en representan-
te de una firma europea de peletería. Las frituras de La
Presuntuosa terminaron arrastrando a la quiebra a Las
Delicias, con su inmundo menú. No hubo más escuela
pública ni maestro. La Posada del Rey cayó en el más
infame de los olvidos, tras ser invadida por el destacamento de gatos que antes meaban en la abandonada
casona de la alcaldía. Un cartel anunciaba en la taquilla
de la Flecha del Norte el fin del ferrocarril: *Cerrado por
innovaciones,* con una señalización adjunta de cómo
llegar al aeropuerto. Florindo desatendió el jardín para
ocuparse de las gallinas, que echando de menos los silbatos del tren, dejaron de poner y no salieron más del
corral por miedo al ruido de las avionetas. Matías cayó
definitivamente presa de embeleso vaginal, lio sus bár-
tulos y se fue a vivir con la cocinera. La cotorra dejó de
advertir que venía el diablo, seguramente persuadida de
que ya había llegado. El cabo Perfecto no se recreó más
leyendo historietas de noche, porque cuando no estaba
de guardia en la residencia del alcalde tenía que lustrar-

les las botas al sargento. Los Menchaca pasaban horas y horas embobecidos por el nuevo pasatiempo de Margarito, coleccionando y pegando rarezas filatélicas. Entregados en cuerpo y alma a los prodigios de la computación, los Martínez del Villar vivían ahora con el televisor la mayor parte del tiempo apagado. Y el cura, que al igual que don Anselmo se aferraba a la imagen de un pueblo idealizado por las nostalgias, pasaba largo rato todas las mañanas a la sombra de un almácigo en el patio de la iglesia, releyendo en voz alta oraciones en la liturgia madre para no olvidar el latín, convencido de que de esa manera podría recuperar los fieles que le había arrebatado el predicador.

Don Anselmo pensó en todo eso una vez más, y se sintió estremecido por la visión de un mundo de espalda al pasado. El aire olía a lluvia prematura cuando Felicia se le acercó, y alzándose la bata de organdí le tomó una mano y la puso sobre su vientre.

—Es varón —le dijo.

—¿Cómo lo sabes? —preguntó él, mitad perplejo, mitad intrigado.

—Porque lo sé.

Había esperado casi treinta años de su vida sin que el azar o la fortuna le diesen un hijo. La primera nube gris del inminente aguacero pasó deprisa, impulsada por un premonitorio viento del sur, que levantó de la tierra un remolino de polvo con brillos metálicos. Solo entonces tuvo la certeza de que ella no se equivocaba. Los Montero estaban salvados del cataclismo de la extinción.

SOBRE EL AUTOR

Roberto Casín es un periodista y escritor cubano que desde 1991 reside en Estados Unidos. Ha trabajado como reportero, comentarista de radio, redactor para la televisión, corresponsal, editor y jefe de redacción en diarios, revistas, y publicaciones especializadas en internet. Actualmente es columnista del diario *El Nuevo Herald*, de Miami. Con *Polvos de Fuego,* el autor consagra su gran salto a la literatura